Jean Ziegler, premier rapporteur spécial des Nations unies pour le droit à l'alimentation, de 2000 à 2008, est vice-président du Comité consultatif du Conseil des droits de l'homme. Il est l'auteur de nombreux essais qui l'ont rendu mondialement célèbre.

Jean Ziegler

DESTRUCTION
MASSIVE

Géopolitique de la faim

Éditions du Seuil

Édition revue par l'auteur en juillet 2012.

TEXTE INTÉGRAL

ISBN 978-2-7578-3043-7
(ISBN 978-2-02-106056-0, 1ʳᵉ publication)

© Éditions du Seuil, 2011

« L'homme qui veut demeurer fidèle à la justice doit se faire incessamment infidèle aux injustices inépuisablement triomphantes. »

Charles Péguy

Ce livre est dédié à la mémoire de

Facundo Cabral, assassiné à Ciudad de Guatemala
Michel Riquet, s. j.
Didar Fawzy Rossano
Sebastião Hoyos
Isabelle Vichniac
Chico Mendes, assassiné à Xapuri, Brésil
Edmond Kaiser
Resfel Pino Alvarez
Juliano Mer Khamis, assassiné à Jénin, Palestine

AVANT-PROPOS

Les enfants de Saga

Je me souviens d'une aube claire de la saison sèche dans le petit village de Saga, à une centaine de kilomètres au sud de Niamey, au Niger. Toute la région est en détresse. Plusieurs facteurs y conjuguent leurs effets : une chaleur jamais atteinte de mémoire d'anciens, avec des pics à 47,5 degrés à l'ombre, une sécheresse de deux ans, une mauvaise récolte de mil lors du précédent hivernage, l'épuisement des fourrages, une période de soudure[1] de plus de quatre mois et même une attaque de criquets. Les murs des cases en banco[2], les toits de paille, le sol sont chauffés à blanc. Le paludisme, les fièvres secouent les enfants. Les hommes et les bêtes souffrent de la soif et de la faim.

J'attends devant le dispensaire des sœurs de Mère Teresa. Le rendez-vous a été fixé par le représentant du Programme alimentaire mondial (PAM) à Niamey.

Trois bâtiments blancs, couverts de tôle. Une cour

---

1. On appelle soudure la période qui sépare l'épuisement de la récolte précédente de la nouvelle récolte, période pendant laquelle les paysans doivent acheter de la nourriture.
2. Briques faites d'un mélange de terre argileuse, de latérite sableuse, de paille hachée et de bouse de vache.

9

avec, au milieu, un immense baobab. Une chapelle, des dépôts et, tout autour, un mur de ciment interrompu par un portail de fer.

J'attends devant le portail, au milieu de la foule, entouré de mères.

Le ciel est rouge. Le grand disque pourpre du soleil monte lentement à l'horizon.

Devant la porte de métal gris, les femmes s'agglutinent, le visage marqué par l'angoisse. Certaines ont des gestes nerveux, tandis que d'autres, les yeux vides, montrent une infinie lassitude. Toutes portent dans leurs bras un enfant, parfois deux, couvert de haillons. Ces tas de chiffons se soulèvent doucement au rythme des respirations. Beaucoup de ces femmes ont marché toute la nuit, certaines même plusieurs jours. Elles viennent de villages attaqués par les criquets, éloignés de 30 ou 50 kilomètres. Elles sont visiblement épuisées. Devant la porte obstinément fermée, elles tiennent à peine debout. Les petits êtres squelettiques qu'elles portent dans leurs bras semblent leur peser démesurément. Les mouches tournent autour des haillons. Malgré l'heure matinale, la chaleur est étouffante. Un chien passe et fait se lever un nuage de poussière. Une odeur de sueur flotte dans l'air.

Des dizaines de femmes ont passé une ou plusieurs nuits dans des trous creusés à mains nues dans le sol dur de la savane. Refoulées la veille ou l'avant-veille, elles vont, avec une infinie patience, tenter leur chance une nouvelle fois ce matin.

Enfin, j'entends des pas dans la cour. Une clé tourne dans la serrure.

Une sœur d'origine européenne, aux beaux yeux graves, apparaît, entrouvre le portail de quelques dizaines de centimètres. La grappe humaine s'agite, vibrionne, pousse, se colle au portail.

La sœur soulève un haillon, puis un autre, un autre encore. D'un rapide coup d'œil elle tente d'identifier les enfants qui ont encore une chance de vivre.

Elle parle doucement, dans un haoussa parfait, aux mères angoissées. Finalement une quinzaine d'enfants et leurs mères sont admis. La sœur allemande a les larmes aux yeux. Une centaine de mères, refusées ce jour-là, demeurent silencieuses, dignes, totalement désespérées.

Une colonne se forme dans le silence. Ces mères-là abandonnent le combat. Elles s'en iront dans la savane. Elles retourneront dans leur village, où la nourriture manque pourtant.

Un petit groupe décide de rester sur place, dans ces trous protégés du soleil par quelques branches ou un morceau de plastique.

L'aube reviendra. Elles reviendront demain. Le portail s'entrouvrira de nouveau pour quelques instants. Elles tenteront à nouveau leur chance.

Chez les sœurs de Mère Teresa, à Saga, un enfant souffrant de malnutrition aiguë et sévère se rétablit au maximum en douze jours. Couché sur une natte, on lui administre à intervalles réguliers un liquide nutritif par voie intraveineuse. Avec une douceur infinie, sa mère, assise en tailleur à côté de lui, chasse inlassablement les grosses mouches brillantes qui bourdonnent dans le baraquement.

Les sœurs sont souriantes, douces, discrètes. Elles portent le sari et le foulard blanc marqué des trois bandes bleues, ce vêtement rendu célèbre par la fondatrice de l'ordre des Missionnaires de la Charité, Mère Teresa, de Calcutta.

L'âge des enfants oscille entre six mois et dix ans. La plupart sont squelettiques. Les os percent sous la peau, quelques-uns ont les cheveux roux et le ventre gonflé par le kwashiorkor, l'une des pires maladies – avec le noma – provoquées par la sous-alimentation.

Certains trouvent la force de sourire. D'autres sont recroquevillés sur eux-mêmes, poussant de petits râles à peine audibles.

Au-dessus de chacun d'eux se balance une ampoule. Elle contient le liquide thérapeutique qui descend goutte à goutte à travers le fin tuyau jusqu'à l'aiguille plantée dans le petit bras.

Environ soixante enfants sont en permanence en traitement sur les nattes des trois baraquements.

« Ils guérissent presque tous », me dit fièrement une jeune sœur du Sri Lanka préposée à la balance suspendue au milieu de la baraque principale, où les enfants « hospitalisés » sont pesés quotidiennement.

Elle remarque mon regard incrédule.

De l'autre côté de la cour, au pied de la petite chapelle blanche, les tombes sont nombreuses.

Elle insiste pourtant : « Ce mois-ci, nous n'en avons perdu que douze, le mois dernier huit. »

En passant plus tard plus au sud, à Maradi, où Médecins sans frontières lutte contre le fléau de la sous-alimentation et de la malnutrition infantiles aiguës, j'apprends que le chiffre des pertes des sœurs de Saga est très bas, rapporté à la moyenne nationale.

Les sœurs travaillent nuit et jour. Certaines ont manifestement atteint l'extrême limite de l'épuisement.

Il n'existe aucune hiérarchie entre elles. Chacune vaque à sa tâche. Aucune ne jouit d'un quelconque pouvoir de commandement. Ici, il n'existe ni abbesse ni prieure.

Dans le baraquement, la chaleur est étouffante. Le groupe électrogène et les quelques ventilateurs qu'il permettait d'actionner sont en panne.

Je sors dans la cour. L'air tremble de chaleur.

De la cuisine à ciel ouvert s'échappe l'odeur de la pâte de mil qu'une jeune sœur prépare pour le repas de midi. Les mères des enfants et les sœurs mangeront ensemble, assises sur les nattes du baraquement central.

La lumière blanche du midi sahélien m'aveugle.

Sous le baobab, un banc est dressé. La sœur allemande que j'ai vue ce matin y est assise, épuisée. Elle me parle dans sa langue. Elle ne veut pas que les autres sœurs la comprennent. Elle craint de les décourager.

« Vous avez vu ? me demande-t-elle d'une voix lasse.

– J'ai vu. »

Elle reste silencieuse, les bras noués autour de ses genoux.

Je demande :

« Dans chacun des baraquements, j'ai aperçu des nattes vides… pourquoi ce matin n'avez-vous pas admis plus de mères et d'enfants ? »

Elle me répond :

« Les ampoules thérapeutiques coûtent cher. Et puis nous sommes loin de Niamey. Les pistes sont mauvaises. Les camionneurs exigent des frais de transport exorbitants… Nos moyens sont réduits. »

La destruction, chaque année, de dizaines de millions d'hommes, de femmes et d'enfants par la faim constitue le scandale de notre siècle.

Toutes les cinq secondes un enfant de moins de dix ans meurt de faim. Sur une planète qui regorge pourtant de richesses…

Dans son état actuel, en effet, l'agriculture mondiale pourrait nourrir sans problèmes 12 milliards d'êtres humains, soit deux fois la population actuelle.

Il n'existe donc à cet égard aucune fatalité.

Un enfant qui meurt de faim est un enfant assassiné.

À cette destruction massive, l'opinion publique occidentale oppose une indifférence glacée. Tout au plus lui accorde-t-elle une attention distraite lors de catastrophes particulièrement « visibles », comme celle qui, depuis l'été 2011, menace d'anéantissement le chiffre exorbitant de 12 millions d'êtres humains dans cinq pays de la Corne de l'Afrique.

Me fondant sur la masse des statistiques, graphiques, rapports, résolutions et autres études approfondies issues des Nations unies, des organisations spécialisées et autres instituts de recherche, mais aussi des organisations non gouvernementales (ONG), j'entreprends, dans la première partie de ce livre, de décrire l'étendue du désastre. Il s'agit de prendre la mesure de cette destruction massive.

Près du tiers des 56 millions de morts civils et militaires au cours de la Seconde Guerre mondiale ont été provoqués par la faim et ses suites immédiates.

La moitié de la population biélorusse est morte de faim durant les années 1942-43[1]. La sous-alimentation, la tuberculose, l'anémie ont tué des millions d'enfants, d'hommes et de femmes dans toute l'Europe. Dans les églises d'Amsterdam, de Rotterdam, de La Haye, les cercueils des morts de faim s'entassèrent durant l'hiver

---

1. Timothy Snyder, *Bloodland*, New York, Basic Books, 2010.

1944-45[1]. En Pologne, en Norvège, les familles tentèrent de survivre en mangeant des rats, des écorces d'arbres[2]. Beaucoup moururent.

Comme les sauterelles du fléau biblique, les pilleurs nazis s'étaient abattus sur les pays occupés, réquisitionnant les réserves en vivres, les récoltes, le bétail.

Pour les détenus des camps de concentration, Adolf Hitler avait conçu, avant la mise en œuvre du plan d'extermination des Juifs et des Tziganes, un *Hungerplan* (Plan Faim) visant à anéantir le plus de détenus possibles par la privation délibérée et prolongée de nourriture.

Mais l'expérience collective de la souffrance par la faim des peuples européens eut, dans l'immédiat après-guerre, des conséquences heureuses. De grands chercheurs, de patients prophètes, que personne ou presque n'avait écoutés auparavant, virent tout à coup leurs livres vendus à des centaines de milliers d'exemplaires et traduits dans un grand nombre de langues.

La figure universellement connue de ce mouvement est un médecin métis, natif du misérable Nordeste brésilien, Josué Apolônio de Castro, dont la *Géopolitique de la faim*, parue en 1951, a fait le tour du monde. D'autres, issus d'une génération plus jeune et appartenant à des nations différentes, s'assurèrent eux aussi d'une influence profonde sur la conscience collective occidentale. Parmi eux : Tibor Mende, René Dumont, l'Abbé Pierre.

---

1. Max Nord, *Amsterdam timjens den Hongerwinter*, Amsterdam, 1947.
2. Else Margrete Roed, « The food situation in Norway », *Journal of American Dietetic Association*, New York, décembre 1943.

Créée en juin 1945, l'Organisation des Nations unies (ONU) fonda aussitôt la *Food and Agricultural Organization* (FAO / Organisation pour l'alimentation et l'agriculture) et, un peu plus tard, le Programme alimentaire mondial (PAM).

En 1946, l'ONU lançait sa première campagne mondiale de lutte contre la faim.

Enfin, le 10 décembre 1948, l'Assemblée générale de l'ONU, réunie au palais de Chaillot à Paris, adopta la Déclaration universelle des droits de l'homme, dont l'article 25 définit le droit à l'alimentation.

La deuxième partie de ce livre rend compte de ce formidable moment d'éveil de la conscience occidentale.

Mais ce moment fut, hélas, de bien courte durée. Au sein du système des Nations unies, mais au cœur aussi de nombre d'États membres, les ennemis du droit à l'alimentation étaient (et sont aujourd'hui) puissants.

La troisième partie du livre les démasque.

Privés de moyens adéquats de lutte contre la faim, la FAO et le PAM survivent aujourd'hui dans des conditions difficiles. Et si le PAM parvient tant bien que mal à assumer une partie de l'aide alimentaire d'urgence dont les populations en détresse ont besoin, la FAO, elle, est en ruine. La quatrième partie du livre expose les raisons de cette déchéance.

Depuis peu, de nouveaux fléaux se sont abattus sur les peuples affamés de l'hémisphère Sud : les vols de terre par les trusts de biocarburants et la spéculation boursière sur les aliments de base.

La puissance planétaire des sociétés transcontinentales de l'agro-industrie et des *Hedge Funds*, ces fonds qui spéculent sur les prix alimentaires, est supérieure à celle des États nationaux et de toutes les organisations interétatiques. Leurs dirigeants, par leurs actions, engagent la vie et la mort des habitants de la planète.

Les cinquième et sixième parties du livre expliquent pourquoi et comment, aujourd'hui, l'obsession du profit, l'appât du gain, la cupidité illimitée des oligarchies prédatrices du capital financier globalisé l'emportent – dans l'opinion publique et auprès des gouvernements – sur toute autre considération, faisant obstacle à la mobilisation mondiale.

J'ai été le premier rapporteur spécial des Nations unies pour le droit à l'alimentation. Avec mes collaborateurs et collaboratrices, des hommes et des femmes d'une compétence et d'un engagement exceptionnels, j'ai exercé ce mandat pendant huit ans. Sans ces jeunes universitaires, rien n'aurait été possible[1]. Ce livre est nourri de ces huit années d'expériences et de combats menés ensemble.

J'y fais souvent référence aux missions que nous avons menées à travers les pays du monde frappés par la famine – en Inde, au Niger, au Bangladesh, en Mongolie, au Guatemala, etc. Nos rapports d'alors révèlent d'une façon particulièrement éclairante la dévastation des populations les plus affligées par la faim. Ils dévoilent aussi les responsables de cette destruction de masse.

Mais on ne nous a pas toujours mené la vie facile.

---

1. Je veux citer ici les noms de Sally-Anne Way, Claire Mahon, Ioana Cismas et Christophe Golay. Notre site Internet : www.rightfood.org

Cf. aussi Jean Ziegler, Christophe Golay, Claire Mahon, Sally-Anne Way, *The Fight for the Right to Food. Lessons Learned*, Londres, Éditions Polgrave-Mac Millan, 2011.

Mary Robinson est l'ancienne présidente de la république d'Irlande et l'ancienne haut-commissaire des Nations unies pour les droits de l'homme. À l'ONU, peu de bureaucrates pardonnent à cette femme aux beaux yeux verts, d'une extrême élégance et d'une intelligence aiguë, son humour féroce.

9 923 conférences internationales, réunions d'experts, séances interétatiques de négociations multilatérales ont eu lieu en 2009 au palais des Nations, le quartier général européen des Nations unies à Genève[1]. Leur nombre a été encore supérieur en 2010 et en 2011. Nombre de ces réunions ont porté sur les droits de l'homme, et notamment sur le droit à l'alimentation.

Durant son mandat, Mary Robinson a montré peu de considération pour la plupart de ces réunions. Elles relevaient trop souvent, selon elle, du *choral singing*. Le terme est presque intraduisible : il fait référence à l'ancestrale coutume irlandaise des chœurs villageois qui, le jour de Noël, vont de maison en maison, chantant d'une voix monocorde les mêmes refrains naïfs.

C'est qu'il existe des centaines de normes de droit international, d'institutions interétatiques, d'organismes non gouvernementaux dont la raison d'être est l'endiguement de la faim et de la malnutrition.

Et de fait, d'un continent à l'autre, des milliers de diplomates, tout au long de l'année, font ainsi du *choral singing* avec les droits de l'homme, sans que jamais rien ne change dans la vie des victimes. Il faut comprendre pourquoi.

---

1. Blaise Lempen, *Genève. Laboratoire du XXIᵉ siècle*, Genève, Éditions Georg, 2010.

Combien de fois n'ai-je entendu, à l'occasion des débats qui suivaient mes conférences en France, en Allemagne, en Italie, en Espagne, des objections du type : « Monsieur, si les Africains ne faisaient pas des enfants à tort et à travers, ils auraient moins faim ! »

C'est que les idées de Thomas Malthus ont la vie dure.

Et que dire des seigneurs des trusts agroalimentaires, des éminents dirigeants de l'Organisation mondiale du commerce (OMC), du Fonds monétaire international (FMI), des diplomates occidentaux, des « requins tigres » de la spéculation et des vautours de l'« or vert » qui prétendent que la faim, phénomène naturel, ne saurait être vaincue que par la nature elle-même : un marché mondial en quelque sorte autorégulé ? Celui-ci crée-rait, comme par nécessité, des richesses dont bénéfi-cieraient tout naturellement les centaines de millions d'affamés...

Le roi Lear nourrit une vision pessimiste du monde. À l'intention du comte de Gloucester, aveugle, le per-sonnage de Shakespeare décrit un monde « misérable » (*wrechet world*), tellement évidemment misérable que « même un aveugle pourrait se rendre compte de sa marche » (*a man may see how this world goes without eyes*). Le roi Lear a tort. Toute conscience est médiati-sée. Le monde n'est pas « *self-evident* », il ne se donne pas à voir immédiatement, tel qu'il est, même aux yeux de ceux qui jouissent d'une bonne vue.

Les idéologies obscurcissent la réalité. Et le crime, de son côté, avance masqué.

Les vieux marxistes allemands de l'École de Francfort, Max Horkheimer, Ernst Bloch, Theodor Adorno, Her-bert Marcuse, Walter Benjamin, ont beaucoup réfléchi à la perception médiatisée de la réalité par l'individu, aux processus en vertu desquelles la conscience subjective est aliénée par la doxa d'un capitalisme de plus en plus agressif et autoritaire. Ils ont cherché à analyser les effets de l'idéologie capitaliste dominante, à la manière dont celle-ci conduit l'homme, dès son enfance, à accepter de soumettre sa vie à des fins lointaines : en le privant des possibilités d'autonomie personnelle par laquelle s'affirme la liberté.

Certains de ces philosophes parlent de « double histoire » : d'un côté l'histoire événementielle, visible, quotidienne, et de l'autre l'histoire invisible, celle de la conscience. Ils montrent que la conscience est travaillée par l'espérance dans l'Histoire, l'esprit d'utopie, la foi active en la liberté. Cette espérance a une dimension eschatologique laïque. Elle nourrit une histoire souterraine qui oppose à la justice réelle une justice exigible.

« Ce n'est pas seulement la violence immédiate qui a permis à l'ordre de se maintenir, mais que les hommes eux-mêmes ont appris à l'approuver », écrit Horkheimer[1]. Pour changer la réalité, libérer la liberté dans l'homme, il faut renouer avec cette conscience anticipatrice (*vorgelagertes Bewusstsein*)[2], cette force historique qui a pour nom utopie, révolution.

Or, de fait, la conscience eschatologique progresse. Au sein des sociétés dominantes d'Occident, notamment, de plus en plus de femmes et d'hommes se mobilisent, luttent – affrontent la doxa néolibérale sur

1. Max Horkheimer, *Théorie traditionnelle et théorie pratique*, Paris, Éditions Gallimard, 1971, p. 10-11. Préface à la réédition.
2. Ernst Bloch, *Das Prinzip Hoffnung* (*Le principe espérance*), Francfort am Main, Éditions Suhrkamp, 1953.

la fatalité des hécatombes. De plus en plus s'impose une évidence : la faim est faite de mains d'hommes, et peut être vaincue par les hommes.

Demeure la question : comment terrasser le monstre ?

Délibérément ignoré des opinions publiques occidentales, un formidable éveil des forces révolutionnaires paysannes se produit sous nos yeux dans les campagnes de l'hémisphère Sud. Des syndicats paysans transnationaux, des ligues de cultivateurs et d'éleveurs luttent contre les vautours de l'« or vert » et contre les spéculateurs qui tentent de leur voler leurs terres. En même temps, au cœur des sociétés dominantes, de plus en plus de femmes et d'hommes refusent la doxa néolibérale et s'opposent à l'ordre cannibal du monde.

Dans l'épilogue, je reviens sur ces combats et l'espérance qu'ils nourrissent. Sur la nécessité, pour nous, de les soutenir.

PREMIÈRE PARTIE

Le massacre

1

Géographie de la faim

Le droit humain à l'alimentation, tel qu'il découle de l'article 11 du Pacte international relatif aux droits économiques, sociaux et culturels[1], se définit comme suit :

« Le droit à l'alimentation est le droit d'avoir un accès régulier, permanent et libre, soit directement, soit au moyen d'achats monétaires, à une nourriture qualitativement et quantitativement adéquate et suffisante, correspondant aux traditions culturelles du peuple dont est issu le consommateur, et qui assure une vie psychique et physique, individuelle et collective, libre d'angoisse, satisfaisante et digne. »

Parmi tous les droits de l'homme, le droit à l'alimentation est certainement celui qui est le plus constamment et le plus massivement violé sur notre planète.

La faim tient du crime organisé.

On lit dans l'Ecclésiastique : « Une maigre nourriture, c'est la vie des pauvres, les en priver, c'est commettre un meurtre. C'est tuer son prochain que de lui

1. Adopté par l'Assemblée générale des Nations unies le 16 décembre 1966.

ôter sa subsistance, c'est répandre le sang que de priver le salarié de son dû[1]. »

Or, selon les estimations de l'Organisation des Nations unies pour l'alimentation et l'agriculture (FAO / *Food and Agriculture Organization*), le nombre de personnes gravement et en permanence sous-alimentées sur la planète s'élevait en 2010 à 925 millions, contre 1 023 millions en 2009. Près de 1 milliard d'êtres humains, sur les 7 milliards que compte la planète, souffrent ainsi en permanence de la faim.

Le phénomène de la faim peut être approché de manière très simple.

La nourriture (ou l'aliment), qu'elle soit d'origine végétale ou animale (parfois minérale), est consommée par les êtres vivants à des fins énergétiques et nutritionnelles. Les éléments liquides (dont l'eau d'origine minérale), autrement dit les boissons (appelées nourriture quand ce sont des potages, des sauces, etc.), sont ingérés dans le même but. Ces éléments forment ensemble ce qu'on appelle l'alimentation.

Cette alimentation constitue l'énergie vitale de l'homme. L'unité énergétique dite reconstitutive est la kilocalorie. Elle permet d'évaluer la quantité d'énergie nécessaire au corps pour se reconstituer. Des apports énergétiques insuffisants, un manque de kilocalories, provoquent la faim, puis la mort.

Les besoins en calories varient en fonction de l'âge : 700 calories par jour pour un nourrisson, 1 000 pour un bébé entre un et deux ans, 1 600 pour un enfant de cinq ans. Quant à l'adulte, ses besoins varient entre

---

1. Bible de Jérusalem, L'Ecclésiastique, 34,21-22.

2 000 et 2 700 calories par jour selon le climat sous lequel il vit et la dureté du travail qu'il accomplit.

L'Organisation mondiale de la santé (OMS) fixe à 2 200 calories par jour le minimum vital pour un adulte. Au-dessous, l'adulte ne parvient plus à reproduire d'une façon satisfaisante sa propre force vitale.

Mourir de faim est douloureux. L'agonie est longue et provoque des souffrances intolérables. Elle détruit lentement le corps, mais aussi le psychisme. L'angoisse, le désespoir, un sentiment panique de solitude et d'abandon accompagnent la déchéance physique.

La sous-alimentation sévère et permanente provoque la souffrance aiguë, lancinante du corps. Elle rend léthargique et affaiblit graduellement les capacités mentales et motrices. Elle signifie marginalisation sociale, perte d'autonomie économique et, évidemment, chômage permanent par incapacité d'effectuer un travail régulier. Elle conduit immanquablement à la mort.

L'agonie par la faim passe par cinq stades.

À de rares exceptions près, un homme peut vivre normalement trois minutes sans respirer, trois jours sans boire, trois semaines sans manger. Pas davantage. Commence alors la déchéance.

Chez les enfants sous-alimentés, l'agonie s'annonce beaucoup plus rapidement. Le corps épuise d'abord ses réserves en sucre, puis en graisse. Les enfants deviennent léthargiques. Ils perdent rapidement du poids. Leur système immunitaire s'effondre. Les diarrhées accélèrent l'agonie. Des parasites buccaux et des infections des voies respiratoires causent d'effroyables souffrances. Commence alors la destruction de la masse musculaire. Les enfants ne peuvent plus se tenir debout. Comme autant de petits animaux, ils se recroquevillent dans la poussière. Leurs bras pendent sans vie. Leurs visages ressemblent à ceux des vieillards. Enfin, vient la mort.

Chez l'être humain, les neurones du cerveau se forment entre zéro et cinq ans. Si, durant ce temps, l'enfant ne reçoit pas une nourriture adéquate, suffisante et régulière, il restera mutilé à vie.

En revanche, l'adulte, qui, après avoir traversé le Sahara et subi une panne de voiture, aura été privé de nourriture pendant un certain temps avant d'être sauvé *in extremis*, reviendra sans problème à la vie normale. Une « renutrition » administrée sous contrôle médical permettra de rétablir la totalité de ses forces physiques et mentales.

Il en va tout autrement, donc, pour l'enfant de moins de cinq ans privé d'une nourriture adéquate et suffisante. Même si, dans sa vie ultérieure, il jouit d'une série d'événements miraculeusement favorables – son père trouve du travail, il est adopté par une famille aisée, etc. –, son destin est scellé. Il restera un crucifié de naissance, un mutilé cérébral à vie. Aucune alimentation thérapeutique ne lui assurera une vie normale, satisfaisante et digne.

Dans un grand nombre de cas, la sous-alimentation provoque des maladies dites de la faim : le noma, le kwashiorkor, etc. En outre, elle affaiblit dangereusement les défenses immunitaires de ses victimes.

Dans sa grande enquête sur le sida, Peter Piot montre que des millions de victimes qui meurent du sida pourraient être sauvées – ou pourraient du moins acquérir une résistance plus efficace contre le fléau – si elles avaient accès à une nourriture régulière et suffisante. Selon ses propres mots : « Une nourriture régulière et adéquate constitue la première ligne de défense contre le sida[1]. »

En Suisse, l'espérance de vie à la naissance est d'un peu plus de 83 ans, hommes et femmes confondus. En France, de 82 ans. Elle est de 32 ans au Swaziland, petit royaume d'Afrique australe ravagé par le sida et par la faim[2].

La malédiction de la faim est entretenue biologiquement. Chaque année, des millions de femmes sous-alimentées mettent au monde des millions d'enfants condamnés dès leur naissance. Ils sont ainsi frappés de carences dès leur premier jour sur Terre. Pendant la grossesse, leur mère sous-alimentée transmet cette malédiction à son enfant. La sous-alimentation fœtale provoque invalidité définitive, dégâts cérébraux, déficiences motrices.

Une mère affamée ne peut allaiter son nourrisson. Elle ne dispose pas non plus des moyens nécessaires à l'achat d'un substitut lacté.

Dans les pays du Sud, plus de 500 000 mères meurent en couches tous les ans, la plupart par manque prolongé de nourriture durant la grossesse.

La faim est donc, et de loin, la principale cause de mort et de déréliction sur notre planète.

Comment la FAO s'y prend-elle pour collecter les chiffres de la faim ?

Les analystes, statisticiens et mathématiciens de

1. Peter Piot, *The First Line of Defense. Why Food and Nutrition Matter in the Fight Against HIV/AIDS*, Rome, Programme alimentaire mondial, 2004.
2. Institut national de démographie, Paris, 2009.

l'organisation sont universellement reconnus pour leurs compétences. Le modèle mathématique qu'ils ont construit dès 1971 et qu'ils affinent depuis lors, année après année, est d'une extrême complexité[1].

Sur une planète où vivent 7 milliards d'êtres humains répartis dans 194 États, il est exclu de mener des enquêtes individuelles. Les statisticiens optent donc pour une méthode indirecte, que je simplifie ici délibérément.

Premier temps : pour chaque pays, ils recensent la production de biens alimentaires, l'importation et l'exportation des aliments, en notant pour chacun d'eux la teneur en calories. Il apparaît, par exemple, que si l'Inde compte presque la moitié de toutes les personnes gravement et en permanence sous-alimentées du monde, elle exporte certaines années des centaines de milliers de tonnes de blé. C'est ainsi qu'entre juin 2002 et novembre 2003, ces exportations se sont élevées à 17 millions de tonnes.

La FAO obtient de cette manière la quantité de calories disponibles dans chaque pays.

Deuxième temps : les statisticiens établissent pour chaque pays la structure démographique et sociologique de la population. Les besoins en calories, on l'a dit, varient selon la classe d'âge. Le sexe constitue une autre variable : les femmes brûlent moins de calories que les hommes, pour toute une série de raisons sociologiques. Le travail exécuté par une personne, sa situation socioprofessionnelle constituent une autre variable encore : un ouvrier fondeur

---

1. J'ai bénéficié, sur ce sujet, de l'assistance précieuse de Pierre Pauli, statisticien à l'Office de la statistique de l'État de Genève.

d'acier dans un haut-fourneau a besoin de plus de calories qu'un retraité qui passe ses journées assis sur un banc.

Ces données elles-mêmes varient selon la région et la zone climatique considérées. La température de l'air, les conditions météorologiques en général influent sur les besoins en calories.

Au terme de cette deuxième étape, les statisticiens sont en mesure de mettre en corrélation les deux agrégats. Ils connaissent ainsi les déficits globaux en calories de chaque pays et sont par conséquent en mesure de fixer le nombre théorique de personnes en permanence et gravement sous-alimentées.

Mais ces résultats ne disent rien de la distribution des calories à l'intérieur d'une population donnée. Les statisticiens affinent alors le modèle par des enquêtes ciblées, sur la base d'échantillons. Le but est d'identifier les groupes particulièrement vulnérables.

Bernard Maire et Francis Delpeuch critiquent ce modèle de calcul[1].

D'abord, ils mettent en question les paramètres. Les statisticiens de Rome, disent-ils, déterminent les déficits en matière de calories, c'est-à-dire de macronutriments (protéines, glucides, lipides) fournissant les calories, et donc l'énergie. Mais ils font l'impasse sur les déficiences des populations en micronutriments, le manque de vitamines, de minéraux, d'oligoéléments. Or, l'absence dans la nourriture d'iode, de fer, de vitamines A et C, parmi d'autres éléments indispensables

---

1. Francis Delpeuch et Bernard Maire, in *Alimentation, environnement et santé. Pour un droit à l'alimentation*, sous la direction d'Alain Bué et de Françoise Plet, Paris, Éditions Ellipses, 2010.

à la santé, rend aveugle, mutile, tue chaque année des millions de personnes.

La FAO parviendrait donc, avec sa méthode de calcul, à recenser le nombre des victimes de la sous-alimentation, mais pas celles de la malnutrition.

Les deux chercheurs mettent aussi en cause la fiabilité de cette méthode, qui repose entièrement sur la qualité des statistiques fournies par les États.

Or, nombre d'États de l'hémisphère Sud, par exemple, ne disposent d'aucun appareil statistique, fût-il embryonnaire. Et c'est justement dans les pays du Sud que s'emplissent à la plus grande vitesse les fosses communes des victimes de la faim.

Malgré toutes les critiques adressées au modèle mathématique des statisticiens de la FAO – dont je reconnais la pertinence –, je considère pour ma part qu'il permet de rendre compte, sur un temps long, des variations du nombre des sous-alimentés et des morts de la faim sur notre planète.

En tout état de cause, même si les chiffres sont sous-estimés, la méthode répond à l'exigence de Jean-Paul Sartre : « Connaître l'ennemi, combattre l'ennemi. »

L'objectif actuel de l'ONU est de réduire de moitié, d'ici 2015, le nombre de personnes souffrant de la faim.

En prenant solennellement cette décision en 2000 – il s'agit du premier des huit Objectifs du millénaire pour le développement (OMD)[1] –, l'Assemblée générale de l'ONU, à New York, a pris 1990 comme année de référence. C'est donc le nombre des affamés de 1990 qu'il s'agit de réduire de moitié.

1. *Millenium Development Goals* (MDG).

Cet objectif ne sera évidemment pas atteint. Car la pyramide des martyrs, loin de diminuer, croît. La FAO l'admet elle-même :

« Selon les dernières statistiques disponibles, quelques progrès ont été accomplis vers la réalisation de l'OMD, les victimes de la faim passant de 20 % de personnes sous-alimentées en 1990-92 à 16 % en 2010. Toutefois, avec la poursuite de la croissance démographique (quoique plus lente que ces dernières décennies), une baisse du pourcentage des affamés peut masquer une augmentation de leur nombre. En effet, les pays en développement en tant que groupe ont vu augmenter leur nombre d'affamés (de 827 millions en 1990-92 à 906 millions en 2010)[1]. »

Pour mieux cerner la géographie de la faim, la répartition de cette destruction de masse sur la planète, il faut d'abord recourir à une première distinction, à laquelle se réfèrent l'ONU et ses agences spécialisées : « faim structurelle » d'un côté, et « faim conjoncturelle » de l'autre.

La faim structurelle gît dans les structures de production insuffisamment développées des pays du Sud. Elle est permanente, peu spectaculaire et se reproduit biologiquement : chaque année, des millions de mères sous-alimentées mettent au monde des millions d'enfants déficients. La faim structurelle signifie destruction psychique et physique, anéantissement de la dignité, souffrance sans fin.

La faim conjoncturelle, en revanche, est hautement visible. Elle fait irruption périodiquement sur nos écrans

1. FAO, « Report on Food insecurity in the world », Rome, 2011.

de télévision. Elle se produit lorsque, brusquement, une catastrophe naturelle, des criquets, une sécheresse, des inondations dévastent une région, ou lorsqu'une guerre déchire le tissu social, ruine l'économie, pousse des centaines de milliers de victimes dans des camps de personnes déplacées à l'intérieur du pays ou dans des camps de réfugiés au-delà des frontières.

Dans toutes ces situations, on ne peut plus ni semer, ni récolter. Les marchés sont détruits, les routes bloquées, les ponts effondrés. Les institutions étatiques ne fonctionnent plus. Pour les millions de victimes parquées dans les camps, le Programme alimentaire mondial (PAM) constitue le dernier salut.

Nyala, au Darfour, est le plus grand des dix-sept camps de personnes déplacées des trois provinces du Soudan occidental ravagées par la guerre et la famine.

Gardés par des Casques bleus africains, surtout rwandais et nigérians, près de 100 000 hommes, femmes et enfants sous-alimentés se pressent dans l'immense camp de toile et de plastique. Une femme qui s'aventure à quelque 500 mètres en dehors des clôtures – pour chercher du bois de chauffe ou de l'eau de puits – court le risque de se faire prendre par les Janjawid, les milices équestres arabes au service de la dictature islamiste de Khartoum. Elle sera certainement violée, peut-être assassinée.

Si les camions Toyota blancs du PAM, surmontés du drapeau bleu de l'ONU, n'arrivaient pas tous les trois jours avec leurs charges pyramidales de sacs de riz et de farine, de containers d'eau et de caisses de médicaments, les Zaghawa, Massalit, Four enfermés derrière les barbelés à la garde des Casques bleus périraient en peu de temps.

Voici un autre exemple de la faim conjoncturelle. En 2011, plus de 450 000 femmes, hommes et enfants gravement sous-alimentés, provenant notamment de la Somalie du Sud, se pressent dans le camp de Dadaab, établi par l'ONU sur sol kenyan. Régulièrement, les fonctionnaires du PAM refusent à d'autres familles affamées l'entrée du camp, faute de moyens suffisants pour les secourir[1].

Qui sont les plus exposés à la faim ?

Les trois grands groupes de personnes les plus vulnérables sont, dans la terminologie de la FAO, les pauvres ruraux (*rural poors*), les pauvres urbains (*urban poors*) et les victimes de catastrophes déjà évoquées. Arrêtons-nous sur les deux premières catégories.

Les ruraux pauvres. La majorité des êtres humains n'ayant pas assez à manger appartiennent aux communautés rurales pauvres des pays du Sud. Beaucoup ne disposent ni d'eau potable ni d'électricité. Dans ces régions, les services de santé publique, d'éducation et d'hygiène sont la plupart du temps inexistants.

Sur les 7 milliards d'êtres humains que compte la planète, un peu moins de la moitié habitent en zone rurale.

Depuis la nuit des temps, les populations paysannes – cultivateurs et éleveurs (et pêcheurs) – sont au premier rang des victimes de la misère et de la faim : aujourd'hui, sur les 1,2 milliard d'êtres humains qui, selon les critères de la Banque mondiale, vivent dans la « pauvreté extrême » – soit avec un revenu de moins de 1,25 dollar par jour –, 75 % vivent dans les campagnes.

---

1. Sur l'effondrement du budget du PAM, voir p. 217.

Nombre de paysans vivent dans la misère pour l'une ou l'autre des trois raisons suivantes. Les uns sont des travailleurs migrants sans terre ou des métayers surexploités par les propriétaires. Ainsi, dans le nord du Bangladesh, les métayers musulmans doivent remettre à leurs *land lords* hindous vivant à Calcutta les quatre cinquièmes de leurs récoltes. D'autres, s'ils ont de la terre, ne jouissent pas de titres de propriété suffisamment solides. C'est le cas des *posseiros* brésiliens, qui occupent de petites surfaces de terres improductives ou vacantes, dont ils ont l'usage sans détenir de documents prouvant que celles-ci leur appartiennent. D'autres encore, s'ils possèdent leur terre en propre, la dimension et la qualité de celle-ci sont insuffisantes pour qu'ils puissent nourrir décemment leur famille.

Le Fonds international pour le développement agricole (IFAD / *International Fund for Agricultural Development*) chiffre le nombre des travailleurs ruraux sans terre à environ 500 millions de personnes, soit 100 millions de ménages. Ceux-là sont les plus pauvres parmi les pauvres de la Terre[1].

Pour les petits paysans, les métayers surexploités, les journaliers agricoles, les travailleurs migrants, la Banque mondiale recommande désormais la *Market-Assisted Land Reform*, qu'elle a préconisée une première fois en 1997 pour les Philippines. Le latifundiaire serait obligé de se départir d'une partie de ses terres, mais le travailleur rural devrait acheter sa parcelle avec l'aide éventuelle de crédits de la Banque mondiale.

---

1. IFAD, « Rural Poverty Report 2009 », New York, Oxford University Press, 2010.

Vu l'état de dénuement complet des familles des « sans-terre », la réforme agraire *Market-Assisted*, promue partout dans le monde par la Banque mondiale, relève de l'hypocrisie la plus évidente, voire de l'indécence pure et simple[1].

La libération des paysans ne saurait être que l'œuvre des paysans eux-mêmes. Quiconque a fréquenté un *assentamento* ou un *acampamento* (campement, colonie de peuplement) du Mouvement des travailleurs ruraux sans terre (MST) du Brésil éprouve émotion et admiration. Le MST est devenu le mouvement social le plus important du Brésil, attaché à la réforme agraire, à la souveraineté alimentaire, à la remise en cause du libre-échange et du modèle de production et de consommation agro-industrielles dominant, à la promotion de l'agriculture vivrière, à la solidarité, à l'internationalisme.

Le mouvement international de paysans *Via Campesina* regroupe, à travers le monde, 200 millions de métayers, de petits paysans (1 hectare ou moins), de travailleurs ruraux saisonniers, d'éleveurs migrants ou sédentaires, d'artisans pêcheurs. Son secrétariat central est installé à Djakarta, en Indonésie. *Via Campesina* est aujourd'hui l'un des mouvements révolutionnaires les plus impressionnants du tiers-monde. Nous y reviendrons.

Peu d'hommes et de femmes sur Terre travaillent autant, dans des circonstances climatiques aussi adverses et pour un gain aussi minime, que les paysans et paysannes de l'hémisphère Sud. Rares, parmi eux, sont ceux qui peuvent dégager une épargne pour se prému-

1. Cf. Jean Feyder, *Mordshunger. Wer profitiert vom Elend der armen Länder ?*, Westend, 2010.

nir contre les catastrophes climatiques, les criquets, les troubles sociaux toujours menaçants. Même si, pendant quelques mois, la nourriture est disponible en abondance, que les tambours de la fête résonnent, que les mariages sont célébrés par des cérémonies somptueuses, marquées par le partage, la menace est omniprésente. Et personne ne peut savoir avec certitude la durée de la soudure.

90 % des paysans du Sud ne disposent, comme outils de travail, que de la houe, de la machette et de la faux.

Plus de 1 milliard de paysans n'ont ni animal de trait ni tracteur.

Si la force de traction double, la surface cultivée double aussi. Sans traction, les cultivateurs du Sud resteront confinés dans leur misère.

Au Sahel, 1 hectare de céréales donne 600 à 700 kilogrammes. En Bretagne, dans la Beauce, au Bade-Wurtemberg, en Lombardie, 1 hectare de blé donne 10 tonnes, soit 10 000 kilogrammes. Cette différence de productivité ne s'explique évidemment pas par la disparité des compétences. Les cultivateurs Bambara, Wolof, Mossi ou Toucouleurs travaillent avec la même énergie, la même intelligence que leurs collègues européens. Ce qui les distingue, ce sont les intrants dont ils disposent. Au Bénin, au Burkina Faso, au Niger ou au Mali, la plupart des cultivateurs ne bénéficient d'aucun système d'irrigation, n'ont à leur disposition ni engrais minéraux, ni semences sélectionnées, ni pesticides contre les prédateurs. Comme il y a trois mille ans, ils pratiquent l'agriculture de pluie.

3,8 % des terres d'Afrique subsaharienne seulement sont irriguées[1].

---

1. Contre 37 % en Asie.

La FAO estime à 500 millions les cultivateurs du Sud qui n'ont accès ni aux semences sélectionnées, ni aux engrais minéraux, ni au fumier (ou autres engrais naturels), puisqu'ils ne possèdent pas d'animaux.

Selon la FAO, 25 % des récoltes du monde sont détruites chaque année par les intempéries ou les rongeurs.

Les silos sont rares en Afrique noire, en Asie du Sud et sur les plateaux andins. Ce sont donc les familles paysannes du Sud qui sont les premières et les plus durement frappées par la destruction des récoltes.

L'acheminement des récoltes vers les marchés est un autre grand problème.

J'ai vécu en Éthiopie, en 2003, cette situation absurde : à Makele, au Tigray, sur les hauts plateaux martyrisés par les vents, là où le sol est craquelé et poussiéreux, la famine ravageait 7 millions de personnes.

Or, à 600 kilomètres plus à l'ouest, au Gondar, des dizaines de milliers de tonnes de teff pourrissaient dans les greniers, faute de routes et de camions capables de transférer la nourriture salvatrice...

En Afrique noire, en Inde, au sein des communautés aymara et otavalo de l'Altiplano péruvien, bolivien ou équatorien, il n'existe pour ainsi dire pas de banques de crédit agricole. Du coup, le paysan n'a pas le choix : il doit le plus souvent vendre sa récolte au pire moment, c'est-à-dire lorsqu'elle vient d'être faite et que les prix sont au plus bas.

Une fois qu'il sera pris dans la spirale du surendettement – s'endettant pour pouvoir payer les intérêts de la dette précédente –, il devra vendre sa future récolte pour pouvoir acheter, au prix fixé par les maîtres du commerce agroalimentaire, la nourriture nécessaire à sa famille durant la soudure.

Dans les campagnes, notamment en Amérique centrale et du Sud, en Inde, au Pakistan, au Bangladesh, la violence est endémique.

Avec mes collaborateurs, j'ai effectué une mission au Guatemala du 26 janvier au 5 février 2005[1]. Durant notre séjour, le commissaire pour les droits de l'homme du gouvernement guatémaltèque, Frank La Rue, lui-même ancien résistant contre la dictature du général Rios Montt, m'avait signalé les crimes commis jour après jour dans son pays contre les paysans.

Le 23 janvier, à la *finca* Alabama Grande, un travailleur agricole vole des fruits. Trois gardes de sécurité de la *finca* le découvrent et le tuent.

Le soir même, ne voyant pas revenir le père, la famille, qui, comme toutes les familles de péons, loge dans une hutte à la lisière du latifundium, s'inquiète. Accompagné par des voisins, le fils aîné, âgé de quatorze ans, monte à la maison des maîtres. Les gardes les interceptent. Une dispute éclate. Le ton monte. Les gardes abattent le garçon et quatre de ses accompagnateurs.

Dans une autre *finca*, d'autres gardes interceptent un jeune garçon dont les poches sont remplies de *cozales*, un fruit local. L'accusant de les avoir volés sur les terres du patron, ils le remettent à celui-ci… qui tue le garçon d'un coup de pistolet.

1. Rapport « Droit à l'alimentation, Mission au Guatemala » E/CN 4/2006/44.Add.1

Frank La Rue me dit : « Hier, au palais présidentiel, le vice-président de la république, Eduardo Stein Barillas, te l'a expliqué : 49 % des enfants de moins de dix ans sont sous-alimentés… 92 000 d'entre eux sont morts de faim, de maladies de la faim l'an passé… alors tu comprends, les pères, les frères, parfois, la nuit… ils remontent dans le verger de la *finca*… ils volent quelques fruits, des légumes… »

En 2005, 4 793 assassinats ont été commis au Guatemala, 387 au cours de notre bref séjour.

Parmi les victimes figuraient quatre jeunes syndicalistes paysans – trois hommes et une femme – qui venaient de rentrer d'un stage de formation à Fribourg, en Suisse. Des tueurs avaient mitraillé leur voiture dans la sierra de Chuacas, sur une piste entre San Cristóbal Verapaz et Salama.

J'ai appris la nouvelle lors d'un dîner à l'ambassade de Suisse. L'ambassadeur, un homme déterminé, aimant et connaissant parfaitement le Guatemala, m'a promis qu'il déposerait dès le lendemain une protestation énergique auprès du ministère des Affaires étrangères.

À ce dîner assistait également Rigoberta Menchu, prix Nobel de la Paix, une femme maya magnifique qui a perdu, sous la dictature du général Lucas García, son propre père et l'un de ses frères, brûlés vifs.

En sortant, sur le pas de la porte, elle m'a glissé tout bas : « J'ai regardé votre ambassadeur. Il était blême… sa main tremblait… Il est en colère. C'est un homme bien. Il protestera… Mais cela ne servira à rien ! »

Près de la *finca* de Las Delicias, un latifundium de production de café situé dans le *municipio* d'El Tumbador, j'interroge des péons grévistes et leurs femmes.

Depuis six mois, le patron n'a pas payé ses ouvriers, prenant prétexte de l'effondrement des cours du café sur le marché mondial[1]. Une manifestation organisée par les grévistes vient d'être violemment réprimée par la police et les gardes patronales.

Président de la Pastorale de la terre interdiocésaine (PTI), l'évêque Ramazzini de San Marco m'avait averti : « Souvent, la nuit, après une manifestation, la police revient et arrête au hasard des jeunes… souvent ils disparaissent. »

Nous sommes assis sur un banc de bois, devant une cahute. Les grévistes et leurs femmes se tiennent debout, en demi-cercle.

Dans la chaleur moite de la nuit, des enfants au regard grave nous observent. Les femmes et les jeunes filles portent des robes éclatantes de couleurs.

Un chien aboie au loin.

Le firmament est constellé d'étoiles. L'odeur des caféiers se mêle à celle des géraniums rouges qui poussent derrière la maison.

Manifestement, ces gens ont peur. Leurs beaux visages bruns d'Indiens mayas trahissent l'angoisse… certainement alimentée par les arrestations nocturnes, les disparitions organisées par la police dont m'a parlé l'évêque Ramazzini.

De façon franchement maladroite, je distribue mes cartes de visite de l'ONU. Les femmes les pressent sur leur cœur, tel un talisman.

Au moment même où je leur parle des droits de l'homme, de l'éventuelle protection de l'ONU, je sais déjà que je les trahis.

---

1. En 2005, le salaire minimum légal était de 38 quetzales par semaine (1 dollar valant 7,5 quetzales).

L'ONU, évidemment, ne fera rien. Planqués dans leurs villas à Ciudad Guatemala, les fonctionnaires onusiens se contentent d'administrer de coûteux programmes dits de développement. Dont profitent les latifundiaires. Peut-être, tout de même, Eduardo Stein Barillas, un ancien jésuite proche de Frank La Rue, mettra-t-il en garde le commandant de la police d'El Tumbador contre d'éventuelles « disparitions » organisées à l'encontre des jeunes grévistes…

La plus grande violence faite aux paysans est évidemment l'inégale répartition des terres. Au Guatemala, en 2011, 1,86 % de la population possède 57 % des terres arables.

Il existe ainsi, dans ce pays, 47 grandes propriétés s'étendant chacune sur 3 700 hectares ou plus, tandis que 90 % des producteurs survivent sur des lopins de 1 hectare ou moins.

Quant à la violence faite aux syndicats paysans, aux manifestants grévistes, la situation ne s'est pas améliorée. Au contraire : les disparitions forcées et les assassinats ont augmenté[1].

Les pauvres urbains. Dans les *calampas* de Lima, les *slums* de Karachi, les *favellas* de Saõ Paulo ou les *smoky mountains* de Manille, les mères de famille doivent, pour acheter leur nourriture, se contenter d'un revenu extrêmement limité. La Banque mondiale estime à 1,2 milliard les personnes « extrêmement pauvres » vivant avec moins de 1,25 dollar par jour.

À Paris, Genève ou Francfort, une ménagère dépense

---

1. FIAN (*Food Information and Action Network*), *The Human Right to Food in Guatemala*, Heidelberg, 2010.

en moyenne 10 à 15 % du revenu familial pour acheter de la nourriture. Dans le budget d'une femme des *smoky mountains* de Manille, la part de la nourriture occupe 80-85 % de ses dépenses totales.

En Amérique latine, selon la Banque mondiale, 41 % de la population continentale vit dans l'« habitat informel ». La moindre augmentation des prix du marché provoque, dans les bidonvilles, l'angoisse, la faim, la désintégration familiale, la catastrophe.

La coupure entre pauvres urbains et pauvres ruraux n'est évidemment pas aussi radicale qu'elle n'y paraît au premier abord puisqu'en réalité, comme on l'a dit, 43 % des 2,7 milliards des travailleurs saisonniers, des petits propriétaires, des métayers qui constituent l'immense majorité des miséreux vivant à la campagne, doivent, eux aussi, à certains moments de l'année, acheter de la nourriture sur le marché du village ou du bourg voisin, la récolte précédente n'étant pas suffisante pour nourrir leur famille jusqu'à la suivante. Le travailleur rural subit alors de plein fouet les prix élevés des aliments qu'il doit absolument se procurer.

Yolanda Areas Blas, déléguée vive et sympathique de *Via Campesina* du Nicaragua, énonce l'exemple suivant : l'État du Nicaragua définit annuellement la *canasta básica*, « panier de base de la ménagère ». Celui-ci contient les vingt-quatre aliments essentiels dont une famille de six personnes a besoin mensuellement pour survivre. En mars 2011, le coût de la *canasta básica* au Nicaragua était de 6 250 cordobas, soit 500 dollars. Or, le salaire minimum légal de l'ouvrier agricole (au demeurant rarement payé) s'élevait à la même époque à 1 800 cordobas, soit 80 dollars[1]...

La répartition géographique de la faim dans le monde est extrêmement inégale[2]. En 2010, elle se présentait ainsi :

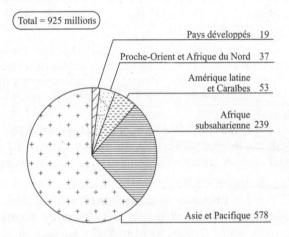

Total = 925 millions

Pays développés 19

Proche-Orient et Afrique du Nord 37

Amérique latine et Caraïbes 53

Afrique subsaharienne 239

Asie et Pacifique 578

Le tableau ci-après permet de prendre la mesure des variations dans le temps du nombre total des victimes au cours des dernières décennies :

1. Yolanda Areas Blas, intervention au colloque « The Need to Increase the Protection of the Right of the Peasants », Genève, 8 mars 2011.
2. Tous les graphiques et tableaux qui suivent sont extraits du « Rapport sur l'insécurité alimentaire dans le monde », Rome, FAO, 2010.

Évolution du nombre (millions) et du pourcentage de personnes sous-alimentées entre 1969 et 2007		
2005-2007	848	millions (13 %)
2000-2002	833	millions (14 %)
1995-1997	788	millions (14 %)
1990-1992	843	millions (16 %)
1979-1981	853	millions (21 %)
1969-1971	878	millions (26 %)

Le tableau suivant montre l'évolution du désastre dans les différentes régions du monde entre 1990 et 2007, soit sur la durée approximative d'une génération :

Évolution du nombre (millions) de personnes sous-alimentées par régions du monde entre 1990 et 2007				
Groupes de pays	*1990-1992*	*1995-1997*	*2000-2002*	*2005-2007*
MONDE	843,4	787,5	833,0	847,5
Pays développés	16,7	19,4	17,0	12,3
Monde en développement	826,6	768,1	816,0	835,2
Asie et Pacifique[1]	587,9	498,1	531,8	554,5

1. Y compris l'Océanie.

Asie orientale	215,6	149,8	142,2	139,5
Asie sud-orientale	105,4	85,7	88,9	76,1
Asie du Sud	255,4	252,8	287,5	331,1
Asie centrale	4,2	4,9	10,1	6,0
Asie occidentale	6,7	4,3	2,3	1,1
Amérique latine et Caraïbes	54,3	53,3	50,7	47,1
Amérique du Nord et centrale	9,4	10,4	9,5	9,7
Caraïbes	7,6	8,8	7,3	8,1
Amérique du Sud	37,3	34,1	33,8	29,2
Proche-Orient et Afrique du Nord	19,6	29,5	31,8	32,4
Proche-Orient	14,6	24,1	26,2	26,3
Afrique du Nord	5,0	5,4	5,6	6,1
Afrique subsaharienne	164,9	187,2	201,7	201,2
Afrique centrale	20,4	37,2	47,0	51,8
Afrique orientale	76,2	84,7	85,6	86,9
Afrique australe	30,6	33,3	35,3	33,9
Afrique occidentale	37,6	32,0	33,7	28,5

Ces chiffres, arrêtés en 2007, doivent être référés à l'évolution démographique dans le monde, dont voici les chiffres par continent pour la même année : Asie, 4,03 milliards (soit 60,5 % de la population mondiale) ; Afrique, 965 millions (14 %) ; Europe, 731 millions (11,3 %) ; Amérique latine et Caraïbes, 572 millions (8,6 %) ; Amérique du Nord, 339 millions (5,1 %) ; Océanie, 34 millions (0,5 %).

Voici l'évolution du désastre global sur une durée plus longue, entre 1969 et 2010[1], soit sur deux générations :

Nombre de personnes sous-alimentées dans le monde entre 1969 et 1971 et 2010

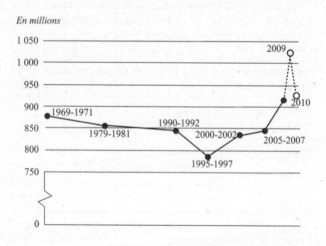

Ce tableau appelle plusieurs commentaires.
Il faut évidemment confronter ces chiffres à l'évolu-

1. Les chiffres pour 2009 et 2010 sont estimés par la FAO, avec un apport du département de l'Agriculture des États-Unis (Service de la recherche économique).

tion démographique globale pendant les mêmes décennies : en 1970, il y avait 3,696 milliards d'hommes sur la planète ; en 1980, 4,442 milliards ; en 1990, 5,279 milliards ; en 2000, 6,085 et en 2010, 6,7 milliards.

Après 2005, la courbe globale des victimes de la faim a grimpé de manière catastrophique, tandis que la hausse démographique, d'environ 400 millions de personnes tous les cinq ans, demeurait stable.

La plus forte hausse a été enregistrée entre 2006 et 2009, alors même que, selon les chiffres de la FAO, de bonnes récoltes de céréales avaient été engrangées dans le monde entier durant ces années. Le nombre de personnes sous-alimentées s'est violemment accru du fait de la flambée des prix des aliments et de la crise analysée dans la sixième partie du présent livre.

Le graphique ci-dessous donne une image plus fine des variations dans les pays en développement entre 1990 et 2010.

Nombre de personnes sous-alimentées
1990-1992 et 2010 : tendances régionales

Nombre de personnes sous alimentées (en millions)

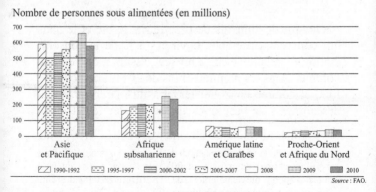

Source : FAO.

Les pays en développement ont abrité ces dernières années entre 98 et 99 % des sous-alimentés de la planète.

En chiffres absolus, la région déplorant le plus d'affamés reste l'Asie et le Pacifique, mais avec une baisse de 12 % (de 658 millions en 2009 à 578 millions en 2010), elle affichait l'essentiel de l'amélioration en 2010. C'est en Afrique subsaharienne que le pourcentage de personnes sous-alimentées demeurait à cette date le plus élevé, avec 30 % en 2010, soit près d'une personne sur trois.

Si la grande majorité des victimes de la faim vivent dans les pays en développement, le monde industrialisé n'échappe pas pour autant au désastre. En mai 2012 l'UNICEF publia son rapport sur la situation des enfants en Espagne. À cause de la politique d'austérité du gouvernement Rajoy 2,2 millions d'enfants espagnols en dessous de 10 ans sont gravement et en permanence sous-alimentés.

La situation est particulièrement grave dans les pays d'Europe de l'Est et de l'ex-Union soviétique.[1]

On appelle aliments de base le riz, le blé et le maïs qui couvrent, ensemble, environ 75 % de la consommation mondiale, le riz, à lui seul, assurant 50 % de ce volume. Dans les premiers mois de 2011, une nouvelle fois, et comme en 2008, les prix du marché mondial des aliments de base ont explosé. En février 2011, la

---

1. Un exemple : dans l'orphelinat de Torez, en Ukraine, 12 enfants sur 100 – surtout des enfants handicapés – sont morts de faim chaque année en moyenne entre 2002 et 2010. « Ukrainian orphanages are starving disabled children », *The Sunday Times*, Londres.

FAO a lancé l'alerte : 80 pays se trouvaient alors au seuil de l'insécurité alimentaire.

Le 17 décembre 2010, le peuple tunisien s'est levé contre les prédateurs au pouvoir à Carthage. Zine el-Abidine Ben Ali qui, avec sa belle-famille et ses complices, avait terrorisé et pillé la Tunisie pendant vingt-trois ans, s'est enfui en Arabie Saoudite le 14 janvier 2011. L'effet du soulèvement tunisien sur les pays voisins ne s'est pas fait attendre.

En Égypte, la révolution a commencé le 25 janvier, avec le rassemblement de près de 1 million de personnes au cœur du Caire, sur la place Tahrir. Depuis octobre 1981, le général d'aviation Hosni Moubarak avait régné – par la torture, la terreur policière, la corruption – sur le protectorat israélo-américain d'Égypte. Pendant les trois semaines précédant sa chute, les tireurs d'élite de sa police secrète, juchés sur les toits entourant la place Tahrir, ont assassiné plus de 800 jeunes – hommes et femmes – et en ont fait « disparaître » dans les chambres de torture quelques centaines d'autres.

Le peuple insurgé a renversé Moubarak le 12 février.

Le mécontentement s'est répandu dans tout le monde arabe, au Maghreb et au Machrek : en Libye, au Yémen, en Syrie, à Bahrein, etc.

Les révolutions de l'Égypte et de la Tunisie ont des causes complexes, le magnifique courage des insurgés s'alimentant à des racines profondes. Mais la faim, la sous-alimentation, l'angoisse devant les prix rapidement croissants du pain quotidien ont constitué un puissant motif de révolte.

Depuis le temps du protectorat français, la baguette de pain est la nourriture de base des Tunisiens, tandis que la galette (*aïche*) est celle des Égyptiens. En janvier 2011, brusquement, le prix du marché mondial de la tonne de blé meunier a doublé. Il atteignait, en janvier 2011, 270 euros.

La vaste contrée qui s'étend de la côte Atlantique du Maroc aux émirats du golfe arabo-persique constitue la principale région importatrice de céréales du monde. Qu'il s'agisse de céréales, de sucre, de viande bovine, de volaille ou d'huiles, tous les pays du Maghreb et du Golfe importent massivement de la nourriture.

Pour nourrir ses 84 millions d'habitants, l'Égypte importe ainsi plus de 10 millions de tonnes de blé par an, l'Algérie 5 millions, l'Iran 6 millions. Le Maroc et l'Irak importent annuellement chacun entre 3 et 4 millions de tonnes de blé. L'Arabie Saoudite achète chaque année sur le marché mondial environ 7 millions de tonnes d'orge.

En Égypte et en Tunisie, la menace de la famine a eu une conséquence formidable, le spectre de la faim mobilisant des forces inouïes, celles qui ont contribué à faire fleurir le « Printemps arabe ». Mais dans la plupart des autres pays menacés par l'insécurité alimentaire imminente, la souffrance et l'angoisse continuent d'être supportées dans le silence.

Dans les zones rurales d'Asie et d'Afrique, les femmes subissent une discrimination permanente liée à la sous-alimentation ; c'est ainsi que dans certaines sociétés soudano-sahéliennes ou somaliennes, les femmes et les enfants de sexe féminin ne mangent que les restes des repas des hommes et des enfants de sexe mâle.

Leurs enfants en bas âge souffrent de la même discrimination. Les veuves et les deuxième et troisième épouses endurent un traitement discriminatoire encore plus marqué.

Dans les camps de réfugiés somaliens sur terre kenyane, les délégués du haut-commissariat de l'ONU pour les réfugiés luttent quotidiennement contre cette coutume détestable : chez les éleveurs somaliens, les femmes et les jeunes filles ne touchent à la bassine de mil ou aux restes de mouton grillé qu'après le repas des hommes[1]. Les hommes se servent, puis vient le tour des enfants mâles. À la fin du repas, quand les hommes ont quitté la pièce avec leurs fils, les femmes et les filles s'approchent de la natte où sont posées les bassines contenant quelques boulettes de riz, les reliefs de blé, un lambeau de viande que les hommes ont laissés. Si la bassine est vide, les femmes et les fillettes resteront sans manger.

Un mot encore sur les victimes : cette géographie et ces statistiques de la faim désignent comme telles au moins un être sur sept sur la terre.

Mais quand on adopte un autre point de vue, quand on ne considère pas l'enfant qui meurt comme une simple unité statistique, mais comme la disparition d'un être singulier, irremplaçable, venu au monde pour vivre d'une vie unique et qui ne reviendra pas, la pérennité de la faim destructrice dans un monde regorgeant de richesses et capable de « décrocher la lune » apparaît encore plus inacceptable. Massacre de masse des plus pauvres.

---

1. « *Affamati, ma a casa loro* » (Affamées, mais dans leur propre maison), *Nigrizia*, Vérone, juillet-août 2009.

2

La faim invisible

À côté des êtres détruits par la sous-alimentation, victimes de la faim et recensés dans cette géographie terrifiante, il y a les êtres ravagés par la malnutrition. La FAO ne les ignore pas, mais les recense à part.

La sous-alimentation provient du manque de calories, la malnutrition de la déficience en matière de micronutriments – vitamines et sels minéraux.

Plusieurs millions d'enfants de moins de dix ans meurent de malnutrition aiguë et sévère chaque année[1].

Au cours de mon mandat de rapporteur spécial des Nations unies pour le droit à l'alimentation, pendant huit ans, donc, j'ai parcouru les territoires de la faim. Sur les hauteurs arides et glacées de la sierra de Jocotán au Guatemala, dans les plaines désolées de Mongolie, au cœur des forêts denses de l'État d'Orisha en Inde, dans les villages frappés par la famine endémique de l'Éthiopie et du Niger, j'ai vu des femmes édentées au teint gris qui, à l'âge de trente ans, paraissent en avoir quatre-vingts, des petits garçons et des petites filles aux grands yeux noirs, étonnés, rieurs, mais dont les bras

1. Hans Konrad Biesalski, « Micronutriments, wound healing and prevention of pressure ulcers », *Nutrition*, septembre 2010.

et les jambes sont aussi minces que des allumettes, des hommes humiliés aux gestes lents, au corps décharné.

Leur déréliction est immédiatement visible. Tous sont les victimes d'un manque de calories.

Les ravages de la malnutrition, en revanche, ne sont pas immédiatement visibles. Un homme, une femme, un enfant peuvent avoir un poids normal et souffrir pourtant de malnutrition, c'est-à-dire de déficiences permanentes et graves de vitamines et des sels minéraux indispensables à la bonne assimilation des macronutriments. Ces nutriments sont qualifiés de « micro » parce qu'ils ne sont nécessaires qu'en infime quantité pour permettre au corps de grandir, de se développer et de se maintenir en bonne santé. Mais ils ne sont pas fabriqués par l'organisme et doivent impérativement être apportés par une alimentation variée, équilibrée et de bonne qualité.

Les déficiences en vitamines et en minéraux peuvent en effet entraîner de graves problèmes de santé : une très grande vulnérabilité aux maladies infectieuses, la cécité, l'anémie, la léthargie, la diminution des capacités d'apprentissage, le retard mental, les déformations congénitales, la mort. Les carences les plus fréquentes sont au nombre de trois : la vitamine A, le fer et l'iode.

Pour désigner la malnutrition, les Nations unies utilisent volontiers l'expression « *silent hunger* », la « faim silencieuse ». Il arrive pourtant que les victimes crient. Je préfère, pour ma part, parler de « faim invisible », imperceptible à l'œil – fût-il souvent celui du médecin.

Un enfant peut arborer un corps apparemment bien nourri, aux rondeurs ordinaires, au poids correspondant à celui des enfants de son âge... et être quand même rongé par la malnutrition – état dangereux qui, autant que le manque de calories, peut mener à l'agonie, à la mort.

Mais ces décès consécutifs à la malnutrition ne sont pas comptabilisés, on l'a dit, dans les statistiques de la faim de la FAO, qui ne prennent en compte que les kilocalories disponibles.

Pour ce qui concerne les enfants de moins de quinze ans, le Fonds des Nations unies pour l'enfance (UNICEF) et l'Initiative Micronutriments, une organisation à but non lucratif spécialisée dans les carences, mènent périodiquement, depuis 2004, des enquêtes dont les résultats sont publiés dans des rapports intitulés « Carences en vitamines et en minéraux. Évaluation globale[1] ». Il apparaît qu'un tiers de la population mondiale ne peut pas réaliser son potentiel physique et intellectuel du fait de carences en vitamines et minéraux.

La malnutrition dévaste tout particulièrement la classe d'âge entre zéro et cinq ans.

L'anémie est une des conséquences les plus fréquentes de la malnutrition. Elle est due à la carence en fer. Elle se caractérise notamment par une insuffisance d'hémoglobine. Elle est mortelle, surtout chez les enfants et les femmes en âge de procréer. Pour les nourrissons, le fer est essentiel : la plupart des neurones du cerveau se forment durant les deux premières années de la vie. L'anémie dérègle, par ailleurs, le système immunitaire.

Environ 30 % des bébés naissent dans les 50 pays les plus pauvres du monde, ou « Pays les moins avancés » (PMA), pour reprendre la terminologie onusienne. Le manque de fer y provoque des dommages irrémé-

---

1. « Vitamine and Mineral Deficiency. A Global Assessment ».

diables. Bien des victimes seront pour la vie des déficients mentaux[1].

Dans le monde, toutes les quatre minutes, un être humain perd la vue, devient aveugle, la plupart du temps par déficience alimentaire.

Le manque de vitamine A provoque la cécité. 40 millions d'enfants souffrent d'un manque de vitamine A. 13 millions d'entre eux deviennent aveugles chaque année pour la même raison.

Le béribéri – une maladie qui détruit le système nerveux – est dû au manque prolongé de vitamine B.

L'absence dans la nourriture de vitamine C provoque le scorbut et, pour les enfants en bas âge, le rachitisme.

L'acide folique est indispensable aux femmes enceintes. L'Organisation mondiale de la santé (OMS) estime à 200 000 par an les nouveau-nés mutilés par l'absence de ce micronutriment.

L'iode est indispensable à la santé. Près de 1 milliard d'êtres humains – surtout des hommes, des femmes et des enfants vivant dans les campagnes de l'hémisphère Sud, notamment dans les régions de montagnes et de plaines inondables où les sols et l'eau, délavés, ont une trop faible teneur en iode – souffrent d'une carence naturelle d'iode. Quand celle-ci n'est pas compensée, elle provoque des goitres, des troubles sévères de la croissance, des désordres mentaux (crétinisme). Dans le corps des femmes enceintes, et donc dans le fœtus, le manque d'iode est fatal.

Le manque de zinc affecte les facultés motrices et cérébrales. Selon une étude de l'hebdomadaire *The Eco-*

---

1. Hartwig de Haen, « Das Menschenrecht auf Nahrung », conférence, Einbeck-Northheim, 28 janvier 2011.

nomist, il cause environ 400 000 décès par an[1]. La déficience en zinc provoque aussi la diarrhée – souvent mortelle – chez les enfants en bas âge[2].

Il faut savoir aussi que plus de la moitié des personnes souffrant de carences micronutritionnelles sont affligées de carences cumulatives. Ce qui veut dire qu'elles endurent, à la fois, le manque de plusieurs vitamines et de plusieurs minéraux.

La moitié des décès des enfants de moins de cinq ans dans le monde ont pour cause directe ou indirecte la malnutrition. La grande majorité d'entre eux vivent en Asie du Sud et en Afrique subsaharienne. Autant dire qu'un très faible pourcentage des enfants mal alimentés ont accès à un traitement : les politiques nationales de la santé, dans nombre d'États du Sud, ne prennent qu'exceptionnellement en compte la malnutrition aiguë et sévère, alors que celle-ci pourrait être traitée moyennant un faible investissement – et sans poser de problèmes thérapeutiques particuliers.

Les centres spécialisés de réalimentation manquent cruellement.

Dans un document de 2008, Action contre la Faim se plaint à juste titre : « En finir avec la malnutrition enfantine serait facile. Il faut en faire une priorité. Or, la volonté de nombreux États manque[3]. »

Selon toute probabilité, depuis 2008, la situation a

---

1. « Hidden hunger », *The Economist*, 26 mars 2011.
2. Enquête du *New York Times*, 24 novembre 2010, par Nicholas D. Kristof.
3. Action contre la Faim, « En finir avec la malnutrition, une question de priorité », Paris, 2008.

même empiré. En Afrique subsaharienne, par exemple, les services de santé primaire n'ont cessé de se dégrader. Au Bangladesh, où le nombre des enfants mal nourris de moins de dix ans dépasse les 400 000, il n'existe que deux hôpitaux capables d'administrer les soins permettant de ramener à la vie un petit garçon ou une petite fille ravagés par le manque de vitamines et/ou de sels minéraux.

Et puis n'oublions pas que la malnutrition, comme la sous-nutrition, frappe aussi par le biais de la destruction psychologique. Le manque de macro- et de micro-nutriments, avec son cortège de maladies, génère en effet l'angoisse, l'humiliation permanente, la dépression, l'obsession du jour qui vient.

Comment une mère dont les enfants pleurent de faim le soir, et qui réussit miraculeusement à emprunter un peu de lait à une voisine, va-t-elle les nourrir le lendemain ? Comment ne pas devenir folle ? Quel père incapable de nourrir les siens peut-il ne pas perdre, à ses propres yeux, toute dignité ?

Une famille exclue de l'accès régulier à une nourriture suffisante et adéquate est une famille détruite. Les dizaines de milliers de paysans suicidés de l'Inde ces dernières années incarnent tragiquement cette réalité[1].

1. Cf. page 179.

3

Les crises prolongées

Au centre des analyses de la FAO, il y a le concept de « *protracted crisis* », une expression dont la traduction pose problème. Les services onusiens le traduisent par « crise prolongée », terme banal qui ne rend pas compte des drames, contradictions, tensions et échecs impliqués par le concept anglais. Faute de mieux, nous l'utiliserons pourtant.

Lors d'une « crise prolongée », la faim structurelle et la faim conjoncturelle conjuguent leurs effets. Une catastrophe naturelle, une guerre, l'invasion de criquets détruisent l'économie, désintègrent la société, affaiblissent les institutions.

Le pays ne parvient plus à s'en sortir. Il ne parvient plus à retrouver un minimum d'équilibre. L'état d'urgence devient l'ordinaire de la vie des habitants[1].

Des dizaines, voire des centaines de millions d'êtres humains jetés dans cet état tentent en vain de reconstruire leur société détruite par la faim. Or, l'insécurité

1. Paul Collier, *The Bottom Billion. Why the Poorest Countries are Failing and What Can Be Done about it*, Londres, Oxford University Press, 2008.

alimentaire est la manifestation extérieure la plus évidente de ces crises prolongées.

Celles-ci ne sont pas toujours identiques les unes aux autres mais elles ont en commun certaines caractéristiques.

La longue durée. L'Afghanistan, la Somalie et le Soudan, par exemple, vivent en situation de crise depuis les années 1980, soit depuis trois décennies.

Les conflits armés. La guerre peut affecter une région relativement isolée du pays comme en Ouganda, au Niger, au Sri Lanka durant les années 2000 à 2009 ; ou, au contraire, engloutir le pays tout entier comme ce fut le cas jusqu'il y a peu au Liberia et en Sierra Leone.

L'affaiblissement des institutions. Les institutions publiques, l'administration sont extrêmement affaiblies, soit du fait de la corruption des dirigeants et des cadres, soit par suite de la désintégration du tissu social provoquée par la guerre.

Tous les pays en crise prolongée figurent sur la liste des 50 pays dits « les moins avancés ». La liste est établie annuellement par le Programme des Nations unies pour le développement (PNUD), selon des critères qui incluent l'accès à la nourriture, aux soins sanitaires primaires, à l'école. D'autres paramètres sont le degré de liberté dont jouissent les habitants, le degré de leur participation au processus décisionnel, le niveau de leur revenu, etc.

Actuellement, 21 pays répondent aux critères de la crise prolongée. Tous ces pays ont connu une situation d'urgence provoquée par l'homme – conflit militaire ou crise politique. 18 d'entre eux ont également dû faire face, à un moment ou à un autre, à une catastrophe naturelle – isolée ou combinée à une situation d'urgence provoquée par l'homme.

Le Niger est un magnifique pays du Sahel de plus de 1 million de kilomètres carrés, qui abrite certaines des cultures les plus splendides de l'humanité – celles des Djerma, des Haoussa, des Touaregs, des Peuls ; c'est aussi l'exemple-type du pays en crise prolongée.

La terre arable y est rare : 4 % seulement du territoire national est totalement apte à la production agricole. Mis à part les Djerma et une partie des Haoussa, les populations sont surtout issues d'éleveurs nomades ou semi-nomades.

Le Niger possède 20 millions de têtes de bétail, chameaux blancs, zébus à cornes en lyre, chèvres (notamment la jolie chèvre rousse de Maradi), moutons, ânes. Au centre du pays, les sols sont gorgés de sels minéraux qui donnent aux bêtes qui les lèchent une chair extraordinairement ferme et goûteuse.

Mais les Nigériens sont écrasés par leur dette extérieure. Ils subissent donc la loi d'airain du Fonds monétaire international (FMI). Au cours des dix dernières années, celui-ci a ravagé le pays par plusieurs programmes d'ajustement structurel successifs.

Le FMI a notamment ordonné la liquidation de l'Office national vétérinaire, ouvrant le marché aux sociétés multinationales privées de la pharmacopée animale. C'est ainsi que l'État n'exerce plus aucun contrôle effectif sur les dates de validité des vaccins et des médicaments. (Niamey se trouve à 1 000 kilomètres de la côte Atlantique. Beaucoup de produits de la pharmacopée animale sont périmés lorsqu'ils arrivent sur les marchés de la capitale. Les marchands locaux se contentent de changer à la main sur les étiquettes les dates limites de consommation.)

Désormais, les éleveurs nigériens doivent acheter sur le marché libre de Niamey les antiparasitoses, vaccins et autres vitamines pour traiter leurs bêtes aux prix dictés par les sociétés multinationales occidentales.

Au Niger, le climat est rude. Maintenir en santé un troupeau de plusieurs centaines ou de plusieurs milliers de têtes coûte cher. La majorité des éleveurs sont bien incapables de payer les nouveaux prix. Du coup, les bêtes tombent malades et périssent. Au mieux, elles seront cédées à vil prix avant de mourir. La santé humaine, directement liée à la santé animale, se détériore. Les fiers propriétaires sombrent dans le désespoir et la déchéance sociale. Avec leurs familles, ils migrent alors vers les bidonvilles de Niamey, de Kano ou des grandes villes côtières, à Cotonou, Abidjan ou Lomé.

À ce pays de famines récurrentes, où la sécheresse expose périodiquement hommes et bêtes à la sous-alimentation et à la malnutrition, le FMI a imposé la dissolution des stocks de réserves détenus par l'État – et qui s'élevait à 40 000 tonnes de céréales. L'État conservait dans ses dépôts ces montagnes de sacs de mil, d'orge, de blé afin, précisément, de pouvoir venir en aide, dans l'urgence, aux populations les plus vulnérables en cas de sécheresse, d'invasion de criquets ou d'inondations.

Mais la direction Afrique du FMI à Washington est d'avis que ces stocks de réserves pervertissent le libre fonctionnement du marché. En bref : que le commerce des céréales ne saurait être l'affaire de l'État, puisqu'il viole le dogme sacro-saint du libre-échange.

Depuis la grande sécheresse du milieu des années 1980, qui avait duré cinq ans, le rythme des catastrophes s'accélère.

La famine attaque désormais le Niger en moyenne tous les deux ans.

Le Niger est une néocolonie française. Le pays est le deuxième pays le plus pauvre de la planète, selon l'Indicateur du développement humain du PNUD. D'immenses trésors dorment dans son sous-sol. Après le Canada, le Niger est le deuxième producteur d'uranium au monde. Mais voilà : Areva, société d'État française, exerce le monopole de l'exploitation des mines d'Arlit. Les redevances payées par Areva au gouvernement de Niamey sont ridiculement faibles[1].

Mais voici qu'en 2007 le président en exercice, Mamadou Tanja, a décidé d'accorder un permis d'exploitation d'uranium à la société Somina pour l'exploitation des mines d'Azelik. L'État nigérien participerait au capital de la Somina à hauteur de 33 %, tandis que la société chinoise Sino-Uranium détiendrait la majorité de ses actions à hauteur de 67 %. Ce qui fut dit fut fait.

Présente au Niger depuis plus de quarante ans, Areva s'apprêtait alors à exploiter le site d'Imourarene, au sud d'Arlit.

Début 2010, Tanja reçut au palais présidentiel une délégation du ministère chinois des Mines. Niamey se mit à bruisser de rumeurs : les Chinois, eux aussi, paraissaient s'intéresser aux mines d'Imourarene...

---

1. Greenpeace Suisse, conférence de presse, Genève, 6 mai 2010. Dossier Areva/Niger.

La sanction fut immédiate. Au matin du 18 février 2010, un coup d'État militaire porta au pouvoir un obscur colonel du nom de Salou Djibo. Celui-ci rompit toute discussion avec les Chinois et réaffirma « la gratitude et la loyauté » du Niger vis-à-vis d'Areva[1].

La Banque mondiale a procédé, il y a cinq ans, à une étude de faisabilité sur la mise en place d'un système d'irrigation au Niger. Il en est ressorti que des pompes installées sur les nappes souterraines et un système de canalisation capillaire du fleuve permettraient, sans difficultés techniques majeures, d'arroser 440 000 hectares de terres. S'il était réalisé, ce projet permettrait ainsi d'assurer l'autosuffisance alimentaire du pays. Autrement dit : de mettre définitivement à l'abri de la faim 10 millions de Nigériens.

Hélas, le deuxième producteur d'uranium du monde n'a pas le premier sou pour financer ce projet.

La misère des peuples vivant au nord du Niger, notamment celle des populations installées au pied des contreforts du Tibesti, est à l'origine de la révolte touarègue. Elle est endémique depuis dix ans. Des groupes terroristes d'origine algérienne, réunis dans le réseau appelé Al-Qaida au Maghreb islamique, sévissent dans la région. Leur activité préférée : la prise d'otages européens. Ils enlèvent des Européens jusque dans leur restaurant *Le Toulousain*, au centre de Niamey, et au cœur des quartiers d'habitation blancs de l'immense camp d'Arlit. Les tueurs d'Al-Qaida recrutent sans peine leurs soldats parmi les jeunes Touareg réduits par la politique d'Areva

---

1. Début 2011, des élections libres ont porté au pouvoir Mahamadou Issoufou, un brillant ingénieur des mines et cadre d'Areva.

à une vie de chômage permanent, de désespoir et de misère.

J'ai vécu au sud du Niger, en pays haoussa, du côté de Maradi, dans l'antique sultanat de Zinder, l'arrivée d'un essaim dévastateur de criquets. Au loin, un bruit étrange remplit l'air, pareil à celui d'une escadre d'avions à réaction passant haut dans le ciel.

Le bruit se rapproche.

Puis le ciel, brusquement, s'assombrit. Des milliards de criquets pèlerins – noirs, violets – agitent furieusement leurs ailes. Un énorme nuage obscurcit le soleil. Une sorte de crépuscule couvre les yeux. Les insectes sont formés en masse compacte au moment où ils s'apprêtent à fondre sur la terre. La descente s'effectue en trois temps. Ils stationnent d'abord pendant quelques minutes – masse agitée, bruyante, menaçante – au-dessus des villages, des champs et des greniers qu'ils se préparent à attaquer. Puis, dans un fracas effrayant, la masse s'abaisse à mi-hauteur du sol. En nombre incalculable, ils se posent sur les arbres, les buissons, les plants de mil, les toits des cases, dévorant tout ce dont leurs mâchoires avides peuvent se saisir.

Après un court délai, l'armée vorace atteint le sol. Arbres, buissons, champs de mil, plantes nourricières sont maintenant dénudés, réduits à l'état de squelettes, la moindre feuille, le moindre fruit, le moindre grain ayant été dévoré par l'envahisseur. L'océan mouvant des criquets couvre maintenant le sol sur des kilomètres carrés. À la surface de la terre, ils dévorent la dernière substance utile, retournant la glèbe jusqu'à un centimètre de profondeur.

La horde désormais rassasiée repart comme elle était

venue : brusquement, dans un bruit sourd, obscurcissant le soleil. Les paysans, leurs femmes, leurs enfants sortent prudemment de leurs huttes et ne peuvent que constater le désastre.

La taille des femelles varie de 7 à 9 centimètres, celle des mâles de 6 à 7,5 centimètres. Leur poids est de 2 à 3 grammes. Un criquet dévore en une journée un volume de nourriture équivalant à trois fois son poids.

Les criquets pèlerins sévissent au Sahel, au Moyen-Orient, au Maghreb, au Pakistan et en Inde. Leurs essaims ravageurs traversent les océans et les continents. Certains réunissent jusqu'à plusieurs milliards de bestioles, dit-on. Un neurotransmetteur particulier, la sérotonine, déclenche l'instinct grégaire et conduit à la formation de l'essaim…

En théorie, la lutte contre l'envahisseur n'est pas difficile : à l'aide de véhicules tout-terrain on répand des insecticides puissants, tandis que des avions pénètrent les essaims en vol en dispensant des doses chimiques mortelles.

Ainsi, durant l'attaque de 2004, l'Algérie a dépêché contre les criquets pèlerins 48 véhicules répandant 80 000 litres de pesticides, le Maroc 6 véhicules pour 50 000 litres et la Libye 6 Toyota tout-terrain pour 110 000 litres d'épandage. Mais il faut savoir que ces pesticides extrêmement toxiques peuvent aussi détruire les sols et les rendre impropres à la culture pour des années.

Dans la Bible, le livre de l'Exode rapporte ce récit.

Tenant en esclavage le peuple des Hébreux, le pharaon d'Égypte refusait de le libérer. Pour le punir,

Iahvé envoya successivement à l'Égypte une série de dix plaies : les eaux du Nil furent changées en sang, vinrent les grenouilles, les moustiques et les mouches, les troupeaux périrent, la grêle s'abattit, les sauterelles ravagèrent le pays, les ténèbres le couvrirent en plein jour, tous les premiers-nés moururent.

« Les sauterelles envahirent tout le pays d'Égypte. Elles s'abattirent sur tout le territoire de l'Égypte en si grand nombre que pareille multitude ne s'était encore jamais vue et ne devait plus jamais se revoir. Elles couvrirent la surface du sol, qui en fut obscurci. Elles dévorèrent toute la végétation du pays et aussi tous les fruits des arbres qu'avait épargnés la grêle. Pas un brin de verdure ne subsista sur les arbres ou parmi la végétation des champs, à travers l'Égypte tout entière[1]. »

Finalement, le pharaon céda. Il laissa partir les Hébreux, et Iahvé mit fin aux fléaux qui ravageaient l'Égypte.

En Afrique, pourtant, les sauterelles (comme on appelle parfois les criquets pèlerins) continuent de détruire les plantations et les récoltes. Elles annoncent périodiquement la famine et la mort.

Il en va ainsi dans tous les pays en situation de crise prolongée menacés par ce fléau. Du coup, les taux de sous-alimentation permanente et grave y sont extrêmement élevés, comme le montre ce tableau instructif de la FAO :

1. Bible de Jérusalem, Exode, 10,14-15.

Pays	Population totale	Nombre de personnes sous-alimentées	Proportion de personnes sous-alimentées	Insuffisance pondérale pour l'âge chez les enfants de moins de cinq ans	Taux de mortalité des enfants de moins de cinq ans	Retard de croissance[2]
	2005-2007	2005-2007	2005-2007	2002-2007	2007	2000-2007
	(En millions)			*(en pourcentage)*		
Afghanistan	nd[1]	nd	nd	32,8	25,7	59,3
Angola	17,1	7,1	41	14,2	15,8	50,8
Burundi	7,6	4,7	62	35,0	18,0	63,1
Congo	3,5	0,5	15	11,8	12,5	31,2
Côte d'Ivoire	19,7	2,8	14	16,7	12,7	40,1
Érythrée	4,6	3,0	64	34,5	7,0	43,7
Éthiopie	76,6	31,6	41	34,6	11,9	50,7
Guinée	9,4	1,6	17	22,5	15,0	39,3
Haïti	9,6	5,5	57	18,9	7,6	29,7
Iraq	nd.	nd.	nd.	7,1	4,4	27,5
Kenya	36,8	11,2	31	16,5	12,1	35,8
Libéria	3,5	1,2	33	20,4	13,3	39,4
Ouganda	29,7	6,1	21	16,4	13,0	38,7
République centrafricaine	4,2	1,7	40	24,0	17,2	44,6

République démocratique du Congo	60,8	41,9	69	25,1	16,1	45,8
République populaire démocratique de Corée	23,6	7,8	33	17,8	5,5	44,7
Sierra Leone	5,3	1,8	35	28,3	26,2	46,9
Somalie	nd	nd.	nd.	32,8	14,2	42,1
Soudan	39,6	8,8	22	27,0	10,9	37,9
Tadjikistan	6,6	2,0	30	14,9	6,7	33,1
Tchad	10,3	3,8	37	33,9	20,9	44,8
Zimbabwe	12,5	3,7	30	14,0	9,0	35,8

Sources : FAO, IFPRI et OMS

1) nd : chiffres non disponibles.

2) Retard de croissance : en pourcentage du poids pour l'âge.

Postscriptum 1 : Le ghetto de Gaza

Une des « crises prolongées » actuelles les plus douloureuses ne figure pas dans le tableau de la FAO. Elle est la conséquence directe du blocus de Gaza.

Le territoire de Gaza forme une bande de terre longue de 41 kilomètres, large de 6 à 12 kilomètres sur la côte orientale de la Méditerranée, au voisinage de l'Égypte. Elle est peuplée depuis environ trois mille cinq cents ans et a donné naissance à la ville de Gaza, port et marché dédié aux échanges entre l'Égypte et la Syrie, la péninsule arabique et la Méditerranée.

Plus de 1,5 million de Palestiniens se pressent aujourd'hui sur les 365 kilomètres carrés de la bande de Gaza, en très grande majorité des réfugiés et des descendants de réfugiés des guerres israélo-arabes de 1947, 1967 et 1973.

En février 2005, le gouvernement Sharon décida l'évacuation du territoire de Gaza. À l'intérieur du territoire de Gaza, l'Autorité palestinienne assumerait désormais toutes les responsabilités administratives. Mais, conformément au droit international, Israël resterait la puissance occupante : l'espace aérien, les eaux territoriales et les frontières terrestres resteraient sous son contrôle[1].

Israël construisit ainsi sur son flanc, tout autour du territoire de Gaza, une barrière électrifiée renforcée des deux côtés par une zone minée. Et Gaza devint la plus grande prison à ciel ouvert de la planète.

En tant que puissance occupante, Israël se devrait de respecter le droit international humanitaire et renon-

---

1. « United Nations fact finding mission on the Gaza conflict », ONU, New York, 2009. Mandatée par le Conseil des droits de l'homme, la commission d'enquête a été présidée par le juge sud-africain Richard Goldstone. Pour désigner ce document de 826 pages, j'utilise par la suite le terme de « Rapport Goldstone ». Le rapport fait l'objet d'une édition commerciale aux Éditions Melzer, Neu-Isenburg, 2010. Préface de Stéphane Hessel et introduction d'Ilan Pappe.

En 2011, Richard Goldstone – subissant les pressions intenses de sa communauté religieuse d'origine – tenta de modifier certaines des conclusions du rapport. La majorité de la commission empêcha cette tentative d'aboutir.

cer notamment à l'usage de l'arme de la faim contre la population civile[1]. Voici ce qu'il en est.

Je me suis trouvé un après-midi à Gaza City, dans le bureau inondé de soleil de la commissaire générale de l'Office de secours et de travaux des Nations unies pour les réfugiés de Palestine au Proche-Orient (UNRWA / *United Nations Relief and Works Agency in the Near East*), Karen Abou Zaïd, une belle femme blonde d'origine américaine mariée à un Palestinien. Elle portait avec élégance, ce jour-là, une vaste robe palestinienne brodée de rouge et de noir. Pied à pied, jour après jour, depuis celui de 2005 où elle avait remplacé le Danois, Peter Hansen, déclaré *persona non grata* par l'occupant israélien, elle luttait contre les généraux israéliens pour maintenir en état les centres nutritionnels, les hôpitaux et les 221 écoles de l'UNRWA.

La commissaire générale était préoccupée : « L'anémie provoquée par la malnutrition… beaucoup d'enfants en sont malades. Nous avons dû fermer plus d'une trentaine de nos écoles… Beaucoup d'enfants ne tiennent plus sur leurs jambes. L'anémie les ravage. Ils ne réussissent plus à se concentrer… »

À voix basse, elle poursuivit : « *Its hard to concentrate when the only thing you can think of is food* » (C'est dur de se concentrer lorsque la seule chose à laquelle vous pouvez penser est la nourriture)[2].

Après 2006, dans la bande de Gaza, par suite du

1. Cf. Richard Falk, rapporteur spécial de l'ONU pour les Territoires palestiniens occupés, notamment les rapports de juin 2010, août 2010 et janvier 2011, Réf. A/ HR HRC / 13/53, A/HRC 565/331 et A/HRC 16/72.

2. Karen Abou Zaïd a occupé le poste de commissaire générale de l'UNRWA jusqu'à la fin 2009.

blocus israélo-égyptien, la situation alimentaire s'est encore détériorée.

En 2010, le chômage touchait 81 % de la population active. La perte d'emploi, de recettes, d'actifs et de revenus a fortement hypothéqué l'accès des Gazaouis à la nourriture.

Le revenu par habitant a diminué de moitié depuis 2006. En 2010, huit personnes sur dix avaient un revenu inférieur au seuil de l'extrême pauvreté (moins de 1,25 dollar par jour) ; 34 % des habitants étaient gravement sous-alimentés.

La situation est particulièrement tragique pour les groupes les plus vulnérables. 22 000 femmes sont enceintes chaque jour dans le ghetto. Leur sous-alimentation provoque à coup sûr des mutilations cérébrales chez leurs bébés à naître.

En 2010, quatre familles gazaouies sur cinq ne faisaient plus qu'un repas par jour. Pour survivre, 80 % des habitants dépendaient de l'aide alimentaire internationale.

Toute la population de Gaza est punie pour des actes dont elle ne porte aucune responsabilité[1].

Le 27 décembre 2008, les forces aériennes, terrestres et navales d'Israël ont déclenché un assaut généralisé contre les infrastructures et les habitants du ghetto de

---

1. Comité international de la Croix-Rouge (CICR), « Gaza closure », Genève, 14 juin 2010. Voir aussi Christophe Oberlin, *Chroniques de Gaza*, Paris, Éditions Demi-Lune, 2011 ; aussi Amnesty International, Suffocating, *The Gaza strip under Israëli blockade*. Londres, 2010.

Gaza. 1 444 Palestiniens, parmi lesquels 348 enfants, ont été tués, souvent à l'aide d'armes dont Israël expérimentait pour la première fois l'usage. Une des principales armes « testées » sur les femmes, hommes et enfants de Gaza : la DIME (Dense Inert Metal Explosive). Transportée par un drone, la bombe est faite de billes de tungstène qui explosent à l'intérieur du corps et déchirent littéralement la victime[1].

Les habitants du ghetto se sont trouvés dans l'impossibilité de fuir : côté Israël en raison de la clôture électrifiée ; côté égyptien du fait du verrouillage de la frontière à Rafah.

Plus de 6 000 hommes, femmes et enfants palestiniens ont aussi été blessés, amputés, paralysés, brûlés, mutilés[2].

Les agresseurs ont systématiquement détruit les infrastructures civiles, notamment agricoles. Le plus grand moulin de blé de Gaza – l'un des trois seuls moulins encore en fonctionnement – le moulin Al-Badr, à Sudnyiyah, à l'ouest de Jablyah, a ainsi été attaqué par les F-16 israéliens, et totalement détruit[3].

Le pain est pourtant l'aliment de base à Gaza.

Deux attaques successives, les 3 et 10 janvier 2009, menées par des avions munis de fusées air-sol, ont

---

1. Voir le rapport des médecins norvégiens Mats Gilbert et Erik Fosse, *Eyes in Gaza*, Quartet Books, Londres, 2010.
2. Rapport Goldstone, chapitre 6, « Les morts et les blessés ». Parmi les soldats israéliens, 10 ont été tués, plusieurs d'entre eux par « *friendly fire* », à la suite d'erreurs de tirs de l'armée israélienne elle-même.
3. *Ibid.*, chapitre 13, « Destruction des bases de vie de la population palestinienne, attaques contre la production alimentaire et l'approvisionnement en eau ».

détruit l'usine d'épuration d'eau de Gaza City, située à la rue Al-Sheikh Ejin, et les digues de l'étang de rétention des eaux usées.

La ville s'est ainsi retrouvée privée d'eau potable.

Le président de la Commission d'enquête du Conseil des droits de l'homme de l'ONU, Richard Goldstone, indique que ni le moulin Al-Badr ni l'usine d'épuration de l'eau ni la ferme d'Al-Samouni (où il y eut 23 morts) n'abritaient, ou n'avaient abrité à quelque moment que ce fût, de combattants palestiniens.

Ils ne pouvaient donc constituer des cibles militaires légitimes[1].

En 2011, le blocus de Gaza se poursuit[2]. Le gouvernement de Tel-Aviv laisse entrer dans le ghetto juste assez de nourriture pour éviter une famine généralisée, trop visible sur le plan international.

Il organise la sous-alimentation et la malnutrition.

Stéphane Hessel et Michel Warschawski considèrent que cette stratégie a pour but de faire délibérément souffrir les habitants du ghetto afin qu'ils se soulèvent contre le pouvoir du Hamas.

À cette fin politique, le gouvernement de Tel-Aviv utilise donc l'arme de la faim[3].

---

1. *Ibid.*, chapitre 11, « Attaques intentionnelles contre la population civile ».

2. Malgré la chute du régime Moubarak en février 2011, l'Égypte continue d'être un protectorat israélo-américain. Le Conseil militaire au pouvoir au Caire maintient la fermeture de Rafah, *Le Monde*, 15 août 2011.

3. Stéphane Hessel et Michel Warschawski, interventions lors du colloque intitulé « Crimes de guerre, blocus de Gaza », tenu à l'Université de Genève, le 13 mars 2011.

Postscriptum 2 : Les réfugiés de la faim de la Corée du Nord

Un rapporteur spécial sur le droit à l'alimentation de l'ONU n'a strictement aucun pouvoir d'exécution.

J'ai pourtant vécu des moments surprenants, comme cet après-midi gris de novembre 2005 à New York. Je m'apprêtais à présenter mon rapport devant la IIIe Commission de l'Assemblée générale. Installé à la tribune, quelques instants avant de prendre la parole, je sentis une main agripper la manche de mon veston. Un homme était agenouillé derrière moi, de manière à éviter d'être vu de la salle. Il me suppliait : *« Please, do not mention paragraph 15... we have to talk »* (Je vous en prie, ne mentionnez pas le paragraphe 15... il faut qu'on parle).

C'était l'ambassadeur de la République populaire de Chine. Le paragraphe de mon rapport qui l'effrayait tant traitait des chasses à l'homme conduites par le gouvernement de Pékin contre les réfugiés de la faim de Corée du Nord. Les deux fleuves frontaliers, le Tumen et le Yalu, sont pris par les glaces une partie de l'année, si bien que des milliers de réfugiés, bravant la féroce répression nord-coréenne, parviennent tant bien que mal à traverser l'un ou l'autre des deux cours d'eau pour rejoindre la Mandchourie. Là vit, traditionnellement, une forte diaspora coréenne[1].

---

1. Juliette Morillot et Dorian Malovic, *Évadés de Corée du Nord. Témoignages*, Paris, Belfond, 2004. Témoignages de survivants recueillis en Mandchourie et en Corée du Sud.

Des hommes, des femmes et des enfants y sont périodiquement arrêtés par les policiers chinois et remis aux autorités de Pyongyang. Les hommes ramenés de force sont immédiatement fusillés ou disparaissent avec femmes et enfants dans des camps de rééducation.

Le matin même, j'étais monté au trente-huitième étage du gratte-ciel de l'ONU, là où siège le secrétaire général. Pendant cinq ans, Kofi Annan avait tenté de négocier l'établissement, sur sol chinois, de camps d'accueil qui seraient placés sous administration de l'ONU.

Mais il avait échoué sur toute la ligne. Et ce matin-là, le secrétaire général m'avait donné son feu vert pour attaquer les chasses à l'homme chinoises.

6 des 24 millions de Nord-Coréens sont gravement sous-alimentés. Entre 1996 et 2005, des famines récurrentes ont tué 2 millions de personnes[1]. La dynastie des Kim[2] a érigé sa puissance nucléaire sur les charniers de la faim.

Début 2011, la situation est à nouveau catastrophique : des inondations ont ravagé les rizières, une épidémie de fièvre aphteuse a décimé le cheptel. La corruption, la gabegie, le mépris pour les affamés dont témoigne la dynastie terroriste des Kim font le reste. Une action urgente du PAM, soutenue par certaines ONG (mais ni par les États-Unis ni par la Corée du Sud)[3] tente d'endiguer la catastrophe.

Amnesty International estime à plus de 200 000 le

---

1. *Le Monde*, 12 et 14 mai 2011.
2. En Corée du Nord, le président du Comité permanent de l'Assemblée populaire suprême fait office de chef de l'État. En 2011, Kim Jong-nam a succédé à ce poste à son père Kim Jong-II.
3. Les ONG et les États qui refusent de venir en aide aux affamés de Corée du Nord se justifient en expliquant qu'ils veulent

nombre des détenus – parmi lesquels les réfugiés de la faim refoulés par les Chinois – enfermés sans jugement ni perspective de libération dans les camps de rééducation nord-coréens[1]. Le plus grand nombre des réfugiés de la faim refoulés sont détenus, enfants et parents confondus[2], dans les camps situés dans des zones dites « zones de contrôle total », comme dans les vastes étendues sauvages du Hamkyung du Nord, près de la frontière avec la Sibérie. Ils ne seront jamais libérés[3].

Des familles entières, couvrant plusieurs générations, enfants de tous les âges compris, y sont incarcérées au titre de « culpabilité par association ».

Selon Amnesty International, 40 % des détenus meurent de malnutrition dans ces camps. Les prisonniers tentent d'y survivre aux travaux forcés (dix heures par jour, sept jours sur sept) en mangeant des rats et des grains recueillis dans les déjections animales.

L'ONU se montre impuissante face à cette horreur.

éviter que l'aide ne soit captée par le pouvoir en place pour nourrir la classe dominante et l'armée.

1. Rapport d'Amnesty International sur la Corée du Nord, Londres, 3 mai 2011.

2. Traditionnellement, en Corée du Nord et du Sud, la famille englobe non seulement le père et la mère, les frères et les sœurs, mais également les grands-parents, les oncles et les tantes, les cousins et les cousines, ainsi que tous les descendants liés par le sang ou par alliance. Cf. Juliette Morillot et Dorian Malovic, *Évadés de Corée du Nord. Témoignages*, *op. cit.*, p. 30.

3. Dans ces camps, Amnesty International décrit comment les détenus « perturbateurs », y compris des enfants, sont enfermés dans un cube de béton où il est impossible de se tenir debout ou de s'allonger. L'organisation signale le cas d'un adolescent qui a été maintenu dans un tel cube pendant huit mois.

4

Le chemin vers le ciel

Les États du Nordeste brésilien occupent 18 % du territoire national et abritent 30 % de la population totale du pays. La majeure partie du territoire est composée de la zone semi-aride du Sertão, qui étend sur 1 million de kilomètres carrés sa savane inculte et poussiéreuse, parsemée d'épineux, trouée ici et là de mares, coupée de quelques fleuves. Le soleil y est incandescent, la chaleur torride toute l'année.

Vêtus de leurs habits de cuir, les *vaqueros* à cheval veillent sur des troupeaux de plusieurs milliers de vaches chacun, appartenant à des *fazendeiros*, ces grands propriétaires descendant souvent des familles issues de l'ancienne vice-royauté lusitanienne du Brésil.

Crateùs est une municipalité du *sertão* de l'État du Ceará. Elle couvre plus de 2 000 kilomètres carrés et regroupe, essentiellement en ville, 72 000 habitants.

À la lisière des grandes *fazendas* et dans la banlieue misérable de la ville se dressent les cahutes des « *boia frio* » et de leurs familles : les travailleurs sans terre.

Chaque matin, y compris le dimanche, les *boia frio* affluent sur la place centrale de Crateùs. Les *feitores*, contremaîtres des grands propriétaires, parcourent la foule famélique. Ils choisissent ceux d'entre les travailleurs qui seront engagés, pour un jour ou une semaine, pour assurer le creusement d'un canal d'irrigation, l'établissement d'une clôture ou tout autre travail sur la *fazenda*.

Avant que l'homme ne quitte sa masure à l'aube pour se vendre sur la place, la femme a préparé sa gamelle : un peu de riz, des haricots noirs, des pommes de terre. S'il a la chance d'être engagé, son mari devra travailler comme un bœuf (*boia* en brésilien). Il mangera froid (*frio*). S'il est refusé, il restera sur place, trop honteux pour rentrer à la maison. Sous le grand séquoia, il attendra, attendra et attendra encore…

Un *boia frio* du Ceará gagne en moyenne 2 reais par jour, soit un peu moins de 1 euro. Après 2003, le premier gouvernement de Luiz Inácio Lula da Silva a fixé le salaire minimum rural journalier à 22 reais. Mais très rares sont les *fazendeiros* du Ceará qui respectent la loi de Brasilia.

Pendant des décennies, Crateùs a été la résidence d'un évêque exceptionnel : Dom Antônio Batista Fragoso.

Ma toute première visite à Crateùs, dans les années 1980, en compagnie de ma femme, a tenu de l'opération semi-clandestine. Comme Dom Hélder Câmara, évêque d'Olinda et de Recife, au Pernambouc, Dom Fragoso était un partisan déterminé de la théologie de la libération. Dans ses sermons et sa pratique sociale, il défendait les *boia frio*. Les officiers du Premier régiment d'infanterie de la troisième armée stationnée à Crateùs et les grands propriétaires des alentours le haïssaient. Plusieurs attentats avaient été organisés contre lui. Par deux fois les *pistoleros* des latifundiaires avaient manqué de peu leur cible.

Bernard Bavaud et Claude Pillonel, deux prêtres suisses liés à Dom Fragoso, avaient préparé notre visite. Et nous voilà à la tombée de la nuit, Rua Firmino Rosa n° 1064, devant une modeste maison servant de siège à l'évêché[1]. Fragoso était un petit homme dur du Nordeste à la peau mate, au sourire rayonnant. Il nous accueillit dans un français parfait. Sa chaleureuse simplicité me fit aussitôt penser à l'évêque des *Misérables* de Victor Hugo, le « Monseigneur Bienvenu » des pauvres de Digne.

Le lendemain matin, Dom Fragoso nous conduisit sur un terrain vague à quelque 3 kilomètres des dernières cahutes de la ville. « Le champ de mort des enfants anonymes », nous dit-il.

En y regardant de plus près, nous y découvrîmes des dizaines de rangées de petites croix de bois peintes en blanc. L'évêque expliqua. Selon la loi brésilienne, chaque naissance devait être enregistrée auprès de la *prefeitura*, la mairie. Mais l'enregistrement était payant et les *boia frio* n'avaient pas l'argent nécessaire. De toute façon, un grand nombre de ces enfants mouraient peu après leur naissance des suites de la sous-alimentation fœtale ou parce que leur mère, sous-alimentée, ne pouvait pas les nourrir au sein. Bref, nous dit Dom Fragoso : « Ils viennent au monde pour mourir. »

Les enfants des *boia frio* n'étant pas enregistrés à la mairie, ils étaient inconnus de l'état civil. Celui-ci ne pouvait donc pas délivrer de permis d'inhumer. Et sans ce document civil, l'Église ne pouvait pas enterrer les enfants au cimetière…

---

1. Comme tous les grands diocèses du Brésil, celui de Crateùs possède un palais épiscopal somptueux. Dès sa nomination, en 1964, Fragoso refusa d'y résider. Natif d'un bourg à l'intérieur de l'État de Paraíba, Dom Antônio Batista Fragoso est mort en 2006, à l'âge de quatre-vingt-deux ans.

Dom Fragoso avait trouvé une solution en marge de la loi. Avec les deniers de l'évêché, il avait acheté ce terrain vague. Il y enterrait chaque semaine les « enfants venus au monde pour mourir ».

Ce matin-là, un ami de Bernard Bavaud et Claude Pillonel nous accompagnait : Cicero, un paysan vivant sur un minuscule lopin en plein *sertão*.

C'était un grand homme sec comme le paysage alentour, comme sa femme et les nombreux enfants qui se terraient dans sa cabane en branchage et en pisé où nous ferions leur connaissance le lendemain. Il nous montrerait alors sa terre de *posseiro* – à peine 1 are –, où poussaient quelques plants de maïs et où vaquait un cochon. Il nous raconterait comment, périodiquement, les *vaqueros* du maître envoyaient leurs vaches paître à l'intérieur de sa clôture, ravageant son maigre jardin. Il nous dirait aussi qu'il était analphabète, ce qui ne l'empêchait pas d'écouter Radio Tirana[1], qu'il rêvait de révolution...

Le soleil était déjà haut dans le ciel. Ma femme Erica et moi restâmes silencieux, immobiles, au bord du camp constellé de petites croix. Cicero s'aperçut de notre émotion. Il tenta de nous consoler : « Ici, chez nous au Ceará, nous enterrons ces petits avec leurs yeux ouverts pour qu'ils trouvent plus facilement leur chemin vers le ciel. »

Le ciel est beau au Ceará, toujours piqué de jolis nuages blancs.

---

1. À l'époque d'Enver Hoxha, Radio Tirana arrosait littéralement le monde entier dans de nombreuses langues, y compris le portugais.

5

Dieu n'est pas un paysan

La situation macroéconomique, autrement dit l'état de l'économie mondiale, surdétermine la lutte contre la faim.

En 2009, la Banque mondiale annonçait qu'à la suite de la crise financière le nombre de personnes vivant dans « l'extrême pauvreté », c'est-à-dire avec moins de 1,25 dollar par jour, allait augmenter très vite de 89 millions.

Quant aux « personnes pauvres », dotées d'un revenu de moins de 2 dollars par jour, leur nombre augmenterait de 120 millions.

Ces prévisions ont été confirmées.

Ces nouveaux millions de victimes sont venus s'ajouter aux victimes de la faim structurelle ordinaire.

En 2009, le produit intérieur brut de tous les pays du monde a stagné ou a régressé pour la première fois depuis la Seconde Guerre mondiale. La production industrielle mondiale a chuté de 20 %.

Ceux d'entre les pays du Sud qui ont le plus énergiquement cherché leur intégration dans le marché mondial sont aujourd'hui les plus durement frappés : 2010 a connu la plus forte régression du commerce mondial depuis quatre-vingts ans. En 2009, le flux des capitaux privés vers les pays du Sud – notamment les pays dits émergents – a reculé de 82 %. La Banque mondiale estime qu'en 2009 les pays en voie de développement ont perdu entre 600 et 700 milliards de capitaux d'investissement.

Les marchés financiers globaux étant à sec, le capital privé fait défaut.

S'ajoute à cette difficulté l'endettement élevé des entreprises privées, notamment celles des pays émergents, auprès des banques occidentales. Selon la Conférence des Nations unies sur le commerce et le développement (CNUCED), près de 1 000 milliards de dollars de crédits sont arrivés à terme en 2010. Ce qui – vu l'insolvabilité de nombre d'entreprises situées dans les pays du Sud – a provoqué une réaction en chaîne : faillites, fermetures d'usines et vagues de chômage.

Un fléau supplémentaire s'est abattu sur les pays pauvres : pour nombre d'entre eux, les transferts de devises opérés vers leurs pays d'origine par les travailleurs émigrés en Amérique du Nord et en Europe représentaient une part importante du produit intérieur brut. C'est ainsi qu'en Haïti, en 2008, les transferts en question s'élevaient à près de 49 % du produit intérieur brut ; au Guatemala, à 39 % ; au Salvador, à 61 %. Or, en Amérique du Nord et en Europe, les immigrés ont été parmi les premiers à perdre leur emploi. Les transferts ont donc fortement diminué ou se sont complètement taris.

La folie spéculatrice des prédateurs du capital financier globalisé a coûté, au total, en 2008-2009, 8 900 milliards de dollars aux États industriels occidentaux. Les États occidentaux ont notamment versé des milliers de milliards de dollars pour renflouer leurs banquiers délinquants.

Mais les ressources de ces États n'étant pas illimitées, leurs versements au titre de la coopération au développement et de l'aide humanitaire aux pays les plus pauvres ont dramatiquement chuté. L'ONG suisse Déclaration de Berne a fait ce calcul : les 8 900 milliards de dollars que les gouvernements des États industriels ont versés en 2008-2009 à leurs banques respectives correspondent à soixante-quinze ans d'aide publique au développement[1]...

La FAO estime que moyennant un investissement de 44 milliards de dollars dans l'agriculture vivrière des pays du Sud pendant cinq ans, l'Objectif du Millénaire pour le Développement n° 1 pourrait être atteint[2]. C'est que, je l'ai dit, 3,8 % seulement des sols arables d'Afrique noire sont irrigués. Comme il y a trois mille ans, l'immense majorité des paysans africains pratiquent aujourd'hui encore l'agriculture de pluie, avec tous les aléas et dangers mortels qu'elle comporte.

Dans une étude de mai 2006, l'Organisation météorologique mondiale (OMM) examine la productivité des haricots noirs au Nordeste du Brésil. Elle compare la productivité de 1 hectare irrigué avec celle de 1 hectare non irrigué. Sa conclusion vaut également pour l'Afrique. Elle est sans appel : « Les récoltes dépendantes de la pluie (*rainfed crops*) donnent 50 kilogrammes par hectare. Les récoltes sur terre irriguée, en revanche, donnent 1 500 kilogrammes par hectare[3]. »

---

1. Déclaration de Berne, bulletin du 1ᵉʳ février 2009.
2. L'Objectif du Millénaire pour le développement n° 1 prévoit, je le rappelle, la réduction du nombre des victimes de l'extrême pauvreté et de la faim de 50 % jusqu'en 2015.
3. Organisation météorologique mondiale, « Average Yield of Rainfed Crops and Irrigated Crops », Genève, 2006.

L'Afrique, mais aussi l'Asie du Sud et l'Amérique centrale et andine, est riche de fortes et ancestrales cultures paysannes. Leurs cultivateurs sont porteurs de savoirs traditionnels, en matière météorologique, notamment, qui forcent l'admiration. Il leur suffit de scruter le ciel pour anticiper la pluie féconde ou le déluge, qui emportera les pousses fragiles.

Mais, je le répète, leur équipement est rudimentaire : leur outil principal demeure la houe à manche court. Et l'image de la femme, de l'adolescente, pliées en deux sur cette houe à manche court, domine le paysage rural du Malawi jusqu'au Mali.

Les tracteurs manquent. Malgré les efforts de certains gouvernements, comme au Sénégal, pour faire fabriquer sur place des tracteurs, ou en importer massivement d'Iran ou d'Inde, il ne se trouve toujours que 85 000 tracteurs dans toute l'Afrique noire !

Quant aux animaux de trait, ils ne dépassent guère les 250 000 têtes. La rareté des animaux de trait explique aussi la faiblesse dramatique de l'usage d'engrais naturels.

Les semences sélectionnées et performantes, les pesticides contre les ravages des criquets ou des vers, les engrais minéraux, l'irrigation, tout fait ici défaut ! Il en résulte – je l'ai dit – une productivité très basse : 600 à 700 kilogrammes de mil par hectare au Sahel en temps normal contre 10 tonnes (10 000 kilogrammes !) de blé par hectare dans les plaines d'Europe.

Mais encore faut-il que le temps au Sahel soit « normal »… C'est-à-dire que les pluies tombent comme prévu en juin ; qu'elles mouillent les sols, les rendent aptes à recevoir les semences ; que les grandes pluies arrivent à leur tour en septembre, de bonnes pluies régulières, constantes, qui dureront au moins trois semaines ; qu'elles arrosent copieusement les jeunes plantes de mil et leur permettent de pousser jusqu'à maturation.

Or, les catastrophes climatiques se répètent à des rythmes de plus en plus fréquents. Les petites pluies font défaut, le sol durcit alors comme du béton, les semences demeurent à la surface de la terre craquelée. Quant aux grandes pluies, elles sont souvent diluviennes et, au lieu d'arroser doucement la jeune plante de trois mois, elles la « nettoient », comme disent les Bambara, elles l'arrachent et l'emportent.

La préservation des récoltes est un autre (vaste) problème. Une récolte doit, en principe, permettre de vivre jusqu'à la suivante. Or, selon la FAO, dans les pays du Sud, plus de 25 % des récoltes, tous produits confondus, sont détruites chaque année par les effets du climat, les insectes ou les rats. Les silos, je l'ai dit, sont rares en Afrique.

Mamadou Cissokho est une figure qui inspire le respect. Le bonnet de laine gris vissé sur sa tête puissante, la soixantaine, l'intelligence rapide, le rire facile et tonitruant, il est certainement l'un des dirigeants paysans les plus écoutés de toute l'Afrique de l'Ouest.

Instituteur, il a renoncé tout jeune à son métier. En 1974, il est retourné dans son village natal de Bamba Thialène, à 400 kilomètres à l'est de Dakar, et il est devenu paysan. Depuis lors, une moyenne exploitation vivrière nourrit sa nombreuse famille.

À la fin des années 1970, Cissokho réunit les paysans des villages alentour. Avec eux, il crée un premier syndicat de producteurs. Puis, des coopératives semencières voient le jour. D'abord dans la région immédiate, ensuite dans tout le Sénégal, enfin dans les pays voisins.

Le Réseau des organisations paysannes et des producteurs d'Afrique de l'Ouest (ROPPA) est bientôt créé. Le ROPPA est aujourd'hui la plus puissante organisation régionale paysanne de tout le continent. Mamadou Cissokho en assure la direction.

En 2008, les syndicalistes et coopérateurs des pays de l'Afrique du Sud, de l'Est et du Centre lui ont demandé d'organiser la Plateforme panafricaine des producteurs d'Afrique. Ce syndicat continental des cultivateurs, des éleveurs et des pêcheurs est aujourd'hui l'interlocuteur principal des commissaires de l'Union européenne à Bruxelles, des gouvernements nationaux africains et des dirigeants des principales organisations interétatiques s'occupant d'agriculture : la Banque mondiale, le FMI, l'IFAD, la FAO et la CNUCED.

De temps en temps, je croise Cissokho à l'aéroport Kennedy de New York. Il vient aussi assez souvent à Genève.

Il travaille à Genève avec Jean Feyder, qui est depuis 2005 le courageux ambassadeur du Grand-Duché de Luxembourg auprès du siège européen des Nations unies[1]. En 2007, Jean Feyder a été nommé président du Comité du commerce et du développement de l'Organisation mondiale du commerce (OMC). Ce comité tente de défendre les intérêts des 50 pays les plus pauvres face aux États industriels qui contrôlent 81 % du commerce mondial. Depuis 2009, Jean Feyder est également président du Conseil directeur de la CNUCED.

---

1. Jean Feyder, *Mordshunger. Wer profitiert vom Elend der armen Voelker*, op. cit.

Dans ces deux positions, il a fait du modeste paysan de Bamba Thialène son principal conseiller.

Face aux puissants du monde agricole, Cissokho assume son rôle avec détermination, efficacité... et humour. La bataille contre l'inertie des gouvernements africains et des institutions interétatiques, mercenaires des oligarchies du capital financier globalisé, est un combat de Sisyphe. Entre 1980 et 2004, la part de l'investissement agricole dans l'aide publique au développement – multilatérale et bilatérale – a chuté de 18 à 4 %...

Éric Hobsbawm observe : « Rien n'aiguise l'esprit comme la défaite. »

À chaque fois que je le rencontre, Mamadou Cissokho a l'esprit plus aiguisé. Luttant durant des séances interminables – à Genève, à Bruxelles, à New York – contre les géants de l'agroalimentaire et les gouvernements occidentaux qui les servent, Cissokho n'est pourtant guère optimiste.

Je l'ai vu récemment abattu, songeur, triste, inquiet.

Le titre de l'unique livre qu'il a publié résume bien son état d'esprit actuel : *Dieu n'est pas un paysan*[1].

---

1. Mamadou Cissokho, *Dieu n'est pas un paysan*, Paris, Présence Africaine, 2009.

6

« Personne n'a faim en Suisse »

L'historien réunionnais Jean-Charles Angrand écrit :
« L'homme blanc a porté à des hauteurs jamais atteintes
la civilisation du mensonge[1]. »

En 2009, le troisième Sommet mondial de l'alimentation a réuni au palais de la FAO à Rome, viale delle
Terme di Caracalla, un grand nombre de chefs d'État
venus de l'hémisphère Sud : Abdelaziz Bouteflika
(Algérie), Obasanjo (Nigeria), Thabo Mbeki (Afrique du
Sud), Luiz Inácio Lula da Silva (Brésil), entre autres.
Les chefs d'États occidentaux se sont, de leur côté, fait
remarquer par leur absence, à l'exception du chef de
l'État hôte, Silvio Berlusconi, et du président en exercice de l'Union européenne… qui y ont fait tous deux
une rapide apparition.

Ce mépris total des États les plus puissants de la
planète pour une conférence mondiale visant à mettre
un terme à l'insécurité alimentaire dont sont victimes
près de 1 milliard de personnes sur la planète, mar-
ginalisées et sous-alimentées, a choqué les médias et
l'opinion publique des pays du Sud.

---

1. Lettre de Jean-Charles Angrand à l'auteur, du 26 décembre
2010.

La Suisse clame partout, et à qui veut l'entendre, son attachement à la lutte contre la faim dans le monde. Or, le président de la Confédération, Pascal Couchepin, n'a pas daigné se rendre à Rome. Le gouvernement de Berne n'avait même pas jugé utile de dépêcher un conseiller fédéral[1]. Seul l'ambassadeur de Suisse à Rome a fait une brève apparition dans la grande salle des débats.

J'ai une amie à Berne, qui travaille à la division de l'agriculture du département fédéral de l'Économie. Elle a été mon étudiante. C'est une jeune femme engagée, au tempérament bien trempé, et qui contemple le monde avec une amère ironie.

Révolté, je lui ai téléphoné. Elle m'a répondu : « Pourquoi tu t'énerves ? Personne n'a faim en Suisse. »

Il faut toutefois admettre que les chefs d'États occidentaux n'ont pas le monopole de l'indifférence et du cynisme.

En Afrique noire, 265 000 femmes et des centaines de milliers de nourrissons meurent chaque année faute de soins prénataux. Et quand on étudie la répartition mondiale du phénomène, on s'aperçoit que la moitié des décès frappent l'Afrique, alors que la population de ce continent ne représente que 12 % de la population mondiale.

Dans l'Union européenne, les gouvernements dépensent en moyenne annuelle 1 250 euros par personne pour assurer les soins de santé primaires. En Afrique subsaharienne, le chiffre oscille entre 15 et 18 euros.

1. Nom donné aux ministres de la Confédération.

L'un des derniers sommets des chefs d'État de l'Union africaine (UA) s'est tenu, en juillet 2010, à Kampala, en Ouganda. Le Gabonais Jean Ping, président de la Commission exécutive de l'UA, avait inscrit comme point principal à l'ordre du jour la lutte contre la sous-alimentation maternelle et infantile.

Mal lui en prit !

Directeur de la rédaction de la revue *Jeune Afrique*, François Soudan a suivi les débats et en a rendu compte : « Maternité et enfance ? Mais nous ne sommes pas l'UNICEF, s'est écrié Mouammar Kadhafi. Résultat : le débat sur ce sujet fut expédié en un demi-après-midi par les chefs d'État, pour la plupart étourdis et somnolents... Quant aux journalistes accrédités, poursuivis par les attachés de presse des ONG tentant de les sensibiliser désespérément à leur cause, ils n'y ont consacré qu'une petite poignée de dépêches, destinées aux poubelles des rédactions... C'est qu'à un Sommet de l'UA, voyez-vous, on ne s'occupe que de choses sérieuses...[1] »

Périodiquement – de Gleneagles à L'Aquila –, des rencontres du G-8 et du G-20 ont lieu. Régulièrement, les gouvernements du monde riche dénoncent le « scandale » de la faim. Régulièrement, ils promettent de débloquer des sommes considérables pour éradiquer le fléau.

Sur proposition du Premier ministre britannique, Tony Blair, les chefs d'État du G8 + 5 réunis à Glen-

---

1. François Soudan, « Les femmes et les enfants en dernier », *Jeune Afrique*, Paris, 1er août 2010.

eagels en Écosse, en juillet 2005, ont ainsi proposé de verser immédiatement 50 milliards de dollars pour financer un plan d'action de lutte contre la misère en Afrique. Dans ses « Mémoires », Tony Blair revient longuement – et avec une évidente fierté – sur cette initiative. Il y voit l'un des trois moments culminants de sa carrière politique[1].

À l'invitation de Silvio Berlusconi, les chefs d'État du G8 se sont ensuite réunis, en juillet 2009, dans la petite ville de L'Aquila, en Italie centrale, frappée trois mois auparavant par un terrible tremblement de terre. À l'unanimité, ils ont approuvé un nouveau plan d'action contre la faim. Cette fois-ci, ils ont déclaré s'engager à verser sans délai 20 milliards de dollars afin de favoriser l'investissement dans l'agriculture vivrière.

Kofi Annan a été le secrétaire général de l'ONU jusqu'en 2006. Fils de paysans Fante de la haute forêt Ashanti du Ghana central, la lutte contre la faim est l'affaire de sa vie. Cet homme discret, qui n'élève jamais la voix, sensible, souvent ironique, passe aujourd'hui l'essentiel de son temps au bord du lac Léman. Mais il fait régulièrement la navette entre Founex, dans le canton de Vaud, et Accra, où est situé le quartier général de l'Alliance pour une révolution verte en Afrique qu'il préside.

Instruit de longue date de l'abyssale hypocrisie des puissances occidentales, Kofi Annan a accepté, en 2007, la présidence d'un comité d'organisations non gouverne-

---

1. Tony Blair, *A Journey*, Londres, Hutchinson, 2010. Je cite d'après l'édition allemande : Tony Blair, *Mein Weg*, Munich, Bertelsmann, 2010, p. 623. Le livre a été traduit en français, et publié chez Albin Michel la même année.

mentales chargé de suivre la réalisation des promesses de Gleneagels[1]. Résultat : jusqu'au 31 décembre 2010, des 50 milliards de dollars promis, il apparaît que 12 seulement ont été effectivement versés et affectés au financement de différents projets de lutte contre la faim en Afrique.

Quant aux promesses du G-8 de L'Aquila, la situation est encore plus sombre : si l'on en croit l'hebdomadaire britannique *The Economist*[2], des 20 milliards de dollars promis, seuls 3 ont été versés...

The Economist conclut sobrement : « *If words were food, nobody would go hungry* » (Si les mots pouvaient nourrir les hommes, personne n'aurait plus faim)[3].

---

1. Sa dénomination officielle est *Committee of NGO – Coalition to trace the Realization of the Action Plan of G-8 Meeting at Gleneagels*, 2005.
2. *The Economist*, Londres, 21 novembre 2009.
3. *Ibid.*

7

La tragédie du noma

Dans les chapitres précédents, nous avons traité des effets de la sous-alimentation et de la malnutrition. Mais les êtres humains peuvent également être détruits par une conséquence de ces états : les « maladies de la faim ».

Ces maladies sont nombreuses. Elles vont du kwashiorkor et de la cécité par manque de vitamine A jusqu'au noma, qui ravage les visages des enfants.

Noma vient du grec *nomein*, qui signifie dévorer. Son nom scientifique est le *cancrum oris*. C'est une forme de gangrène foudroyante qui se développe dans la bouche et ravage les tissus du visage. Sa cause première est la malnutrition.

Le noma dévore le visage des enfants souffrant de malnutrition, principalement entre un et six ans.

Chaque être vivant a dans sa bouche des micro-organismes en grand nombre, constituant une charge élevée en bactéries. Chez les personnes bien nourries et entretenant une hygiène buccale élémentaire, ces bactéries sont combattues par les défenses immunitaires de l'organisme.

Quand une sous-alimentation ou une malnutrition prolongée affaiblit les défenses immunitaires, cette flore buccale devient incontrôlable, pathogène, brise les dernières défenses immunitaires.

La maladie atteint trois stades successifs.

Elle commence par une simple gingivite et l'apparition dans la bouche d'un ou de plusieurs aphtes. Si elle est détectée à ce stade, soit dans les trois semaines suivant l'apparition du premier aphte, elle peut être aisément vaincue : il suffit alors de laver régulièrement la bouche avec un désinfectant, d'alimenter correctement l'enfant, de lui donner accès aux 800 à 1 600 calories indispensables à son âge et aux micronutriments dont il a besoin, vitamines et minéraux. Les forces immunitaires propres de l'enfant élimineront la gingivite et les aphtes.

Si ni la gingivite ni les aphtes ne sont détectés à temps, une plaie sanguinolente se forme dans la bouche. La gingivite fait place à une nécrose. L'enfant est secoué de fièvre. Mais à ce stade, rien n'est encore perdu. Le traitement est simple. Il suffit d'assurer à l'enfant une antibiothérapie, une nourriture adéquate et une hygiène buccale rigoureuse.

Possédant une riche expérience thérapeutique dans le domaine du noma, Philippe Rathle, de la fondation suisse *Winds of Hope* dirigée par Bertrand Piccard[1], estime qu'en tout, 2 ou 3 euros seulement sont nécessaires pour assurer un traitement de dix jours. À ce moment, l'enfant est guéri.

Si la mère ne dispose pas des trois euros nécessaires ou n'a pas d'accès aux médicaments, si elle est incapable de détecter la plaie ou si elle la détecte mais, en éprouvant de la honte, isole l'enfant qui ne cesse

---

1. www.windsofhope.org. L'organisation est basée à Lausanne.

de pleurer et de se plaindre, le seuil est franchi. Le noma devient invincible.

D'abord le visage de l'enfant gonfle, puis la nécrose détruit graduellement tous les tissus mous.

Les lèvres, les joues disparaissent, des trous béants se creusent. Les yeux tombent, puisque l'os orbital est anéanti. La mâchoire est scellée.

Les rétractations cicatricielles déforment le visage.

La contracture des mâchoires empêche l'enfant d'ouvrir la bouche.

La mère alors casse les dents sur un côté pour pouvoir introduire dans la bouche de son enfant une soupe de mil… dans l'espoir que ce liquide grisâtre empêchera son enfant de mourir de faim.

L'enfant au visage troué et à la mâchoire bloquée est privé de parole. Il ne parvient plus, de sa bouche mutilée, à articuler ; il peut tout juste émettre des grognements et des bruits gutturaux.

La maladie a quatre conséquences majeures : la défiguration par destruction du visage, l'impossibilité de manger et de parler, la stigmatisation sociale, et, dans environ 80 % des cas, la mort.

Le spectacle du visage dévoré de l'enfant, ces os apparents, provoquent, chez les proches, un sentiment de honte, des comportements de rejet, des efforts de dissimulation, qui contrecarrent évidemment la nécessaire prise en charge thérapeutique.

La mort intervient généralement dans les mois qui suivent l'effondrement du système immunitaire, par la gangrène, la septicémie, la pneumonie ou la diarrhée sanglante. 50 % des enfants atteints meurent dans un délai de trois à cinq semaines.

Le noma peut s'en prendre à des enfants plus âgés et, exceptionnellement, à des adultes.

Les survivants vivent le martyre.

Dans la plupart des sociétés traditionnelles d'Afrique noire, des montagnes du Sud-Est asiatique ou des plateaux andins, les victimes du noma sont frappées de tabou, rejetées comme une punition[1], cachées aux yeux des voisins.

La petite victime est retirée de la société, isolée, emmurée dans sa solitude, abandonnée.

Elle dort avec les bêtes.

La honte – le tabou – du noma n'épargne pas les chefs d'État des pays touchés.

Je l'ai vérifié un après-midi de mai 2009, au palais présidentiel de Dakar, dans le bureau d'Abdoulaye Wade.

Wade est un universitaire cultivé, intelligent, parfaitement informé des difficultés et des problèmes que connaît son pays.

Il exerçait alors la présidence de l'Organisation des États de la Conférence islamique (OCI). Avec le groupe des États non alignés, l'OCI, qui compte 53 États membres, forme le « bloc » de votes le plus puissant aux Nations unies.

Nous parlions des stratégies de l'organisation au sein du Conseil des droits de l'homme des Nations

---

1. Comme le dit le réalisateur de la BBC, Ben Fogle : « Le noma agit comme une punition pour un crime que vous n'avez pas commis. » Émission de la BBC, « Make me a new face », juin 2010 un film qui décrit la lutte de l'ONG anglaise *Facing Africa* contre le noma au Nigeria.

unies. Les analyses du président Wade étaient, selon son habitude, brillantes et bien documentées.

Au moment de partir, je l'interrogeai sur le noma, afin d'attirer son attention sur sa responsabilité et l'inciter à mettre en place un programme national de lutte contre ce fléau.

Abdoulaye Wade m'interrogea du regard : « Mais de quoi parlez-vous ? Je n'ai pas connaissance de cette maladie. Il n'y a pas de noma chez nous. »

Or, je venais de rencontrer le matin même, à Kaolack, les deux délégués de Sentinelles[1], une ONG d'origine suisse d'aide à l'enfance qui tente de débusquer les enfants martyrs, de persuader leurs mères de les laisser partir au dispensaire local ou – pour les cas les plus graves – vers les hôpitaux universitaires de Genève ou de Lausanne. Ils m'avaient dressé un tableau précis du fléau, qui avance non seulement sur la Petite-Côte, mais aussi dans toutes les zones rurales du Sénégal.

Philippe Rathle, de la fondation *Winds of Hope*, estime qu'en Afrique sahélienne environ 20 % des enfants martyrs seulement sont détectés.

Reste la chirurgie. Les chirurgiens bénévoles des hôpitaux européens de Paris, Berlin, Amsterdam, Londres, Genève ou Lausanne, mais aussi certains « rares » médecins venus sur place, et exerçant dans des dispensaires locaux mal équipés, accomplissent des miracles. Ils pratiquent une chirurgie réparatrice et reconstructrice, souvent d'une extrême complexité.

---

1. www.sentinelles.org. L'ONG, créée par Edmond Kaiser pour venir « au secours de l'innocence meurtrie », est basée à Lausanne.

Klaas Marck et Kurt Bos travaillent dans un des seuls hôpitaux spécialisés dans le traitement du noma en Afrique, le Noma Children Hospital de Sokoto, au Nigeria.

Ils ont tiré les leçons de leur expérience[1] : la chirurgie des accidentés de la route a fait des progrès. Les enfants martyrs du noma en profitent, si l'on ose dire.

Mais pour reconstruire, ne serait-ce que partiellement, le visage mutilé d'un de ces petits, il faut jusqu'à cinq ou six opérations successives, toutes terriblement douloureuses. Dans de nombreux cas, seule la reconstruction partielle du visage sera possible.

En écrivant, j'ai devant moi, sur ma table, les photographies de petites filles et de petits garçons de trois, quatre et sept ans aux mâchoires scellées, aux visages troués, aux yeux pendants. Ce sont des images horribles. Plusieurs de ces petits essaient de sourire.

La maladie possède une longue histoire. Klaas Marck, chirurgien plasticien hollandais, l'a reconstituée[2].

Ses symptômes étaient connus dès l'Antiquité. Le premier médecin à lui donner le nom de noma est Cornelius van der Voorde, de Middleburg aux Pays-Bas, dans une publication de 1685 sur la gangrène faciale.

En Europe du Nord, durant tout le XVIIIᵉ siècle, les écrits sur la maladie sont relativement nombreux. Ils associent le noma à l'enfance, à la pauvreté et à la malnutrition qui l'accompagne. Jusqu'au milieu

1. Kurt Bos et Klaas Marck, « The surgical treatement of noma », Dutch Noma Foundation, 2006.
2. Klaas Marck, « A history of noma. The Face of Poverty », *Plastic and Reconstructive Surgery*, avril 2003.

du XIXe siècle, le noma s'étend à toute l'Europe et à l'Afrique du Nord.

Sa disparition dans ces régions est essentiellement due à l'amélioration des conditions sociales des populations, au recul de l'extrême pauvreté et de la faim.

Mais le noma a fait une réapparition massive dans les camps nazis entre 1933 et 1945, notamment dans ceux de Bergen-Belsen et d'Auschwitz.

Chaque année, environ 140 000 nouvelles victimes sont frappées par le noma. 100 000 d'entre elles sont des enfants de un à six ans vivant en Afrique subsaharienne. La proportion des personnes survivantes oscille autour de 10 %, ce qui signifie que plus de 120 000 personnes périssent de noma tous les ans[1].

Une malédiction frappe les enfants affectés par le noma. Naissant généralement de mères gravement sousalimentées, leur malnutrition commence *in utero*. Leur croissance se trouve retardée avant même qu'ils ne viennent au monde[2].

Le noma se manifeste généralement à partir du quatrième enfant. La mère n'a plus de lait. Elle se trouve affaiblie par les grossesses précédentes. Et plus la famille est grande, plus il faut partager la nourriture. Les derniers arrivés sont les perdants.

Au Mali, un peu plus de 25 % seulement des mères parviennent à allaiter leurs nourrissons normalement et pendant le temps nécessaire. Les autres, la grande majorité d'entre elles, sont trop affamées pour y parvenir.

Une autre raison de l'allaitement déficient de cen-

---

1. Cyril Enwonwu, « Noma. The Ulcer of ExtremePoverty », *New England Journal of Medicine*, janvier 2006.
2. *Ibid.*

taines de milliers de nourrissons est le sevrage pré-
coce, l'arrêt brutal de l'allaitement avant terme. Il est
dû essentiellement aux grossesses rapprochées et au
fait que les femmes sont astreintes au dur labeur des
champs.

Le continent africain entretient le culte de la famille
nombreuse. En milieu rural notamment, le statut de
la femme est lié au nombre d'enfants qu'elle met au
monde. Les répudiations, les divorces et les séparations
y sont fréquents et, avec eux, le retrait des enfants en
bas âge. Dans nombre de sociétés, la famille du père
garde en effet l'enfant, qui peut être retiré à sa mère
avant même son sevrage.

Dans leur malheur, Aboubacar, Baâratou, Saleye
Ramatou, Soufiranou et Maraim ont eu de la chance.
Ces enfants nigériens, âgés de quatorze à seize ans, défi-
gurés par le noma, vivaient reclus dans leur logement
au sein des quartiers de Karaka-Kara et de Jaguundi,
à Zinder. Leurs familles les cachaient, honteuses des
effroyables mutilations frappant leur progéniture : nez
réduit à l'os nasal, joues trouées, destructions labiales…

L'organisation Sentinelles entretient une petite, mais
très active délégation à Zinder. Ayant entendu parler de ces enfants, deux jeunes femmes de Sentinelles
visitèrent les familles. Elles leur expliquèrent que les
mutilations n'étaient pas dues à une quelconque malédiction, mais à une maladie dont les effets pouvaient
être corrigés, du moins partiellement, par des interventions chirurgicales. Les familles acceptèrent le transfert de leurs enfants à Niamey. Un minibus transporta
les enfants, sur 950 kilomètres, à l'hôpital national de

la capitale. Là, le professeur Servant et son équipe de l'hôpital Saint-Louis de Paris rendirent un visage humain à ces enfants.

Des missions médicales françaises, suisses, hollandaises, allemandes, et autres, organisées par Médecins du monde, y exercent trois ou quatre fois par an pendant une ou deux semaines. Dans d'autres hôpitaux, en Éthiopie, au Bénin, au Burkina Faso, au Sénégal, au Nigeria, mais aussi au Laos[1], d'autres médecins venus d'Europe ou d'Amérique opèrent bénévolement les victimes du noma.

La fondation *Winds of Hope* et la Fédération internationale No-Noma[2] réalisent un travail formidable de détection, de soins, de chirurgie réparatrice et de leur corollaire indispensable, la collecte de fonds, de même que d'autres ONG, comme SOS-Enfants, fondé par David Mort, Opération Sourire, *Facing Africa*, *Hilfsaktion Noma*, etc.

S'il faut saluer la contribution précieuse de ces organisations non gouvernementales et de leurs médecins, il n'en reste pas moins que leurs interventions ne touchent qu'une infime minorité des enfants mutilés.

Nombre d'ONG tentent ainsi d'organiser la détection des victimes et financent la chirurgie réparatrice là où elle est encore possible. Le musicien sénégalais Youssou N'Dour et d'autres personnes d'influence ont

1. Leila Srour, « Noma in Laos, stigma of severe poverty in rural Asia », *American Journal of Tropical Medicine and Hygiene*, n° 7, 2008.
2. www.nonoma.org

rejoint la lutte en la parrainant. Mais il est évident que seuls l'OMS et les gouvernements des États frappés par le fléau pourraient mettre définitivement fin au martyre des enfants ravagés par cette atroce maladie.

Or, l'indifférence de l'OMS comme celle des chefs d'État est abyssale.

Par une décision incompréhensible, l'OMS a ainsi sous-traité à son bureau régional africain le combat contre le noma. Cette décision est absurde pour deux raisons : le noma est également présent en Asie du Sud[1] et en Amérique latine ; le bureau régional africain est resté jusqu'ici d'une passivité incroyable face aux souffrances de centaines de milliers de victimes du noma[2].

La Banque mondiale qui, par ses statuts, est chargée de combattre la pauvreté extrême et ses conséquences, fait preuve de la même indifférence. Alexander Fieger écrit : « noma est l'indicateur le plus évident de l'extrême pauvreté, mais la Banque mondiale ne lui accorde aucune attention[3]. » Le rapport intitulé « The Burden of Desease », rédigé conjointement par la Banque mondiale et l'OMS, ne mentionne même pas la maladie.

L'OMS ne s'attaque d'office qu'à deux types de maladies : celles qui sont contagieuses et risquent de déclencher des épidémies, et celles pour lesquelles un État membre demande de l'aide.

Le noma n'est pas contagieux et aucun État membre

---

1. Il n'existe pas de chiffres fiables pour l'Asie.
2. Cf. Alexander Fieger, « An estimation of the incidence of noma in North-West Nigeria », *Tropical Medecine and International Health*, mai 2003.
3. Alexander Fieger, « An estimation of the incidence of noma in North-West Nigeria », *op. cit.*

n'a, jusqu'à présent, demandé l'aide de l'OMS pour le combattre.

Dans la capitale de chaque État membre, l'OMS entretient une délégation composée d'un représentant et de nombre d'employés locaux. La délégation doit surveiller en permanence la situation sanitaire du pays. Les représentants sillonnent les quartiers urbains, les villages, les hameaux et les camps de nomades. Ils ont en main une liste de contrôle détaillée, où sont décrites toutes les maladies qu'il s'agit de surveiller.

Lorsqu'un malade est détecté, il doit être signalé aux autorités locales et conduit au dispensaire le plus proche.

Mais le noma ne figure pas sur la liste de l'OMS.

Avec Philippe Rathle et ma collaboratrice au comité consultatif du Conseil des droits de l'homme, Ioana Cismas, je me suis rendu à Berne pour alerter l'Office fédéral de la santé. Le haut fonctionnaire qui nous a reçus a refusé de présenter une quelconque résolution à l'Assemblée mondiale de la santé en avançant cet argument : « Il y a déjà beaucoup trop de maladies sur la liste de contrôle. »

Les représentants de l'OMS sur le terrain sont déjà sursollicités. Ils ne savent plus où donner de la tête. Ajouter encore une maladie à la liste, vous n'y pensez pas !

La coalition des ONG conduite par la fondation *Winds of Hope* a dressé un plan d'action contre le noma. Il s'agit de renforcer la prévention en formant des agents sanitaires et des mères capables d'identifier les premiers signes cliniques du mal ; d'intégrer le noma dans les systèmes de surveillance épidémiologiques nationaux et internationaux ; d'engager des recherches éthologiques (relatives aux comportements).

Enfin, il faut s'assurer que les médicaments antibiotiques et les ampoules pour la nutrition thérapeutique à administrer par voie intraveineuse sont disponibles dans les dispensaires locaux, au prix le plus bas possible.

La réalisation de ce plan d'action coûte de l'argent… dont les ONG ne disposent pas[1].

Les combattants contre le noma sont pris dans un cercle vicieux.

D'un côté, l'absence du noma dans les listes et les rapports de l'OMS, le manque d'attention publique sont dus au manque d'informations scientifiques sur l'étendue et le caractère pernicieux de la maladie. Mais d'un autre côté, aussi longtemps que l'OMS et les ministres de la Santé des États membres refusent de s'intéresser à cette maladie touchant les plus petits et les plus pauvres, aucune recherche approfondie et extensive, aucune mobilisation internationale ne pourront être entreprises.

Le noma n'intéresse évidemment pas non plus les trusts pharmaceutiques, puissants à l'OMS, d'abord parce que les médicaments permettant de combattre cette maladie sont peu coûteux, ensuite parce que les victimes sont insolvables.

Dans les pays de l'hémisphère Sud, le noma ne sera définitivement éradiqué, comme il l'a été en Europe, que lorsque ses causes, la sous-alimentation et la malnutrition, auront définitivement reculé.

---

1. Bertrand Piccard, « Notre but : mettre sur pied une journée mondiale contre le noma », *Tribune médicale*, 29 juillet 2006.

DEUXIÈME PARTIE

Le réveil des consciences

1

La faim comme fatalité
Malthus et la sélection naturelle

Jusqu'au milieu du siècle passé, la faim était frappée de tabou. Le silence recouvrait les charniers. Le massacre était fatal. Comme la peste au Moyen Âge, la faim était considérée comme un fléau invincible, de telle nature que la volonté humaine ne parviendrait jamais à l'endiguer.

Plus qu'aucun autre penseur, Thomas Malthus a contribué à cette vision fataliste de l'histoire de l'humanité. Si la conscience collective européenne, à l'aube de la modernité, est restée sourde et aveugle au scandale de la mort par la faim de millions d'êtres humains, si elle a même cru deviner dans ce massacre quotidien une judicieuse forme de régulation démographique, c'est en grande partie à lui que nous le devons – et à sa grande idée de « sélection naturelle ».

Malthus était né le 4 février 1766 à Rookery, modeste bourg du comté de Surrey, dans le sud-est de l'Angleterre. Son père était avocat, sa mère la fille d'un pharmacien prospère.

Le 3 septembre 1783, dans un petit hôtel de la rue Jacob à Paris, fut signé, entre l'ambassadeur du Congrès américain Benjamin Franklin et l'envoyé du roi George III, le traité de Paris consacrant l'indépendance des États-Unis d'Amérique. La perte de cette colonie nord-américaine eut, en Angleterre, des répercussions considérables.

L'aristocratie rentière, qui tirait ses revenus des plantations américaines et du commerce colonial, perdit une grande partie de son pouvoir économique et fut supplantée par la bourgeoisie industrielle en pleine expansion. D'immenses usines – dédiées notamment à l'industrie textile – furent édifiées. Du mariage entre le charbon et le fer surgit une puissante industrie sidérurgique. Des millions de paysans et leurs familles affluèrent alors dans les villes.

Malthus avait fait des études brillantes au Jesus College de Cambridge, y avait enseigné la morale pendant trois ans, puis était devenu pasteur de l'Église anglicane et s'était assuré d'une charge de vicaire dans son Surrey natal, à Albury.

Mais il avait découvert à Londres le spectacle révoltant de la misère. Les déracinés devenus sous-prolétaires industriels souffraient de la faim. Ayant perdu leurs repères sociaux, beaucoup sombraient dans l'alcoolisme. Il ne devait jamais oublier ces mères de famille au visage blême, marqué par la sous-alimentation, ces enfants mendiants. Mais aussi la prostitution, les taudis.

Une obsession l'envahit. Comment nourrir ces masses de prolétaires, leurs enfants innombrables, sans mettre en danger l'approvisionnement en nourriture de la société toute entière ?

Avant même la rédaction de son fameux *Essai sur le principe de population*, les prémices de l'œuvre de sa vie transparaissent dans un premier écrit. Il observe « la population et la nourriture […] qui courent toujours l'une après l'autre ». Il note : « Le problème principal de notre temps est le problème de la population et de sa subsistance. » Ou encore : « C'est la tendance commune, constante de tous les êtres vivants que les hommes ont à accroître leur espèce au-delà des ressources de nourriture dont ils peuvent disposer[1]. »

En 1798 parut son célèbre *Essai sur le principe de population dans la mesure où il affecte l'amélioration future de la société* (*An Essay on the Principle of Population, as it Affects the Future Improvement of Society*)[2]. Sa vie durant, Malthus devait périodiquement retravailler l'ouvrage, l'enrichir, en récrire des chapitres entiers, jusqu'à sa dernière version publiée un an avant sa mort, en 1833.

La thèse centrale du livre est organisée autour d'une contradiction qu'il juge insurmontable :

« Dans le règne végétal et dans le règne animal, la nature a répandu d'une main libérale, prodigue, les germes de vie. Mais en comparaison, elle a été avare de place et de nourriture. S'ils avaient assez d'aliments et de surface pour se développer librement, les germes d'existence contenus dans notre petit bout de terre suffiraient pour remplir des millions de monde en l'espace de seulement quelques milliers d'années. Mais la Nécessité, cette loi impérieuse et tyrannique de la nature, les cantonne dans les bornes prescrites. Le règne végétal et le règne animal doivent se res-

---

1. Thomas Malthus, *The Crisis*, rédigé en 1796, sans trouver d'éditeur.
2. Le sous-titre changera dans les éditions ultérieures : *« An Essay of the Principle of Population, a View of its Past and Present Effects on Human Hapiness »*. Les citations qui suivent sont tirées de l'édition préfacée, introduite et traduite par Pierre Theil, Paris, Éditions Seghers, 1963.

treindre pour ne pas excéder ces limites. Même la race humaine, malgré tous les efforts de sa Raison, ne peut échapper à cette loi. Dans le monde des végétaux et des animaux, celle-ci agit en gaspillant les germes et en répandant la maladie et la mort prématurée : chez l'homme, elle agit par la misère. »

Pour le pasteur Malthus, la « loi de la Nécessité » est l'autre nom de Dieu.

« D'après cette loi de population – qui tout exagérée qu'elle puisse paraître (étant énoncée de cette manière) est, j'en suis bien convaincu, la plus en rapport avec la nature et la condition de l'homme, il est évident qu'il doit exister une limite à la production de la subsistance et de quelques autres articles nécessaires à la vie. À moins d'un changement total dans l'essence de la nature humaine et dans la condition de l'homme sur la Terre, la totalité des choses nécessaires à la vie ne pourra jamais être fournie en aussi grande abondance. Il serait difficile de concevoir un présent plus funeste et plus propre à plonger l'espèce humaine dans un état irréparable d'infortune que la facilité illimitée de produire de la nourriture dans un espace borné […].

« Le Créateur bienfaisant, qui connaît les besoins et les nécessités de ses créatures d'après les lois auxquelles il les a assujetties, n'a pas – dans sa miséricorde – voulu nous donner toutes les choses nécessaires à la vie en aussi grande abondance. Mais si l'on admet (et on ne saurait s'y refuser) que l'homme enfermé dans un espace limité voit que son pouvoir de produire du blé a des bornes, dans ce cas la valeur de la quantité de terre dont il se trouve réellement en possession dépend du peu de travail nécessaire pour l'exploiter comparativement au nombre de personnes que cette terre peut nourrir. »

Cette théorie a prévalu depuis lors, et résiste encore aujourd'hui dans une partie de l'opinion publique : la population croît sans cesse, la nourriture et la terre qui la produit sont limitées. La faim réduit le nombre des hommes. Elle garantit l'équilibre entre leurs besoins incompressibles et les biens disponibles. D'un mal, Dieu ou la Providence (voire la Nature) font un bien.

Pour Malthus, la réduction de la population par la faim était la seule issue possible pour éviter la catastrophe économique finale. La faim relevait donc de la loi de la nécessité.

L'*Essai sur le principe de population* contient, par voie de conséquence, des attaques virulentes contre les « lois sociales », les timides tentatives du gouvernement britannique d'alléger – par une assistance publique rudimentaire – le sort terrible fait aux familles prolétaires des villes. Malthus écrit : « Si un homme ne peut pas vivre de son travail, tant pis pour lui et pour sa famille. » Plus loin : « Le pasteur doit avertir les fiancés : si vous vous mariez, si vous procréez, vos enfants n'auront aucune aide de la société. »

Encore Malthus : « Les épidémies sont nécessaires. »

Au fur et à mesure que Malthus progresse dans la rédaction de son livre, le pauvre devient son pire ennemi : « Les lois sociales sont nuisibles [...]. Elles permettent aux pauvres d'avoir des enfants [...]. La peine prononcée par la nature : le besoin [...]. Il faut qu'il [le pauvre] sache que les lois de la nature, qui sont les lois de Dieu, l'ont condamné à souffrir, lui et sa famille. »

Encore Malthus : « Les taxes paroissiales sont écrasantes [pour les pauvres] ? Tant pis. »

Une telle théorie ne pouvait aller sans différencialisme racial. Dans son livre, Malthus fait en effet le tour des peuples du monde. Des Indiens d'Amérique du Nord, il dit par exemple : « Ces peuples chasseurs sont comme les bêtes de proie auxquelles ils ressemblent. »

L'*Essai sur le principe de population* rencontra tout de suite un immense succès auprès des classes dirigeantes de l'Empire britannique. Le Parlement en débattit. Le Premier ministre en recommanda la lecture.

Rapidement, ses thèses se diffusèrent dans toute l'Europe. C'est que l'idéologie malthusienne servait admirablement les intérêts des classes dominantes et leurs pratiques d'exploitation. Elle permettait aussi de résoudre un autre conflit apparemment insurmontable : concilier la « noblesse » de la mission civilisatrice de la bourgeoisie avec les famines et les charniers qu'elle provoquait. En adhérant à la vision de Malthus – les souffrances induites par la faim, la destruction de tant de milliers de personnes étaient certes effroyables, mais à l'évidence nécessaires à la survie de l'humanité –, la bourgeoisie calmait ses propres scrupules.

La vraie menace, c'était l'explosion de la croissance démographique. Sans l'élimination des plus faibles par la faim, le jour viendrait où nul être humain, sur la planète, ne pourrait plus ni manger, ni boire, ni respirer.

Jusqu'au milieu du XXe siècle, l'idéologie malthusienne a ravagé la conscience occidentale. Elle a rendu la plupart des Européens sourds et aveugles aux souffrances des victimes, notamment dans les colonies. Les affamés étaient devenus, au sens ethnologique du terme, un tabou.

Admirable Malthus !

Probablement sans le vouloir clairement, il a libéré les Occidentaux de leur mauvaise conscience.

Sauf grave cas de dérangement psychique, personne ne peut supporter le spectacle de la destruction d'un être humain par la faim. En naturalisant le massacre, en le renvoyant à la nécessité, Malthus a déchargé les Occidentaux de leur responsabilité morale.

2

Josué de Castro, première époque

Brusquement, à la sortie de la Seconde Guerre mondiale, le tabou fut brisé, le silence rompu – et Malthus renvoyé aux poubelles de l'Histoire.

Les horreurs de la guerre, du nazisme, des camps d'extermination, les souffrances et la faim partagées induisirent un extraordinaire réveil de la conscience européenne.

La conscience collective se révolta : « Plus jamais ça ! » Cette révolte s'inscrivait dans un mouvement de transformation profonde de la société, à travers lequel les hommes revendiquaient l'indépendance, la démocratie, la justice sociale. Ses conséquences furent nombreuses et bienfaisantes. Elle imposa, entre autres, aux États la protection sociale de leur population, mais aussi la création d'institutions interétatiques, des normes de droit international, des armes de combat contre le fléau de la faim.

Dans ses *Manifestes philosophiques*, traduits par Louis Althusser, Ludwig Feuerbach écrit : « La conscience entendue dans son sens le plus strict n'existe que pour un être qui a pour objet sa propre espèce et sa propre essence […]. Être doué de conscience, c'est être capable de science. La science est la conscience des espèces.

Or, seul un être qui a pour objet sa propre espèce, sa propre essence est susceptible de prendre pour objets, dans leurs significations essentielles, des choses et des êtres autres que lui[1]. »

La conscience de l'identité entre tous les hommes est au fondement du droit à l'alimentation. Personne ne saurait tolérer la destruction de son semblable par la faim sans mettre en danger sa propre humanité, son identité.

En 1945, 44 États membres de l'ONU créèrent à Québec l'Organisation pour l'alimentation et l'agriculture (FAO), sa toute première institution spécialisée. La FAO fut installée à Rome. Sa tâche : développer l'agriculture vivrière et veiller à l'égale distribution de la nourriture parmi les hommes.

Le 10 décembre 1948, les 64 États membres des Nations unies adoptèrent à l'unanimité, lors de leur Assemblée générale à Paris, la Déclaration universelle des droits de l'homme, qui consacre, dans son article 25, le droit à l'alimentation.

Face aux catastrophes qui se multipliaient néanmoins, les États membres décidèrent d'aller plus loin en 1963 : ils créèrent le Programme alimentaire mondial (PAM), chargé de l'aide d'urgence.

Enfin, pour conférer au respect des droits de l'homme un caractère contraignant, les États membres de l'ONU adoptèrent le 16 décembre 1966 (hélas séparément !) deux pactes internationaux, le premier relatif aux droits économiques, sociaux et culturels, dont l'article 11 fait l'exégèse du droit à l'alimentation, le deuxième relatif aux droits civils et politiques.

---

1. Ludwig Feuerbach, *Manifestes philosophiques*, trad. de Louis Althusser, Paris, PUF, 1960, p. 57 et 58.

Dans le contexte international de la guerre froide et du fait des divergences idéologiques des États membres (capitalisme contre communisme), le deuxième pacte fut largement exploité pour dénoncer les violations des droits humains dans les pays du bloc soviétique.

Depuis lors, le respect par les États signataires du pacte n° 1 relatif aux droits économiques, sociaux et culturels est contrôlé par un comité de dix-huit experts. Chaque État-partie doit soumettre, dès son adhésion puis tous les cinq ans, un rapport rendant compte des mesures prises sur son territoire pour satisfaire au droit à l'alimentation.

Au sortir de la longue nuit du nazisme, une évidence commençait ainsi à poindre, qui allait mettre des années à s'imposer aux peuples et à leurs dirigeants : l'éradication de la faim est de la responsabilité de l'homme, il n'existe aucune fatalité en cette matière. L'ennemi peut être vaincu. Il suffit de mettre en œuvre un certain nombre de mesures concrètes et collectives pour rendre effectif et justiciable le droit à l'alimentation.

Il allait alors de soi, dans l'esprit des initiateurs du pacte, que les peuples ne pouvaient laisser au libre jeu des forces du marché la réalisation du droit à l'alimentation. Des interventions normatives étaient indispensables : tels la réforme agraire partout où sévissait l'inégale distribution des terres arables ; le subventionnement public des aliments de base au profit de ceux qui ne pouvaient s'assurer d'une nourriture régulière, adéquate et suffisante ; l'investissement public, national et international pour assurer la préservation du sol et l'accroissement de la productivité (les engrais, l'irrigation, l'outillage, les semences) dans le cadre de l'agriculture vivrière ; l'équité dans l'accès à la nourriture, l'élimination du monopole des sociétés multi-nationales de l'agroalimentaire sur les marchés des semences, des engrais et en matière de commerce des aliments de base.

Un homme a contribué plus qu'aucun autre à ce réveil de la conscience des peuples occidentaux vis-à-vis de la faim : le médecin brésilien Josué Apolônio de Castro. Qu'on me permette ici ce souvenir personnel, celui de ma rencontre avec sa fille.

En dépit de l'avant-toit couvrant la petite terrasse de la *Garota da Ipanema*, la chaleur de l'été austral est étouffante. Dans une percée perpendiculaire à l'Avenida Prudente de Morais, les vagues de l'Atlantique scintillent dans la lumière de l'après-midi.

La belle femme brune d'un certain âge assise en face de moi affiche une mine grave : « Les militaires ont cru en finir avec mon père… Mais voilà maintenant qu'il nous revient et il est des millions. » Anna Maria de Castro est la fille aînée et l'héritière intellectuelle de son père.

Cette rencontre dans un café-bar de Rio de Janeiro a eu lieu en février 2003, alors même que Luiz Inácio Lula da Silva, cofondateur du Mouvement des travailleurs sans terre (MST), lui-même issu d'une famille misérable de l'intérieur du Pernambouc et qui, dans son enfance, avait perdu ses deux plus jeunes frères par la faim, venait d'entrer au palais du Planalto à Brasilia. Et l'on s'en souvient : l'une de ses toutes premières décisions présidentielles fut le lancement de la campagne nationale « *Fome Zero* » (Faim zéro).

Destin brillant mais tragique que celui de Josué de Castro. Par son œuvre scientifique, sa vision prophétique et son action militante, il a profondément marqué son époque.

Il a brisé la loi de la nécessité. Il a démontré que la faim procédait des politiques conduites par les hommes, qu'elle pouvait donc être vaincue, éliminée par les hommes. Aucune fatalité ne préside au massacre. Il s'agit d'en débusquer les causes et de les combattre.

Josué de Castro était né le 5 septembre 1908 à Recife, capitale de l'État du Pernambouc, au bord de l'Atlantique, troisième ville du Brésil en nombre d'habitants.

À Recife, l'océan vert de la canne à sucre s'annonce à quelques kilomètres de la ville. La terre rouge de l'Agreste[1] est perdue pour les haricots, le manioc, le blé ou le riz. Comme un cercle de fer, les champs de canne à sucre enferment les villages, les bourgs, les cités. La canne est la malédiction du peuple, ses plantations font obstacle aux cultures vivrières. Du coup, aujourd'hui encore, 85 % des aliments consommés au Pernambouc sont importés, et la mortalité infantile y est la plus élevée du continent derrière Haïti.

Josué de Castro appartenait du plus profond de son être à cette terre et à ce peuple du Nordeste, dont il partageait d'ailleurs le type *caboclo*, métissé d'Indien et de Portugais.

Lorsque parut en 1946 sa *Geografia da fome*[2], trai-

---

1. Zone de terre fertile s'étendant le long de la côte, sur une profondeur d'environ 60 kilomètres, avant que ne commence l'immensité aride du Sertão.

2. Il fut traduit en français dès 1949 : Josué de Castro, *Géographie de la faim. La faim au Brésil*, Paris, Économie et Humanisme, Les Éditions ouvrières, 1949. Les Éditions du Seuil reprirent le titre dès 1964 : *Géographie de la faim. Le dilemme brésilien, pain ou acier*.

tant de la famine au Brésil et en particulier au Nordeste, c'est-à-dire de son expérience locale et régionale, Castro avait déjà derrière lui une longue carrière. Fort d'un diplôme de physiologie obtenu à la Faculté de médecine de Rio de Janeiro, il enseignait la physiologie, la géographie humaine et l'anthropologie à l'Université de Recife en même temps qu'il exerçait la médecine. Comme Salvador Allende, pédiatre à Valparaiso, il avait eu le temps de découvrir, dans son cabinet, à l'hôpital ou à l'occasion de ses visites à domicile, toutes les facettes de la sous-alimentation et de la malnutrition enfantines.

Il avait mené systématiquement des enquêtes, nombreuses et précises, souvent sous mandat de l'État, auprès de milliers de familles de *Caboclos*, journaliers agricoles, coupeurs de cannes, métayers et *boia frio*, grâce auxquelles il avait pu démontrer que c'était le latifundium – l'agriculture extensive – qui était à l'origine de la sous-alimentation et de la faim.

Il apportait aussi la preuve que ce n'était pas la surpopulation des campagnes et des villes qui était responsable de la progression de la faim, mais l'inverse. Les extrêmement pauvres multipliaient les naissances par angoisse du lendemain. Les enfants, qu'ils voulaient aussi nombreux que possible, constituaient en quelque sorte leur assurance-vie. S'ils survivaient, ils aideraient leurs parents à vivre – et surtout à vieillir sans mourir de faim.

Josué de Castro citait volontiers ce proverbe nordestin : « La table du pauvre est maigre, mais le lit de la misère est fécond. »

Dans un ouvrage non traduit en français, publié en 1937, *Documentário do Nordeste*, Castro écrit : « Si une partie des métis se révèlent être des hommes diminués,

126

affligés de déficits mentaux et d'incapacité, ce n'est pas dû à une quelconque tare sociale, propre à leur race, mais à leur estomac vide […]. Le mal ne vient pas de la race, mais de la faim. C'est l'absence d'une nourriture suffisante qui empêche leur développement et le complet fonctionnement de leurs capacités. Ce n'est pas la machine qui est de mauvaise qualité […]. Son travail rend peu. À chaque pas elle souffre. Elle s'arrête tôt […]. Par manque de combustible adéquat et suffisant[1]. »

Documentário do Nordeste reprenait et amplifiait l'argumentation d'un texte court plus ancien, *Alimentação e raça*, paru en 1935, qui prenait à rebours la thèse dominante dans les milieux politiques et intellectuels du Brésil selon laquelle les Afro-Brésiliens, les Indiens et les *Caboclo*s étaient paresseux, peu intelligents, peu travailleurs – et par conséquent sous-alimentés – à cause de leur race[2].

Les classes dirigeantes brésiliennes blanches étaient aveuglées par leurs préjugés raciaux.

L'année 1937 a été celle du coup d'État de Getúlio Vargas, de l'institution de sa dictature et de son *Estado Novo*. L'universalisme du jeune médecin Josué de Castro heurtait de front l'idéologie fasciste et le racisme orgueilleusement proclamé des classes dominantes. En 1945, la défaite des puissances de l'Axe devait entraîner Vargas et l'*Estado Novo* dans leur chute[3].

---

1. Josué de Castro, *Documentário do Nordeste*, Éditions Livraria José Olympio, Rio de Janeiro, 1937.
2. Josué de Castro, *Alimentação e raça*, Editora Civilizaçao Brasileira, Rio de Janeiro, 1935.
3. Revenu au pouvoir en 1950, Getúlio Vargas, discrédité, fut acculé en 1954 à la démission. Il se suicida en se tirant une balle dans le cœur dans le palais de Catete à Rio de Janeiro.

Pendant toute cette période, Josué de Castro, invité par les gouvernements de différents pays à étudier les problèmes de l'alimentation et de la nutrition, visita l'Argentine (1942), les États-Unis (1943), la République dominicaine (1945), le Mexique (1945), et enfin la France (1947).

Cette expérience à la fois locale et globale, comme nous dirions aujourd'hui, conféra d'emblée à ses travaux scientifiques, qui comptent une cinquantaine d'ouvrages[1], une ampleur, une complexité et une validité exceptionnelles.

Dans l'hommage rendu à celui qui fut son maître et ami en France, à l'occasion du centième anniversaire de sa naissance, Alain Bué écrit : « La thèse centrale de toute l'œuvre de Castro se résume dans ce constat : "Quiconque a de l'argent mange, qui n'en a pas meurt de faim ou devient invalide"[2]. »

Geografia da fome est à l'origine du plus célèbre ouvrage de Josué de Castro : *Géopolitique de la faim*. L'auteur explique, dans l'avant-propos, que c'est l'éditeur américain Little Brown and Co, de Boston, qui lui a suggéré d'étendre au monde entier l'application des méthodes qu'il avait mises en œuvre au Brésil et qui avait donné naissance, en 1946, à *Géographie de*

---

1. La moitié de ces ouvrages sont traduits dans les principales langues.

2. Alain Bué, « La tragique nécessité de manger », *Politis*, Paris, octobre-novembre 2008. Alain Bué a été l'assistant de Josué de Castro au Centre universitaire expérimental de Vincennes créé en 1968 (puis Université de Vincennes). Professeur à l'Université de Paris-VIII, il est aujourd'hui son héritier intellectuel, le gardien de son œuvre en France.

la faim. *Géopolitique de la faim* constitue l'une des œuvres scientifiques majeures de l'après-guerre. Le livre remporta un succès universel, fit le tour du monde. Il fut recommandé par la FAO nouvellement créée, fut traduit en vingt-six langues, connut de multiples rééditions et marqua profondément les consciences.

Son premier titre, *Géographie de la faim*, bien dans la tradition des sciences humaines descriptives du XIXe siècle, fut changé en *Geopolitica da Fome*[1], l'auteur lui-même montrant dès le premier chapitre que la faim, si elle doit être référée et imputée pour une part aux conditions géographiques, est en fait avant tout affaire de politique. Elle doit la persistance de son existence non pas à la morphologie des sols, mais tout à la pratique des hommes. C'est en forme d'hommage à Josué de Castro que j'ai donné son sous-titre à mon livre.

Josué de Castro s'en explique : « Bien que dégradé par la dialectique nazie, ce mot [géopolitique] garde sa valeur scientifique. [...] Il cherche à établir les corrélations existant entre les facteurs géographiques et les phénomènes de caractère politique [...] Peu de phénomènes ont influé aussi intensément sur le comportement politique des peuples que le phénomène alimentaire et la tragique nécessité de manger[2]. »

Géopolitique de la faim fut publié en France en 1952 par Économie et Humanisme et Les Éditions ouvrières[3], soit à l'initiative d'un mouvement chré-

---

1. Josué de Castro, *Geopolitica da Foma*, Rio de Janeiro, Casa do Estudiante do Brasil, 1951.
2. *Ibid.*
3. Josué de Castro, *Géopolitique de la faim*, préface à l'édition française de Max Sorre, préfaces aux éditions américaine et

tien qui travaillait notamment à cette époque à concilier économie politique et travail social de l'Église[1].

En naturalisant les ravages de la faim, en invoquant, pour justifier les hécatombes, la « loi de la nécessité », Malthus avait cru mettre sa conscience et celle des dominants à l'abri de tout remord. Castro fit prendre conscience au contraire que la sous-alimentation et la malnutrition persistantes perturbaient profondément les sociétés dans leur ensemble, les affamés comme les rassasiés.

Il écrit : « La moitié des Brésiliens ne dorment pas parce qu'ils ont faim. L'autre moitié ne dort pas non plus, car elle a peur de ceux qui ont faim[2]. »

La faim rend impossible la construction d'une société pacifiée. Dans un État dont une partie importante de la population est hantée par l'angoisse du lendemain, seule la répression peut assurer la paix sociale. L'institution du latifundium incarne la violence. La faim crée un état de guerre permanent et larvé.

Castro recourt souvent au terme « artificiel ». La sous-alimentation, dit-il, la malnutrition sont « artificielles » au sens premier d'« artefact », un phénomène créé de toute pièce par les conditions expérimentales, par l'activité humaine. La colonisation, la monopolisation du sol, la monoculture en sont les premières causes. Elles sont responsables à la fois de la basse productivité et de l'inégale distribution des récoltes.

---

anglaise de Pearl Buck et Lord John Boyd Orr, Paris, Économie et Humanisme, Les Éditions ouvrières, 1952.

1. L'association d'économistes chrétiens Économie et Humanisme avait été créée en 1941 à Marseille par le père dominicain Louis-Joseph Lebret.

2. Josué de Castro, *Géopolitique de la faim, op. cit.*

Dans plusieurs de ses ouvrages ultérieurs, Castro devait réinterpréter les résultats de certaines de ses enquêtes fondatrices menées dans le Pernambouc, comme, par exemple, dans le très beau *Livre noir de la faim*[1].

Il resterait hanté sa vie durant par les femmes faméliques et édentées, les enfants au ventre gonflé par les vers, les coupeurs de cannes aux yeux vides et à la volonté brisée de son Pernambouc natal.

Immédiatement après la fin de l'*Estado Novo* et avec le rétablissement d'un minimum de libertés publiques, Josué de Castro se lança dans l'action politique contre les *capitanerias*[2] et les sociétés multinationales étrangères contrôlant la majeure partie de la production agricole du Brésil. Cette production était en grande partie destinée – dans ce pays de la faim – à l'exportation et connut alors, face à l'Europe exsangue, une croissance fulgurante.

Après 1945, le Brésil, où tant d'êtres souffraient de la faim, fut l'un des plus grands exportateurs de produits alimentaires du monde.

Avec Francisco Julião et Miguel Arraes de Alencar, Castro organisa les Ligues paysannes, premier syndicat agricole du Brésil, se battant contre les barons du sucre, réclamant la réforme agraire, exigeant pour les coupeurs de cannes et leurs familles le droit à une nourriture régulière, adéquate et suffisante.

1. Josué de Castro, *Le Livre noir de la faim*, Paris, Les Éditions ouvrières, 1961.
2. Lors de la conquête coloniale du Brésil, le roi du Portugal avait attribué à ses *fidalgos* (gentilshommes) des portions de côte, avec mandat de soumettre les terres de l'intérieur. Le *fidalgo* devenait capitaine et les terres qu'il parvenait à arracher aux Indiens autochtones devenaient *capitaneria* ou *donatário*. La plupart des latifundiums actuels sont d'anciennes *capitanerias*.

Ils vivaient dangereusement. Les *pistoleros* des propriétaires, parfois même la police militaire[1], leur tendaient des embuscades sur les pistes chaotiques de la vallée du São Francisco et dans les ravins du Capibaribe. Castro échappa à plusieurs attentats et continua son combat.

Castro était l'intellectuel et le théoricien du groupe, Julião l'organisateur, Arraes le leader populaire. Je veux rendre ici hommage à deux prêtres du Nordeste qui ont apporté un appui précieux aux Ligues paysannes : Dom Hélder Câmara, qui était alors évêque auxiliaire à Rio de Janeiro et sera plus tard archevêque de Recife et d'Olinda, et le padre Italo Coelho, natif de Fortaleza, l'inoubliable curé des pauvres de Copacabana.

En 1954, Castro fut élu député fédéral pour le Parti des travailleurs brésiliens (social-démocrate), Julião député au parlement de l'État de Pernambouc, et Arraes gouverneur du même État : « *O governador da esperança* » (le « gouverneur de l'espérance »), comme le surnomma le peuple.

Parallèlement à son engagement national, Castro joua un rôle international déterminant en participant en 1945 à la fondation de la FAO. Il fit partie du petit groupe d'experts chargés par l'Assemblée générale des Nations unies de préparer cette création, puis fut délégué du Brésil à la Conférence de la FAO à Genève en 1947, membre du comité consultatif permanent de la FAO la même année, enfin président du Conseil exécutif de la FAO entre 1952 et 1955[2].

---

1. Au Brésil, la police militaire assure les fonctions de la gendarmerie en France.
2. Élu en 1952, il fut réélu à ce poste stratégique pour un deuxième mandat consécutif, d'une façon tout à fait exceptionnelle, en dérogation au règlement.

Dans ces années d'espérance démocratique et de quête de paix, Josué de Castro fut couvert de prix et d'honneurs.

En 1954, le Conseil mondial de la Paix, dont le siège, à l'époque, était à Helsinki, lui conféra le prix international de la Paix. Il faisait froid ce jour-là en Finlande. Castro perdit sa voix peu avant la cérémonie. Miguel Arraes rapporte cette anecdote : devant les caméras et les micros, face au parterre bigarré de notables du camp socialiste et des autorités finlandaises, Castro fut pris d'une toux à ébranler les colonnes de la salle. Finalement, il parvint à prononcer une phrase – une seule : « *O primeiro direito do homen e de não passar fome* » (Le premier droit de l'homme est de ne pas souffrir de la faim). Puis il se rassit, épuisé[1].

Par trois fois, Castro fut proposé pour le prix Nobel : une fois pour le Nobel de Médecine, deux fois pour le Nobel de la Paix. En pleine guerre froide, Castro reçut, à Washington, le prix Franklin Roosevelt de l'Académie américaine des sciences politiques et, à Moscou, le prix international de la Paix. En 1957, il reçut la Grande Médaille de la Ville de Paris qu'avaient avant lui reçue Pasteur et Einstein.

Instruit par l'expérience, Castro était parfaitement conscient de l'influence, souvent déterminante, exercée par les trusts agroalimentaires sur les gouvernements des États. Il en était persuadé : les gouvernements auraient beau le couvrir de médailles, de prix et de décorations, ils n'entreprendraient jamais rien de décisif contre la faim.

Castro mit donc tout son espoir dans la société civile. Au Brésil les Ligues paysannes, le Parti des travailleurs brésiliens (PTB) et les syndicats des travailleurs sans

---

1. Miguel Arraes, conversation avec l'auteur.

terre devaient être les moteurs du changement. Sur le plan international, il fonda en 1957 l'Association mondiale de lutte contre la faim (ASCOFAM).

À partir de 1950, il parcourut le monde sans relâche : en Inde, en Chine, dans les pays andins et caraïbes, en Afrique, en Europe, partout où le réclamaient un gouvernement, une université, un syndicat.

Qui étaient les membres fondateurs de l'ASCOFAM ? La liste comporte pratiquement tous ceux qui, après la mort de Castro, relayèrent son combat : l'Abbé Pierre, le père Georges Pire (futur prix Nobel de la Paix), René Dumont, Tibor Mende, le père Louis-Joseph Lebret, entre autres.

En 1960, ils parvinrent à persuader l'Assemblée générale des Nations unies de lancer la première Campagne mondiale contre la faim. Cette campagne d'information et de mobilisation menée dans les écoles, les églises, les parlements, les syndicats et les médias, eut un écho considérable, principalement en Europe.

Tibor Mende travailla surtout sur les famines en Chine et en Inde. Parmi ses ouvrages, citons *L'Inde devant l'orage* (1955), *La Chine et son ombre* (1960), *Fourmis et Poissons* (1979)[1].

Quelques-uns des livres fondateurs de René Dumont furent écrits du vivant de Castro, qui les a directement inspirés. Citons *Le Développement agricole africain* (1965)[2], *Développement et Socialisme*, écrit en collaboration avec Marcel Mazoyer (1969)[3], *Paysanneries aux abois* (1972)[4].

---

1. Tous parus aux Éditions du Seuil.
2. PUF.
3. Éditions du Seuil.
4. Paru dans la collection « Esprit » des Éditions du Seuil.

Quant à l'Abbé Pierre, c'est à travers le mouvement Emmaüs, fondé en 1949, qu'il fit rayonner la pensée de Castro.

Une mention spéciale doit être faite à Louis-Joseph Lebret, prêtre dominicain. Des compagnons de l'ASCOFAM, il fut probablement le plus proche de Castro. Il était aussi son aîné. C'est lui qui fit publier ses premiers livres en France. Le premier, il offrit à Castro une insertion académique hors du Brésil, au sein de l'Institut international de recherche et de formation, éducation et développement (IRFED) fondé en 1958. Sa revue *Développement et Civilisation* lui ouvrit souvent ses colonnes.

Lebret était un proche du pape Paul VI. Expert au Concile Vatican II, il inspira l'encyclique *Populorum progressio* (Développement des peuples) qui fit une large place à la lutte contre la faim. Un an avant sa mort, en 1965, il fut envoyé par le pape à Genève pour le représenter à la première conférence de la Conférence des Nations unies pour le commerce et le développement (CNUCED). Lebret mobilisa les catholiques progressistes en faveur de la lutte menée par Castro[1].

Aujourd'hui, plus de 40 % des hommes, des femmes et des enfants de Recife vivent dans les sordides bidonvilles qui longent le Capibaribe. Plus de 1 million de personnes habitent ces quartiers sans fosses septiques ni égouts, sans eau courante ni électricité, privés de sécurité. Dans les cabanes de tôle, de planches ou de

---

1. On lira notamment, de Louis-Joseph Lebret, *Dimension de la charité*, Paris, Les Éditions Ouvrières, 1958 ; *Dynamique concrète du développement*, Paris, Éditions Ouvrières, 1967.

carton, les rats affamés mordent, parfois même tuent les nourrissons.

L'aire métropolitaine de Recife figure sur la liste des zones les plus meurtrières du Brésil, avec 61,2 homicides pour 100 000 habitants. Le taux des enfants et des adolescents, victimes d'homicides est un des plus élevés du monde[1]. Les enfants abandonnés se comptent par milliers. Ils sont souvent les premières victimes des escadrons de la mort.

J'ai accompagné bien des fois, à l'occasion de mes passages à Recife, la nuit, Demetrius Demetrio, le responsable de la *Communidade dos pequenos prophetas* (la Communauté des petits prophètes). La communauté avait été créée par Dom Hélder Câmara pour recueillir, nourrir, soigner chaque jour quelques dizaines de ces petits des rues – filles et garçons –, issus de familles détruites. Certains des petits que j'ai rencontrés n'avaient pas trois ans, ils étaient exposés à tous les dangers, à tous les abus, à toutes les violences, à toutes les maladies et à la faim lancinante. Ceux que j'ai connus sont sans doute tous morts avant de parvenir à l'âge adulte[2].

Privés de travail, les hommes et les adolescents tentent de gagner quelques reais par le *biscate* sur la grande Avenida de Bõa Vista qui longe l'Atlantique, bordée de restaurants et de troquets pour touristes. « *Biscate* » désigne tous les métiers relevant de l'économie informelle : vendeurs ambulants de glaces, de

---

1. Gilliat H. Falbo, Roberto Buzzetti et Adriano Cattaneo, « Les enfants et les adolescents victimes d'homicide. Une étude castémoins à Recife (Brésil) », *Bulletin de l'Organisation mondiale de la santé. Recueil d'articles n° 5*, Genève, 2001.

2. Pour tout contact : demetrius.demetrio@gmail.com

boissons, d'arachides grillées, de *cachaça* (alcool de canne à sucre) et d'*abacaxí* (ananas), gardiens et laveurs de voitures, cireurs de chaussures, etc.

À Bõa Vista, les *jangadas*, ces embarcations traditionnelles des pêcheurs de haute mer, à voile unique et creusées dans un tronc, reviennent à quai à la tombée du jour. Les marchands de poissons attendent dans leurs camionnettes. Les mères de familles hagardes et leurs enfants faméliques en haillons se tiennent à l'écart des lampadaires, dans la pénombre.

Dès que les camionnettes s'éloignent, ces miséreux se jettent sur les restes : têtes de poissons, arêtes où subsistent des lambeaux de chair, tout est bon pour eux. Les arêtes craquent dans leur bouche. J'ai observé ce spectacle bien des fois, le cœur serré.

Du temps où Josué de Castro arpentait les bidonvilles, environ 200 000 personnes vivaient le long du cours marécageux du Capibaribe. Avec le temps, les migrants ruraux ont envahi jusqu'au plan d'eau, multipliant les constructions rudimentaires sur pilotis.

Castro avait observé la façon étonnante dont ils se nourrissaient. Le Capibaribe est un large fleuve descendant des collines de la chaîne côtière. Ses eaux sont brunes et turbulentes en hiver lorsque, à l'intérieur, les orages et les tempêtes de juillet-août se déchaînent. La plupart du temps, le fleuve est un immonde cloaque où les gens des bidonvilles font leurs besoins, une vaste étendue marécageuse, presque immobile, où grouillent les crabes.

Dans son roman, intitulé *Les Hommes et les crabes* (1966)[1], Castro décrit le « cycle du crabe ». Les hommes

---

1. Paru aux Éditions du Seuil.

font leurs besoins sous leurs cabanes, dans le cloaque. Les crabes, nécrophages, se nourrissent des déjections comme d'autres immondices déposés dans le lit du fleuve. Puis les riverains, les jambes enfoncées dans la boue jusqu'aux genoux, remuent la vase, attrapent les crabes. Ils les mangent, les digèrent, les défèquent.

Les crabes se nourrissent de ce que les hommes expulsent. Les hommes attrapent les crabes, les mangent…

Ainsi va le cycle.

3

Le « plan Faim » d'Adolf Hitler

Sa victoire sur Malthus, Josué de Castro la doit aussi à Adolf Hitler. L'un des chapitres probablement les plus impressionnants de *Géopolitique de la faim* est intitulé « L'Europe, camp de concentration ».

Je cite : « Dans cette Europe ainsi ravagée par les sauterelles nazies, dévastée par les bombes, paralysée par la panique, minée par la Cinquième colonne, par le désarroi administratif et par la corruption, la faim s'installa tout à son aise et la quasi-totalité des populations européennes en vint à vivre comme dans une sorte de camp de concentration. »

Et plus loin : « L'Europe entière n'était pas autre chose qu'un vaste et sombre camp de concentration[1]. »

Dans un autre chapitre, intitulé « La faim, héritage du nazisme », Castro écrit : « Au fur et à mesure que l'Allemagne envahissait les différents pays d'Europe, elle y déployait sa politique de faim organisée [...] L'idée centrale de cette politique était de déterminer le niveau des restrictions alimentaires des peuples d'Europe en répartissant entre eux – conformément aux objectifs politiques et militaires allemands – les

1. *Op. cit.*, p. 341 et suivantes.

maigres rations laissées disponibles par les prélèvements prioritaires du Reich. »

Les nazis, on le sait, étaient assistés de bureaucrates rigoureux. Parallèlement à la discrimination raciale, ils instaurèrent une discrimination tout aussi pointilleuse en matière d'alimentation. Ils divisèrent ainsi les populations occupées en quatre catégories :

Groupes de population « bien alimentés ». Ils étaient composés des populations assumant, pour la machine de guerre allemande, une fonction d'auxiliaire.

Groupes de population « insuffisamment alimentés ». En faisaient partie les populations occupées qui, du fait des réquisitions alimentaires, devaient se contenter de rations journalières d'au maximum 1 000 calories par adulte.

Groupes des « affamés ». Ils englobaient les populations que les nazis avaient décidé de réduire en nombre, en maintenant l'accès à la nourriture en dessous du seuil de survie. Les habitants de la plupart des ghettos juifs de Pologne, de Lituanie, d'Ukraine, etc., mais aussi des villages tziganes de Roumanie et des Balkans en faisaient partie.

Groupes destinés à être « exterminés par la faim ». Dans certains camps, la « diète noire » était utilisée comme arme de destruction.

Adolf Hitler investit autant d'énergie criminelle pour affamer les peuples d'Europe qu'il en mit dans l'affirmation de la supériorité raciale des Allemands.

Sa stratégie de la faim avait un double objectif. Assurer l'autosuffisance allemande et soumettre les populations à la loi du Reich.

Hitler était hanté par le blocus alimentaire que les Britanniques avaient imposé à l'Allemagne durant la Première Guerre mondiale. Dès son arrivée au pouvoir en 1933, il créa le *Reichsnährstand*, un organisme chargé de diriger la bataille du ravitaillement. Une législation spéciale plaçait tous les paysans, tous les industriels de l'alimentation, tous les éleveurs, tous les pêcheurs, tous les marchands de grains sous son contrôle.

Hitler voulait la guerre. Il la prépara en accumulant des stocks considérables de nourriture. Un système de rationnement au moyen de cartes fut imposé à la population allemande des années avant le déclenchement de l'agression contre la Pologne.

Entre 1933 et 1939, le Troisième Reich absorba 40 % de toutes les exportations alimentaires de la Yougoslavie, de la Grèce, de la Bulgarie, de la Turquie, de la Roumanie et de la Hongrie. Avant 1933, le chiffre n'avait jamais dépassé 15 %.

Un premier acte de banditisme eut lieu en 1938 : les 29 et 30 septembre se réunirent à Munich Chamberlain, Daladier, Benesch et Hitler. Par le chantage, Hitler obtint l'annexion au Reich du pays des Sudètes, prétextant que la majeure partie de la population y était d'origine allemande. Abandonnée par les Occidentaux, la Tchécoslovaquie fut ainsi laissée à la merci d'Hitler. Celui-ci contraignit finalement le gouvernement de Prague à lui vendre – en vertu d'un contrat commercial dûment signé – 750 000 tonnes de céréales... qu'il ne paya jamais !

Une fois la guerre déclarée, Hitler organisa systématiquement le pillage alimentaire des pays occupés.

Les pays conquis furent mis à sac, leurs réserves volées, leur agriculture, leurs élevages, leurs pêcheries placés au service exclusif du Reich. L'expérience accumulée depuis sept ans par le *Reichsnährstand* s'avéra précieuse. Disposant de milliers de wagons de chemin de fer, de milliers d'agronomes, cet organisme mit en coupe réglée les économies alimentaires de France, de Pologne, de Tchécoslovaquie, de Norvège, de Hollande, de Lituanie, etc.

Robert Ley était le ministre du Travail du Troisième Reich. Le *Reichsnährstand* relevait de sa compétence. Ley déclara alors : « Une race inférieure a besoin de moins d'espace, de moins de vêtements et de moins de nourriture que la race allemande[1]. »

Les nazis appelaient « réquisitions de guerre » le pillage des pays occupés.

La Pologne fut envahie en septembre 1939. Aussitôt, Hitler annexa les plaines céréalières de l'Ouest et les soumit à l'administration directe du *Reichsnährstand*. Cette région fut détachée du gouvernorat général de Pologne institué par les Allemands sur la Pologne occupée et incorporée au Reich sous le nom de *Wartheland*[2]. Au seuil de l'hiver 1939, les éleveurs et les paysans du *Wartheland* durent livrer à leurs nouveaux maîtres – sans rétribution aucune – 480 000 tonnes de blé, 50 000 tonnes d'orge, 160 000 tonnes de seigle, plus de 100 000 tonnes d'avoine et des dizaines de milliers de bêtes (vaches, porcs, moutons, chèvres et poules).

Mais le pillage fut tout aussi efficace dans le gouvernorat général de Pologne. C'est un ancien caïd des bas-fonds de Hambourg, du nom de Frank, magistra-

---

1. En 1943, le Congrès juif mondial édita, sous la direction de Boris Shub, une documentation précise intitulée « Starvation over Europe ». Les citations en sont tirées.
2. Du nom du fleuve, la Warthe, qui la traverse.

lement décrit par Curzio Malaparte dans *Kaputt*[1], qui en organisa le pillage. Durant la seule année 1940, il vola à la Pologne colonisée – pour les expédier au Reich – 100 000 tonnes de blé, 100 millions d'œufs, 10 millions de kilogrammes de beurre et 100 000 porcs.

La famine s'installa au *Wartheland* et dans toute la Pologne.

Deux pays s'étaient montrés particulièrement prévoyants : la Norvège et les Pays-Bas.

La Norvège avait connu une effroyable famine du temps de Napoléon, en raison du blocus continental. Or, elle possédait la troisième flotte marchande du monde.

Le gouvernement d'Oslo fit acheter de la nourriture dans le monde entier. Le long des fjords de l'extrême Nord, il fit stocker dans des dépôts des dizaines de milliers de tonnes de poissons séchés et salés, de riz, de blé, de café, de thé, de sucre ainsi que des milliers d'hectolitres d'huile.

Les Néerlandais firent de même. Lorsque les nazis envahirent la Pologne, le gouvernement de La Haye procéda, dans le monde entier, à des achats d'urgence. Il mit en réserve 33 millions de poules, augmenta le cheptel de porcs de 1,8 million de têtes supplémentaires.

Quand les armées nazies déferlèrent sur la Norvège et sur les Pays-Bas, les fonctionnaires du *Reichsnährstand* qui voyageaient dans leur sillage n'en crurent pas leurs yeux : ils avaient établi leurs plans de pillage d'après des chiffres anciens. Maintenant, ravis, ils découvraient des trésors. Ils volèrent tout.

Les nazis envahirent la Norvège en 1940. Trois ans

---

1. Curzio Malaparte, *Kaputt*, Francfort, Fischer Verlag, 2007, pp. 182sq.

plus tard, l'économiste norvégienne Else Margrete Roed dressa un premier bilan :

« Ils [les Allemands] fondirent sur le pays, comme une nuée de sauterelles, et ils dévorèrent tout ce qu'ils trouvèrent. Non seulement nous avions à nourrir des centaines de milliers d'Allemands gloutons, mais encore les navires allemands qui les avaient conduits [chez nous] s'en retournaient chargés d'aliments de Norvège. À partir de ce moment, tous les produits disparurent du marché les uns après les autres : d'abord les œufs, puis la viande, la farine de blé, le café, le lait, le chocolat, le thé, les conserves de poissons, les fruits et les légumes, et, pour finir, le fromage et le lait frais, tout cela disparut dans le gosier des Allemands[1]. »

Aux Pays-Bas et en Norvège, des dizaines de milliers de personnes moururent de faim ou de ses conséquences. Le kwashiorkor, l'anémie, la tuberculose, le noma ravagèrent les enfants.

Pratiquement tous les peuples occupés endurèrent des souffrances semblables. Dans nombre de pays, les carences en protéines animales s'accrurent vertigineusement. L'évaluation, par l'occupant, de la quantité de protéines nécessaire par adulte variait – selon le pays, la catégorie de la population et l'arbitraire du *Gauleiter* local – de 10 à 15 grammes par jour. La consommation de graisse s'effondra : en Belgique, de 30 grammes par jour et par adulte, elle tomba à 2,5 grammes par jour.

Dans la hiérarchie des races dressée à Berlin, les

---

1. Else Margrete Roed, « The food situation in Norway », *Journal of the American Dietetic Association*, décembre 1943.

Slaves occupaient le bas de l'échelle, juste avant les Juifs, les Tziganes et les Noirs. Le rationnement alimentaire fut donc plus cruel en Europe de l'Est.

La ration quotidienne d'un adulte dans les pays occupés de l'Est descendit rapidement au-dessous de 1 000 calories (à rapporter aux 2 200 calories de référence). Elle fut bientôt égale à celle des détenus des camps de concentration.

Elle consistait surtout en pommes de terre pourries et en pain souvent avarié.

Maria Babicka est parvenue à faire sortir de Pologne un relevé de la situation en 1943. Il fut publié dans le *Journal of the American Dietetic Association*. Babicka écrit : « Le peuple polonais mange des chiens, des chats et des rats, et cuit des soupes faites de peau de charognes ou d'écorce d'arbre[1]. »

Durant l'hiver 1942, la ration journalière moyenne d'un Polonais adulte tomba à 800 calories. Les œdèmes de la faim, la tuberculose, une incapacité presque totale à travailler normalement, une léthargie progressive due à l'anémie martyrisèrent alors les habitants[2].

La stratégie nazie visant à l'affaiblissement ou à la destruction de certaines populations ou certains groupes de population par la faim a comporté de nombreuses variantes.

Le *Reichssicherheitshauptamt* de Heinrich Himmler avait, par exemple, conçu un plan scientifique d'anéantissement par la faim de certains groupes de populations

---

1. Maria Babicka, « The current food situation inside Poland », *Journal of the American Dietetic Association*, avril 1943.
2. *Ibid.*

« indignes de vivre » (*unwertes Leben*) : le *Hunger-plan* (le plan Faim)[1].

Les bourreaux du Reichssicherheitshauptamt se sont acharnés avec prédilection sur les Juifs et les Tziganes. Toutes les armes étaient bonnes : les chambres à gaz, les exécutions de masse, mais aussi l'arme de la faim.

C'est ainsi que des ghettos juifs hermétiquement clos par des murs et « protégés » par des cordons de SS, abritant parfois des centaines de milliers de personnes, partout entre la Baltique et la mer Noire, furent soumis à la « diète noire », nombre de leurs habitants finissant par mourir de faim[2].

Ma visite à l'ancien camp de concentration de Buchenwald, en Thuringe, me revient en mémoire.

Les baraques des prisonniers, le lazaret, la chambre d'exécution (exécution par balle tirée par un SS dans la nuque du prisonnier assis, menotté sur sa chaise) ; les casernes des SS ; les deux fours crématoires, la place dite de l'appel – où étaient pendus des prisonniers choisis au jour le jour –, la villa en brique du commandant et de sa famille, les cheminées, les cuisines, les fosses communes sont situés sur une colline idyllique qu'on gravit à pied, à travers la forêt de hêtres, en sortant de la petite ville de Weimar, en bas dans la vallée, là où avait vécu en d'autres temps, et travaillé jusqu'à sa mort en 1832, Johann Wolfgang Goethe.

1. Soencke Neitzel et Harald Weizer, « Pardon wird nicht gegeben », *Blaetter für deutsche und internationale Politik*, n° 6, 2011.
2. Adam Hochschild, in *Harpers Magazine*, New York, février 2011.

Tout de suite, à l'entrée du camp, après le portail en fer gris, aujourd'hui rouillé, se trouve un vaste enclos, grand comme un terrain de football, entouré de rouleaux de barbelés hauts de trois mètres. Le guide, un jeune Allemand, citoyen de la RDA, nous expliqua d'une voix neutre : « C'est là que les autorités [il dit "les autorités" et non pas les nazis] faisaient mourir les prisonniers de faim […]. L'enclos a été utilisé pour la première fois en 1940 avec l'arrivée des officiers polonais. »

Plusieurs centaines de prisonniers polonais y furent enfermés. Ils devaient dormir à tour de rôle, parce que l'enclos pouvait à peine contenir cette foule debout. Les prisonniers passaient leurs nuits et leurs jours sur leurs jambes, pressés les uns contre les autres. Ils étaient privés de toute nourriture, ne bénéficiant que d'un peu d'eau saumâtre tombant goutte à goutte de deux conduites en fer. Ils n'avaient aucune protection contre les intempéries : ni abri, ni couvertures. Ils avaient été conduits à Buchenwald en novembre : seuls leurs manteaux les protégeaient.

La neige tombait sur leur tête. L'agonie dura deux à trois semaines. Puis un nouveau lot d'officiers polonais arriva.

Les SS avaient dressé des nids de mitrailleuses tout autour des barbelés. Aucune fuite n'était possible.

L'historien Timothy Snyder a exploité les archives des pays de l'Est après la désintégration de l'Union soviétique en 1991. Il décrit les souffrances endurées par les prisonniers de guerre soviétiques voués par les nazis à la destruction par la faim[1].

1. Timothy Snyder, *Bloodlands, Europe between Hitler and Stalin*, New York, Basic Books, 2010.

Les bourreaux nazis étaient d'effroyables comptables. Chaque camp, qu'il recourût au travail forcé, à l'extermination par le gaz ou à la destruction par la faim – devait tenir son *Lagerbuch* (son journal de camp).

Dans nombre de ces *Lagerbücher*, les SS relatent avec force détails des cas récurrents de cannibalisme qui les font jubiler. Ils voient dans le cannibalisme pratiqué par de jeunes Soviétiques mourant de faim la preuve ultime et définitive de la nature barbare de l'homme slave.

Les archives révèlent que dans un des camps pratiquant la destruction par la faim, plusieurs milliers de prisonniers de guerre ukrainiens, russes, lituaniens et polonais signèrent une pétition, qu'ils remirent au commandant SS.

Ils demandaient à être fusillés.

L'aveuglement, tout au long de la guerre, du haut-commandement allié face à cette stratégie nazie de contrôle, puis de destruction par la faim de certaines populations occupées me sidère.

À Buchenwald, ce qui m'a frappé, c'est cette ligne unique de chemin de fer, ces rails couverts d'herbe et de fleurs des champs qui, d'une façon presque bucolique, serpentent à travers l'attachant et doux paysage de la Thuringe.

Aucun bombardier américain, anglais ou français ne l'a jamais détruite.

Les trains de déportés – très normalement – continuaient à arriver au pied de la colline.

Certains de mes amis ont visité Auschwitz : ils sont revenus avec la même révolte au cœur, le même sentiment d'incompréhension : l'unique ligne de chemin

de fer approvisionnant quotidiennement – et jusqu'au début de l'année 1945 – cette usine de mort est restée parfaitement intacte.

À l'automne 1944, les armées alliées libérèrent le sud des Pays-Bas. Elles poursuivirent ensuite leur route vers l'est et pénétrèrent en Allemagne, laissant tout le nord de la Hollande – et notamment les villes de Rotterdam, de La Haye et d'Amsterdam – sous la férule de la Gestapo. Les résistants y furent arrêtés par milliers. La faim ravageait les familles. Le système ferroviaire national était paralysé. L'hiver s'annonçait. Presque aucune nourriture n'arrivait plus des campagnes dans les villes.

Max Nord, dans le catalogue de l'exposition photographique « Amsterdam pendant l'hiver et la faim », écrit : « La partie occidentale de la Hollande vivait dans un amer désespoir, dans la plus grande pénurie, sans nourriture ni charbon [...]. Le bois manquait pour fabriquer des cercueils et les longues files de cadavres étaient entassées dans les églises [...] les Forces alliées marchaient sur l'Allemagne sans s'occuper de nous[1]. »

Pendant la Seconde Guerre mondiale, Staline s'est, lui aussi, illustré en massacrant par la faim.

Adam Hochschild cite, à titre d'exemple, cette nuit glacée de février 1940, lorsque la police secrète soviétique arrêta 139 794 Polonais. Il s'agissait de familles entières pour la raison suivante : les troupes d'occupation soviétiques de l'est de la Pologne permettaient aux soldats et aux officiers polonais captifs de corres-

---

1. Max Nord, *Amsterdam tijdens den Hongerwinter*, Amsterdam, 1947.

pondre avec leurs familles. De cette façon, la police secrète apprenait à connaître les adresses des familles. Au cours de cette nuit de février 1940, ce sont les enfants, les épouses et les parents des prisonniers que les tueurs du NKVD étaient venus chercher pour les déporter. Ils les expédièrent dans des wagons à bestiaux en Sibérie. Les camps du Goulag étant déjà surpeuplés, la police dut se résoudre à « libérer » des milliers de familles qui furent abandonnées le long des voies d'accès. Sans nourriture, sans couvertures, sans eau. Hochschild écrit : « Tout au long du chemin de fer de l'Extrême-Orient soviétique jusqu'au Pacifique étaient disséminés [*scattered*] des groupes humains qui périrent de faim[1]. »

1. Cf. Adam Hochschild, article cité.

Castro écrit : « La terrible chute de la production et le manque absolu de moyens financiers pour acheter au dehors les aliments dont elle avait besoin obligèrent la France à traverser de longues années de pénurie alimentaire après la guerre. Ce n'est qu'avec l'aide du plan Marshall qu'elle put échapper lentement à cette asphyxie économique et que sa population fut en mesure de revenir peu à peu à un régime alimentaire plus supportable[1]. »

Les souffrances, les privations, la sous-alimentation et la faim endurées par les Européens durant les années sombres de l'occupation nazie les firent réceptifs aux analyses de Castro.

Rejetant l'idéologie malthusienne de la loi de la nécessité, ils s'engagèrent alors avec conviction dans la campagne contre la faim et dans la construction d'organisations internationales chargées de mener le combat.

Le destin personnel de Josué de Castro, son combat contre la faim sont intimement liés à celui des Nations unies.

Aujourd'hui, l'organisation internationale est un dinosaure bureaucratique dirigé par un Sud-Coréen passif et incolore, incapable de répondre aux besoins, aux attentes et aux espérances des peuples.

L'ONU ne soulève plus guère l'enthousiasme populaire. Tel n'avait pourtant pas été le cas à sa création, au sortir de la guerre.

Le nom émouvant de « Nations unies » surgit pour la première fois en 1941. Il était lié au combat contre la faim.

Le 14 août 1941, le Premier ministre britannique,

---

1. Josué de Castro, *Géopolitique de la faim, op. cit.*, p. 361.

Winston Churchill, et le président américain, Franklin D. Roosevelt, se rencontrèrent sur le cuirassier *USS-Augusta*, dans l'Atlantique, au large de Terre-Neuve. Roosevelt était l'inspirateur du projet.

Dans son « Discours des Quatre Libertés » du 6 janvier 1941, il avait énoncé les libertés dont il poursuivait, disait-il, la réalisation : libertés d'expression et de culte, libertés de vivre à l'abri du besoin (*freedom from want*), et de la peur (*freedom from fear*)[1].

Les quatre libertés sont au fondement de la Charte de l'Atlantique. Relisons les articles 4 et 6 de la Charte : « Ils [nos pays] s'efforceront, en respectant les obligations qui leur incombent, de favoriser l'accès de tous les États, grands ou petits, vainqueurs ou vaincus, et dans des conditions d'égalité, aux marchés mondiaux et aux matières premières qui sont nécessaires à leur prospérité économique ; [...]

« Après l'anéantissement final de la tyrannie nazie, ils espèrent voir s'instaurer une paix qui permettra à tous les pays de se développer en sécurité à l'intérieur de leurs frontières, et qui garantira que, dans tous les pays, les hommes pourront vivre à l'abri de la peur et du besoin. »

La faim martyrisait encore les populations des territoires occupés et livrés à la guerre. La victoire militaire acquise, il était évident, aux yeux de Churchill et de Roosevelt, que les Nations unies devraient mobiliser, prioritairement, toutes leurs ressources et tous leurs efforts dans le combat en faveur de l'éradication de la faim.

1. Les quatre libertés avaient déjà été au cœur du programme du *New Deal*, qui l'avait porté à la présidence en 1932.

L'Écossais John Boyd Orr, présent sur l'*USS-Augusta*, écrit : « Quand les Puissances de l'axe seront complètement annihilées, les Nations unies auront le contrôle du monde. Mais ce sera un monde en ruine. Dans beaucoup de pays, les structures politiques, économiques et sociales sont totalement détruites. Même dans les pays les moins affectés par la guerre, ces structures sont gravement endommagées. Il est évident que ce monde devra être reconstruit. [...] Une telle tâche ne pourra être menée à bien que si les nations libres, qui se sont unies face au péril de la domination du monde par les nazis, s'efforcent de rester unies pour coopérer à la construction d'un monde nouveau et meilleur[1]. »

Quelques mois avant sa mort, Franklin D. Roosevelt réaffirma magnifiquement les décisions prises sur le cuirassier *USS-Augusta* : « *We have come to a clear realization of the fact that true individual freedom cannot exist without economic security and independence. Necessitous men are not free men. People who are hungry and out of a job are the stuff of which dictatorships are made.*

In our day these economic truths have become accepted as self-evident. We have accepted, so to speak, a second Bill of Rights under which a new basis of security and prosperity can be established for all – regardless of station, race or creed[2]. »

La campagne mondiale contre la faim, inspirée en

---

1. John Boyd Orr, *The Role of Food in Postwar Reconstruction*, Montréal, Bureau International du Travail, 1943.
2. « Aucune liberté individuelle véritable ne saurait exister sans sécurité et indépendance économiques. Les hommes qui sont esclaves de la nécessité ne sont pas des hommes libres. Les peuples affamés et sans travail sont la matière même dont sont faites les dictatures.

grande partie par l'œuvre scientifique et l'inlassable combat militant de Josué de Castro et de ses compagnons, fut portée par cette énergie et par cette espérance.

Deux limites inhérentes à ce magnifique projet doivent être mentionnées ici.

La première concerne l'organisation politique du monde à cette époque : les Nations unies, dont il est question dans les années 1940, sont en très grande majorité occidentales et blanches.

À la fin de la Seconde Guerre mondiale, les deux tiers de la planète vivaient sous le joug colonial. Seules 43 nations participèrent à la séance fondatrice des Nations unies à San Francisco, en juin 1945. Pour y être admis, il fallait que le gouvernement en question eût déclaré la guerre à l'Axe avant le 8 mai 1945.

Lors de l'Assemblée générale de l'ONU à Paris, le 10 décembre 1948, qui accepta la Déclaration universelle des droits de l'homme, 64 nations seulement, on l'a dit, étaient représentées.

La deuxième limite tient à une contradiction qui habite l'ONU depuis sa création : sa légitimité réside dans la libre adhésion des nations aux principes de la Charte, adhésion exprimée par le préambule. Celui-ci dit : « Nous, les peuples des nations unies… » Mais l'organisation elle-même est une organisation d'États, non de nations. Son exécutif est le Conseil de sécurité qui compte (aujourd'hui) 15 États. L'Assemblée

---

« De nos jours, ces vérités sont acceptées comme allant de soi. Il y faut une deuxième Déclaration des droits de l'homme en vertu de laquelle seront refondées la sécurité et la prospérité pour tous. Indépendamment de leur classe, de leur race et de leur croyance. » Franklin D. Roosevelt, Discours du 11 janvier 1944 devant le Congrès des États-Unis.

générale composée (aujourd'hui) de 194 États constitue son parlement.

Le Conseil économique et social surveille les organisations spécialisées (FAO, OMS, OIT, OMM, etc.). Il est composé d'ambassadeurs et d'ambassadrices, autrement dit de représentants des États. Chargé du contrôle de l'application de la Déclaration universelle des droits de l'homme par les États membres, le Conseil des droits de l'homme réunit 47 États.

Or, on le sait bien, les convictions morales, l'enthousiasme, l'esprit de justice et de solidarité n'est pas le propre de l'État. Sa motivation première : la raison du même nom.

Ces limites continuent aujourd'hui à produire leurs effets.

Il n'en reste pas moins qu'un formidable réveil de la conscience occidentale s'est produit au lendemain de la guerre, et qu'il a brisé le tabou de la faim.

Les peuples qui avaient enduré la famine n'acceptaient plus la doxa de la fatalité. La faim, ils le savaient bien, était une arme qui avait été maniée par l'occupant pour les briser et les détruire. Ils en avaient fait l'expérience. D'une façon résolue, ils s'engageaient maintenant dans la lutte contre le fléau, derrière Josué de Castro et ses compagnons.

5

Josué de Castro, deuxième époque
Un bien encombrant cercueil

Au Brésil, en 1961, João Goulart, candidat du Parti des travailleurs brésiliens (PTB), fut élu président de la république. Il engagea aussitôt une série de réformes avec, comme priorité, la réforme agraire.

Il nomma Josué de Castro ambassadeur auprès du siège européen des Nations unies à Genève.

C'est là que je l'ai connu. À première vue, il présentait tous les traits du bourgeois du Pernambouc, jusqu'à l'élégance discrète de ses vêtements. Derrière ses fines lunettes brillait un sourire ironique. Sa voix était douce. Il était chaleureux mais tout en retenue, très sympathique, manifestement habité par la rectitude morale.

Castro s'est avéré être un chef de mission efficace et consciencieux, mais peu enclin aux mondanités diplomatiques. Ses deux filles, Anna-Maria et Sonia, et son fils Josué fréquentaient l'école publique genevoise.

Cette nomination à Genève lui a certainement sauvé la vie.

En effet, lorsque, le 31 mars 1964, le général de corps d'armée Castelo Branco, téléguidé par le Pentagone, détruisit la démocratie brésilienne, la première liste des « ennemis de la patrie » publiée par les putschistes comportait en tête les noms de João Goulart, Leonel Brizola[1], Francisco Julião, Miguel Arraes et Josué de Castro.

À l'aube du 10 avril 1964, les parachutistes investirent le palais gouvernemental de Recife. Miguel Arraes était déjà au travail. Il fut enlevé et disparut. Une immense vague de solidarité internationale contraignit ses bourreaux à le libérer. Comme Castro et Julião, Arraes était devenu, dans toute l'Amérique latine, un symbole de la lutte contre la faim.

S'ensuivirent dix ans d'exil, d'abord en France, puis en Algérie. Je revis Arraes en 1987. Dès la fin de la dictature, il avait été réélu gouverneur du Pernambouc. Il avait aussitôt repris le travail là où il l'avait laissé vingt ans auparavant. De sa voix rauque, à peine audible, il me dit : « J'ai retrouvé tous les anciens problèmes… multipliés par dix. »

Quant à Francisco Julião, il avait plongé dans la clandestinité au matin même du coup d'État. Dénoncé, il fut arrêté à Petrolina, à la frontière des États du Pernambouc et de Bahia. Atrocement torturé, il survécut et fut libéré. Il mourut en exil, au Mexique[2].

De 1964 à 1985, cette dictature militaire barbare, cynique et efficace, a ravagé le Brésil. Une succession de généraux et de maréchaux, tous plus sanguinaires et stupides les uns que les autres, a gouverné ce peuple merveilleux et rebelle.

---

1. Leonel Brizola avait épousé la sœur de João Goulart. Il était comme lui un dirigeant du PTB et, à la veille du coup d'État, gouverneur du Rio Grando do Sul et député fédéral.
2. Brizola et Goulart réussirent à échapper à leur arrestation en rejoignant l'Uruguay.

À Rio de Janeiro, les tortionnaires des services secrets des Forces aériennes officiaient au centre de la ville, dans les hangars de la base aérienne Santos-Dumont. Ceux des services de la Marine martyrisaient les étudiants, les professeurs et les syndicalistes enlevés au sous-sol de l'état-major de la Marine, une vaste bâtisse blanche de huit étages sise à quelques centaines de mètres de la Praça Quince et de l'Université Candido Mendes.

Chaque nuit, les commandos de l'armée, munis de listes de suspects, circulaient en civil aussi bien dans les quartiers de Flamengo, Botafogo et Copacabana que dans les interminables et misérables faubourgs de la Zona Norte, où s'étendent les quartiers ouvriers et la mer de cabanes sur pilotis des *favelas*.

Mais de l'embouchure de l'Amazone à la frontière uruguayenne, la résistance était active.

Les Ligues paysannes, les syndicats agricoles et industriels, les partis et les mouvements de gauche furent tous anéantis par les services secrets et les commandos de la dictature. Seuls subsistèrent au combat clandestin quelques groupes de résistance armés actifs dans les campagnes, comme le VAR-Palmarès, dont faisait partie l'actuelle présidente du Brésil, Dilma Rousseff[1].

Quatorze pays offrirent à Josué de Castro de l'accueillir. Il choisit la France.

Il fut à Paris l'un des fondateurs du Centre univer-

---

1. Dilma Rousseff fut arrêtée, torturée pendant des semaines, par les agents du DOPS (Département des opérations policières spéciales). Elle ne « donna » aucun de ses camarades.

VAR-Palmarès signifie *Vanguardia armada revolucionaria-Palmarès* (Avant-garde armée révolutionnaire-Palmarès). Palmarès était le nom d'un *quilombo* – une république d'esclaves insurgés – dans l'État de Espiritu Santo, au XVIIIᵉ siècle.

sitaire expérimental de Vincennes, aujourd'hui Université Paris-VIII à Saint-Denis. Il y enseigna dès la rentrée de 1969.

Il ne ralentit pas son action internationale. Malgré l'opposition des généraux au pouvoir à Brasilia, les Nations unies continuèrent à lui offrir leur tribune.

En 1972, Castro prononça le discours inaugural de la Première conférence mondiale sur le milieu naturel à Stockholm. Ses thèses sur l'agriculture vivrière familiale, au service exclusif des besoins de la population, inspirèrent fortement la résolution finale et le plan d'action de cette toute première rencontre onusienne sur l'environnement.

Josué de Castro mourut d'un arrêt du cœur dans son appartement parisien, au matin du 24 septembre 1973, à l'âge de soixante-cinq ans.

La cérémonie funéraire eut lieu en l'église de la Madeleine. Ses enfants ayant négocié – difficilement – le retour de leur père en terre brésilienne, l'avion se posa à l'aéroport de Guararapes, à Recife. Une foule immense l'attendait.

Mais personne ne put accéder au cercueil. Les environs immédiats étaient bouclés par des milliers de policiers antiémeutes, des parachutistes et des soldats.

Tel était le rayonnement du défunt dans le cœur des Brésiliens : les dictateurs craignaient son cercueil comme la peste.

Josué de Castro est aujourd'hui enterré au cimetière São João Batista à Rio de Janeiro.

André Breton écrit : « Tout porte à croire qu'il existe un certain point de l'esprit où la vie et la mort, le réel et l'imaginaire, le passé et le futur, le communicable et l'incommunicable cessent d'être perçus comme contradictoires. »

La vie de Josué de Castro confirme cette hypothèse.

Né catholique, il n'était pas pratiquant. Mais croyant. Croyant au-delà des dogmes.

Une relation orageuse, mais marquée par le respect mutuel, a lié Josué de Castro à Gilberto Freyre, seigneur de la Casa Amarella[1], auteur du célèbre *Casa-Grande e Senzala*[2]. Freyre, plutôt conservateur, trouva du bon à la dictature militaire… du moins jusqu'à l'Acte institutionnel n° 5, promulgué à Noël 1968, qui abolit définitivement les dernières libertés démocratiques.

Freyre était le protecteur de la plus réputée des maisons d'*umbanda* de Recife, le Terreiro de Sieu Antonio, dans le quartier du Coq.

L'*umbanda* est un culte bâtard. Il mêle des mythes, des rites et des processions hérités du *candomblé* nagô-yoruba à des traditions spiritistes d'inspiration kardéciste[3].

En sociologue passionné, Castro partageait complètement le point de vue de Roger Bastide, à savoir que la tâche du sociologue est d'« explorer toutes les façons qu'ont les hommes d'être des hommes ». Or, les cultes importés d'Afrique, et qui avaient persisté dans l'esclavage, l'*umbanda* comme le *candomblé*, avaient été tenus dans un grand mépris (raciste) par les classes dirigeantes blanches.

---

1. Sa maison à Recife.
2. Paru en français sous le titre *Maîtres et Esclaves*, traduit par Roger Bastide, avec une préface de Lucien Febvre, Paris, Gallimard, 1963.
3. Allan Kardec, fondateur en France d'une école spiritiste qui a essaimé au Brésil au XIXe siècle.

Castro s'intéressait ardemment aux cosmogonies et aux cultes populaires. Guidé par Freyre, il fréquenta avec assiduité le Terreiro du Coq.

J'ai connu ce *terreiro* au début des années 1970 grâce à Roger Bastide[1]. La nuit tropicale était gonflée de toutes les odeurs de la terre. Le son lointain des tambours roulait comme un tonnerre étouffé dans le ciel. Nous avons dû marcher longtemps dans les ruelles agitées d'ombres, sans éclairage, de l'immense quartier du Coq.

Le gardien reconnut Bastide. Il appela Seu Antonio. Bastide palabra. Je pus entrer.

Devant l'autel, des femmes et des jeunes filles noires, vêtues de blanc, tournaient interminablement en leur ronde obsédante jusqu'à ce que la transe les saisît et que, dans le silence de l'assistance, retentît la voix de Xango.

L'univers de l'*umbanda* déborde de mystères, d'étranges hasards, de coïncidences.

Faut-il en voir quelques signes dans ce qui suit ?

Le 17-18 janvier 2009, l'Université de Paris-VIII fêtait ses quarante ans d'existence. L'Université de Vincennes, à Saint-Denis, est certainement, après la Sorbonne, la plus connue des universités françaises à l'étranger, la plus prestigieuse vue des pays du Sud. Comme le dit son président, Pascal Binczak, c'est une « Université-Monde ».

Née de la révolte de mai 1968, incarnant l'esprit d'ouverture et de critique radicale du mouvement étudiant, Paris-VIII a délivré, depuis sa création, plus de

---

1. Jean Ziegler, *Les Vivants et la Mort*, Paris, Éditions du Seuil, 1975, Points, 1978 et 2004.

deux mille doctorats, dont la moitié a été conférée à des hommes et à des femmes venus d'Amérique latine, d'Afrique et d'Asie.

Álvaro García Linera, l'actuel vice-président de la Bolivie, Marco Aurélio Garcia, conseiller en politique étrangère de la présidence du Brésil, Fernando Henrique Cardoso, ancien président brésilien, et sa femme Ruth Cardoso y ont enseigné ou étudié.

Paris-VIII avait décidé de célébrer cet anniversaire par un colloque international dédié à Josué de Castro et au centième anniversaire de sa naissance. Je fus invité à y prendre la parole et reçus ce jour-là – sur proposition d'Alain Bué et de sa collègue Françoise Plet – un doctorat *honoris causa*.

Et puis ceci. C'est Olivier Bétourné, alors jeune éditeur aux Éditions du Seuil, qui a assuré, au début des années 1980, la réédition en France de *Géographie de la faim*. Or, c'est précisément Olivier Bétourné, aujourd'hui président des Éditions du Seuil, qui a eu l'idée du présent livre. Pour réactiver le combat.

TROISIÈME PARTIE

Les ennemis du droit
à l'alimentation

1

Les croisés du néolibéralisme

Pour les États-Unis et leurs organisations mercenaires
– l'Organisation mondiale du commerce (OMC), le Fonds
monétaire international (FMI) et la Banque mondiale –,
le droit à l'alimentation est une aberration. Pour eux,
il n'est de droits de l'homme que civils et politiques.

Derrière l'OMC, le FMI, la Banque mondiale, le
gouvernement de Washington et ses alliés traditionnels se profilent, bien sûr, les gigantesques sociétés
transcontinentales privées. Le contrôle croissant que
ces sociétés transcontinentales exercent sur de vastes
secteurs de la production et du commerce alimentaire
a, bien entendu, des répercussions considérables sur
l'exercice du droit à l'alimentation.

Aujourd'hui, les deux cents premières sociétés de
l'agroalimentaire contrôlent le quart environ des ressources productives mondiales. Ces sociétés réalisent
le plus souvent des profits astronomiques et disposent
de ressources financières bien supérieures à celles des
gouvernements de la plupart des pays dans lesquels elles
sont implantées[1]. Elles exercent un monopole de fait

1. Andrew Clapham, *Human Rights Obligations of Non-State
Actors*, Oxford, Oxford University Press, 2006.

sur l'ensemble de la chaîne alimentaire, de la production à la distribution au détail en passant par la transformation et la commercialisation des produits, ce qui a pour effet de restreindre le choix des agriculteurs et des consommateurs.

Depuis la parution du livre de Dan Morgan, *Merchants of Grain*, devenu un classique, les médias américains utilisent couramment l'expression « marchands de grain » pour désigner les principales sociétés transcontinentales agroalimentaires[1]. Elle est inadéquate : les géants du négoce agroalimentaire ne contrôlent pas seulement la formation des prix et le commerce des aliments, mais également les secteurs essentiels de l'agro-industrie, notamment les semences, les engrais, les pesticides, le stockage, les transports, etc.

Dix sociétés seulement – parmi lesquelles Aventis, Monsanto, Pioneer et Syngenta – contrôlent un tiers du marché des semences, dont le chiffre d'affaires est évalué à 23 milliards de dollars par an, et 80 % du marché des pesticides, évalué à 28 milliards de dollars[2]. Dix autres sociétés, dont Cargill, contrôlent 57 % des ventes des trente premiers détaillants du monde et représentent 37 % des recettes engrangées par les cent premières sociétés productrices de denrées alimentaires et de boissons[3].

1. Dan Morgan, *Merchants of Grain. The Power and Profits of the Five Giant Companies at the Center of the World's Food Supply*, New York, Vicking Press, 1ʳᵉ édition, 1979.
2. Chiffres pour l'année 2010.
3. Ces analyses sont extraites de mon rapport au Conseil des droits de l'homme, intitulé : « Promotion et protection de tous les droits de l'homme, civils, politiques, économiques, sociaux et cultu-

Six pieuvres du commerce agroalimentaire contrôlent 77 % du marché des engrais : Bayer, Syngenta, BASF, Cargill, DuPont, Monsanto.

Dans certains secteurs de la transformation et de la commercialisation des produits agricoles, plus de 80 % du commerce d'un produit agricole donné se retrouve entre les mains de quelques oligopoles. Comme l'indique Denis Horman, « six sociétés concentrent quelque 85 % du commerce mondial des céréales ; huit se partagent environ 60 % des ventes mondiales de café ; trois détiennent plus de 80 % des ventes de cacao et trois se répartissent 80 % du commerce des bananes[1] ».

Les mêmes seigneurs oligarques assurent l'essentiel du transport, de l'assurance, de la distribution des biens alimentaires. Dans les bourses des matières premières agricoles, leurs traders fixent les prix des principaux aliments.

Doan Bui constate : « Des semences aux engrais, du stockage à la transformation jusqu'à la distribution finale [...] elles font la loi pour des millions de paysans de notre planète, qu'ils soient agriculteurs dans la Beauce ou petits fermiers dans le Punjab. Ces entreprises contrôlent la nourriture du monde[2]. »

Dans son livre pionnier paru il y a cinquante ans,

---

rels, y compris le droit au développement », Rapport du Rapporteur spécial sur le droit à l'alimentation, Jean Ziegler, A/HRC/7/5.

1. Cf. Denis Horman, « Pouvoir et stratégie des multinationales de l'agroalimentaire », *in* Gresea (Groupe de Recherche pour une stratégie économique alternative), http://www.gresea.be/EP_06-DH_Agrobu-siness_STN.html//_ed, 2006.

2. Doan Bui, *Les Affameurs. Voyage au cœur de la planète faim*, Paris, Éditions Privé, 2009, p. 13.

Modern Commodity, Futures Trading, Gerald Gold[1] usait pour les désigner, selon les secteurs d'activité examinés, des mots « cartel » ou « monopole ». Aujourd'hui, les Nations unies parlent d'oligopoles pour mieux caractériser ces marchés où un très petit nombre (*oligo* en grec) d'offreurs (vendeurs) fait face à un très grand nombre de demandeurs (acheteurs).

Des pieuvres de l'agro-industrie, João Pedro Stedilé dit : « Leur but n'est pas de produire des aliments, mais des marchandises pour gagner de l'argent[2]. »

Examinons de plus près l'exemple paradigmatique de Cargill. Cargill est présent dans 66 pays et 1 100 succursales, à travers 131 000 employés. En 2007, la société a réalisé un chiffre d'affaires de 88 milliards de dollars et un profit net de 2,4 milliards. Ce profit était supérieur de 55 % à celui de l'année précédente. En 2008, année de la grande crise alimentaire mondiale, Cargill a atteint un chiffre d'affaires de 120 milliards de dollars et un profit net de 3,6 milliards.

Fondée à Minneapolis en 1865, Cargill est aujourd'hui le marchand de grains le plus puissant du monde. La société possède des milliers de silos, des milliers d'ins-

1. Publié pour la première fois en 1959, à New York, par les soins du *Commodity Research Bureau*. Cet organisme, créé en 1934, mène des recherches sur les mouvements des prix, de la production, de la distribution et de la consommation des matières premières agricoles.

2. João Pedro Stedilé, Coline Serreau, in *Solutions locales pour un désordre global*, Arles, Actes Sud, 2010. Stedilé est l'un des principaux dirigeants du Mouvement des travailleurs ruraux sans terre (MST) du Brésil ; également Jamil Chade, *O mundo não é plano. A tragedia silenciosa de 1 bilhão de famientos*, São Paulo, Editora Saraiva, 2010.

tallations portuaires et une flotte marchande reliant ces installations entre elles. Elle est leader mondial pour le traitement et la transformation des oléagineux, du maïs et du blé.

Cargill est une des sociétés les plus intensément observées par les ONG, notamment américaines. Je me réfère ici à l'enquête de l'ONG *Food and Water Watch* : « Cargill, a threat to food and farming » (Cargill, une menace pour l'alimentation et la paysannerie)[1].

Grâce notamment à sa compagnie Mozaïc, Cargill est – entre autres – le producteur le plus puissant d'engrais minéraux. Du fait de son quasi-monopole, cette société a contribué à faire augmenter considérablement les prix en 2009 ; ceux de l'engrais à base de nitroglycérine, par exemple, ont augmenté de plus de 34 % et ceux des engrais à base de phosphate et de potasse ont doublé.

En 2007 (dernier chiffre disponible), Cargill était le deuxième plus puissant *meat packer* (marchand de viande), le second plus grand propriétaire de *feed lots* (établissements d'élevage intensif de bœufs[2]), le deuxième plus puissant *pork packer* (marchand de viande de porc), le troisième producteur de dinde et le deuxième plus puissant producteur d'aliments pour animaux du monde.

Du Brésil au Canada en passant par les États-Unis, Cargill possède de très nombreux abattoirs. Avec trois autres sociétés, Cargill contrôle 80 % des abattoirs des États-Unis.

---

1. *Food and Water Watch*, Washington D.C., 2009. Bien entendu, Cargill récuse toutes les imputations contenues dans ce rapport.
2. Les *feed lots* américains de Cargill peuvent accueillir à eux seuls jusqu'à 700 000 bœufs (chiffres 2010).

Pour ce qui concerne le traitement des aliments carnés, *Food and Water Watch* écrit : « Parmi les pratiques douteuses dont Cargill est accusé, il y a l'injection de monoxyde de carbone dans les emballages de la viande afin que celle-ci garde sa couleur rougeoyante même quand la date de consommation est dépassée. Cette injection empêche soi-disant le développement de la bactérie E. Coli (bien que rien ne prouve que l'utilisation du monoxyde de carbone inhibe la croissance de la bactérie). Cela trompe le consommateur, qui ne peut plus se fier à l'aspect visuel de la viande pour déterminer si celle-ci est fraîche ou non. »

Selon la même enquête, Cargill utiliserait également la très controversée méthode d'irradiation des aliments pour tuer les bactéries, qui pourrait s'avérer, selon certains spécialistes, très dangereuse pour la santé.

Food and Water Watch constate : « Entre janvier 2006 et juin 2008, le prix du riz a triplé, le prix du maïs et du soja a augmenté de plus de 150 % et le prix du blé a doublé. »

Grâce à ses installations portuaires, ses silos présents dans le monde entier, Cargill est en mesure de stocker d'énormes quantités de maïs, de blé, de soja, de riz – et d'attendre que les prix montent. À l'inverse, grâce à ses flottes de navires et d'avions-cargos, Cargill peut écouler sa marchandise en un temps record.

Cargill est un des plus puissants marchands de coton du monde. Sa source d'approvisionnement principale est l'Asie centrale, et plus particulièrement l'Ouzbékistan. Cargill-Grande-Bretagne entretient un bureau d'achat à Tachkent. Celui-ci achète en Ouzbékistan environ pour 50 à 60 millions de dollars de coton par an.

Or, le *State Department* de Washington (*Human*

Rights Report, 2008) y dénonce l'exploitation du travail des enfants : en 2007, 250 000 enfants avaient ainsi été forcés de travailler dans les champs de coton de l'Ouzbékistan[1].

Cargill entretient, par ailleurs, une organisation appelée « *Financial Services and Commodity-Trading Subsidiary* ». Celle-ci opère dans les principales bourses de matières premières agricoles. C'est ainsi que Cargill, comme d'autres oligopoles, joue, à certains moments, un rôle déterminant dans l'explosion des prix des aliments.

Dan Morgan donne cet exemple : « En haute mer, des bateaux changent de mains vingt ou trente fois avant qu'ils ne délivrent effectivement leur cargaison [...] Cargill peut vendre à Tradax, qui vend [la cargaison] à un marchand allemand, qui la vendra à un spéculateur italien, qui la remettra à un autre Italien, qui la passera finalement à Continental...[2] »

Une des grandes forces de ces puissances du négoce est le contrôle vertical qu'elles exercent sur les marchés.

Porte-parole du trust, Jim Prokopanko décrit, en prenant pour exemple la « filière poulet », ce qu'il appelle le contrôle total de la chaîne alimentaire[3]. Cargill produit de l'engrais à base de phosphate à Tampa, Flo-

---

1. Le *State Department* dénonce aussi les salaires misérables des enfants : 5 centimes (de dollar) pour 1 kilogramme de coton cueilli ; des enfants qui ne remplissent pas les quotas journaliers sont souvent sévèrement battus.

2. Dan Morgan, *Merchants of Grain, op. cit.* Depuis la parution du livre, Tradax a été racheté par Cargill, et Continental a vendu sa division trading à Cargill. Un navire de haute mer – appelé « *float* » dans le jargon des marchands – transporte généralement une cargaison de 20 000 tonnes.

3. Jim Prokopanko, interview avec Benjamin Beutler, « Konzentrierte Macht », *Die Junge Welt*, Berlin, 23 novembre 2009.

ride. Avec cet engrais, Cargill fertilise ses plantations de soja aux États-Unis et en Argentine. Dans les usines de Cargill, les fèves de soja sont transformées en farine.

Dans des bateaux appartenant à Cargill, cette farine est ensuite expédiée en Thaïlande, où elle engraisse les poulets des fermes d'élevage, propriétés de Cargill. Les poulets sont ensuite tués et éviscérés dans des usines presque entièrement automatisées appartenant à Cargill.

Cargill empaquette les poulets.

La flotte de Cargill les transporte alors au Japon, aux Amériques et en Europe. Des camions de Cargill les distribuent ensuite dans les supermarchés, dont nombre appartiennent aux familles MacMillan et/ou Cargill, actionnaires à hauteur de 85 % du trust transcontinental.

Sur le marché mondial, les oligopoles pèsent de tout leur poids pour imposer les prix alimentaires. À leur avantage, c'est-à-dire au niveau le plus élevé possible ! Mais quand il s'agit de conquérir un marché local, d'éliminer des concurrents, les seigneurs des grains pratiquent volontiers le dumping. Exemple : la ruine de la production avicole autochtone au Cameroun. Les importations massives de poulets étrangers bon marché y ont jeté dans la misère des dizaines de milliers de familles, éleveurs de poules et producteurs d'œufs.

À peine les producteurs locaux détruits, les seigneurs augmentent leurs prix.

L'influence des sociétés transcontinentales privées de l'agro-industrie sur les stratégies des organisations internationales, comme sur celles de la quasi-totalité des gouvernements occidentaux, est souvent décisive.

Ces sociétés agissent en adversaires déterminés du droit à l'alimentation.

Leur argumentation est la suivante : la faim constitue, en effet, une tragédie scandaleuse. Elle est due à
la productivité insuffisante de l'agriculture mondiale,
les biens disponibles ne couvrant pas les besoins exis-
tants. Pour lutter contre la faim, il faut donc accroître
la productivité, objectif qui ne peut être obtenu qu'à
deux conditions : premièrement, une industrialisation
aussi intense que possible des processus, mobilisant un
maximum de capitaux et les technologies les plus avan-
cées (semences transgéniques, pesticides performants[1],
etc.), avec pour corollaire l'élimination de la myriade
de fermes réputées « improductives » de l'agriculture
familiale et vivrière ; deuxièmement, la libéralisation
aussi complète que possible du marché agricole mondial.

Seul un marché totalement libre est susceptible de
tirer le maximum des forces économiques de production. Tel est le credo. Toute intervention normative dans
le libre jeu du marché, qu'elle soit le fait des États ou
des organisations interétatiques, ne peut qu'entraver le
développement de ces forces de production.

La position des États-Unis et des organisations interétatiques qui soutiennent leur stratégie constitue une
pure et simple mise en cause du droit à l'alimentation. Je dois toutefois admettre qu'elle ne procède ni
de l'aveuglement ni du cynisme.

Aux États-Unis, on est parfaitement informé des
ravages de la faim dans les pays du Sud. Comme tous
les autres États civilisés, les États-Unis prétendent la
combattre. Mais, selon eux, seul le libre marché pourra
vaincre le fléau. Une fois la productivité de l'agriculture

---

1. En moyenne annuelle, 76 000 tonnes de pesticides sont déver-
sés en France.

mondiale potentialisée au maximum par la libéralisation et la privatisation, l'accès à une nourriture adéquate, suffisante et régulière pour tous s'opérera automatiquement. Telle une pluie d'or, le marché enfin libéré déversera ses bienfaits sur l'humanité.

Mais le marché peut aussi bien dysfonctionner, admet-on là-bas. Des catastrophes peuvent toujours se produire – une guerre, un dérèglement climatique. Comme par exemple, la famine qui ravage depuis l'été 2011 cinq pays de la Corne de l'Afrique, menaçant la survie de 12 millions d'êtres humains. Dans ce cas, l'aide alimentaire internationale d'urgence viendra soutenir les affligés.

Ce sont l'OMC, le FMI et la Banque mondiale qui déterminent aujourd'hui les rapports économiques qu'entretiennent le monde des dominants et les peuples du Sud. Mais en matière de politique agricole, ces organisations se soumettent de fait aux intérêts des sociétés transcontinentales privées. C'est ainsi qu'originairement chargés de la lutte contre l'extrême pauvreté et la faim, la FAO et le PAM ne jouent plus, par rapport à ces organismes, qu'un rôle résiduel.

Pour prendre la mesure de l'abîme qui sépare les ennemis et les partisans du droit à l'alimentation, considérons les positions prises par les États à l'endroit du pacte n° 1 des Nations unies relatif aux droits économiques, sociaux et culturels, et les obligations qui en découlent.

Les États-Unis ont toujours refusé de le ratifier. L'OMC et le FMI le combattent.

Les États signataires sont soumis à trois obligations distinctes. Premièrement, ils doivent « respecter » le droit à l'alimentation des habitants de leur territoire.

Ce qui veut dire qu'ils ne doivent rien faire qui entraverait l'exercice de ce droit.

Prenons l'exemple de l'Inde. L'économie de ce pays dépend largement de l'agriculture, aujourd'hui encore : 70 % de la population vit à la campagne. Selon le « Rapport sur le développement humain » du PNUD, publié en 2010, l'Inde abrite, proportionnellement à sa population, mais aussi en chiffre absolu, le plus grand nombre d'enfants malnutris du monde, plus que tous les pays d'Afrique subsaharienne réunis.

Un tiers des enfants qui naissent en Inde ont un poids insuffisant, ce qui signifie que leurs mères sont elles-mêmes gravement sous-alimentées. Chaque année, des millions de nourrissons y subissent des dommages cérébraux irrécupérables du fait de la sous-alimentation, et des millions d'enfants de moins de deux ans y meurent de faim.

Selon l'aveu même du ministre indien de l'agriculture, Sharad Pawar, plus de 150 000 fermiers pauvres se sont suicidés entre 1997 et 2005 pour échapper au garrot de la dette. En 2010, plus de 11 000 paysans surendettés se sont suicidés – généralement en avalant des pesticides – dans les seuls États indiens d'Orissa, de Madhya Pradesh, du Bihar et d'Uttar-Pradesh[1].

En août 2005, dans le cadre de mon mandat de rapporteur spécial des Nations unies pour le droit à l'ali-

---

1. Cf. dossier sur le servage de la dette en milieu rural établi par l'organisation paysanne *Ekta Parishad*, New Delhi, 2011. *Ekta Parishad* signale ce geste mystérieux : le paysan se tue par la substance qui est responsable de son surendettement.

mentation, j'ai effectué une mission, avec ma petite équipe de chercheurs, à Shivpur, au Madhya Pradesh. Shivpur est le nom d'une ville et d'un district, celui-ci comptant environ 1 000 villages, avec chacun une population de 300 à 2 000 familles.

Dans le district de Shivpur la terre est grasse et fertile, les forêts superbes. Mais la pauvreté y est extrême et les inégalités particulièrement choquantes.

Nichée dans la vallée du Gange, Shivpur a été, jusqu'à l'indépendance de l'Inde, la résidence d'été des maharadjahs de Gwalior. Il subsiste de la splendeur de la dynastie royale des Shindia un somptueux palais en brique rouge, un terrain de polo – et surtout un parc naturel de 900 kilomètres carrés, où des paons et des cerfs vivent en liberté. On peut y observer aussi une colonie de crocodiles vivant dans un lac artificiel et des tigres en cage.

Mais le district est, aujourd'hui encore, dominé par une caste de grands propriétaires particulièrement féroces.

Le *District Controller*, dont les compétences sont celles d'un sous-préfet français, est une belle jeune femme de trente-quatre ans, au teint mat, à la chevelure d'ébène, originaire du Kerala, Mrs Gheeta. Elle porte un sari jaune bordé de petites bandes rouges.

Je sens tout de suite que cette femme n'a rien à voir avec les fonctionnaires que nous avons rencontrés la veille dans la capitale, Bhopal.

Elle est entourée de ses principaux chefs de service, tous des hommes à la moustache impressionnante.

Derrière son bureau, accrochée au mur, je découvre la célèbre photographie du Mahatma Gandhi en prière, prise deux jours avant son assassinat, le 28 janvier 1948, avec, en dessous, ces mots :

« His legacy is courage,
His bound truth
His weapon love[1] *»*

La *District Controller* répond à nos questions avec une extrême prudence, comme si elle se méfiait de ses collaborateurs moustachus.

Comme toujours, le programme est serré. Nous prenons bientôt congé. Les trois jours suivants, nous visiterons les villages et les campagnes du district. Nous sommes maintenant attendus à Gwalior. Et nous sommes déjà couchés quand, tard le soir, le réceptionniste de l'hôtel me réveille.

Une visiteuse m'attend en bas. C'est la *District Controller* de Shivpur.

Je réveille Christophe Golay et Sally-Ann Way.

Jusqu'à l'aube, Mrs Gheeta nous racontera alors la véritable histoire de son district.

Le gouvernement de New Delhi lui demande d'appliquer la nouvelle loi sur la réforme agraire et de distribuer aux journaliers agricoles les terres laissées en friche par les grands propriétaires. Elle doit aussi lutter contre le travail forcé, l'esclavage, ouvrir des enquêtes et mettre à l'amende les propriétaires pris en faute.

Au cours d'une cérémonie solennelle, elle remet périodiquement des titres de propriété à des travailleurs sans terre. Or, dès qu'un *dalit* (un intouchable), un pauvre

---

1. « Son héritage est le courage, son horizon la vérité, son arme l'amour. »

d'entre les pauvres, appartenant au groupe social le plus méprisé de l'Inde, tente de prendre possession de son lopin (1 hectare de terre arable par famille), il en est souvent chassé par les hommes de main des grands propriétaires, parfois assassiné, les tueurs n'hésitant pas à liquider des familles entières, à brûler les cabanes, à empoisonner les puits.

Comme de juste, les enquêtes ouvertes par la *District Controller* se perdent la plupart du temps dans les sables mouvants de l'administration. Nombre de ces grands propriétaires entretiennent des relations utiles avec tel dirigeant du Madhya Pradesh, à Bhopal, ou avec des ministres fédéraux de New Delhi.

La *District Controller* était proche des larmes.

Dans le contexte de l'Inde, la lutte pour la justiciabilité du droit humain à l'alimentation prend évidemment une importance capitale.

L'Inde a inscrit dans sa Constitution le droit à la vie. Dans sa jurisprudence, la Cour suprême considère que le droit à la vie inclut le droit à l'alimentation. Au cours des dix dernières années, plusieurs jugements ont confirmé cette interprétation[1].

À la suite d'une sécheresse de plus de cinq ans, une famine a frappé en 2001 l'État semi-désertique du Rajasthan. Agissant sur tout le territoire de l'Inde, une société d'État, la *Food Corporation of India*, fut chargée de dispenser l'aide alimentaire d'urgence. Dans ce but, elle avait stocké dans ses dépôts du Rajasthan

---

1. Christophe Golay, « Droit à l'alimentation et accès à la justice », thèse de doctorat, Institut universitaire des Hautes études internationales et du développement, Genève, 2009, publiée aux Éditions Bruylant, 2011.

des dizaines de milliers de sacs de blé. Mais au Rajasthan, comme on le sait, bien des représentants de la *Food Corporation of India* sont corrompus. C'est ainsi qu'afin de permettre aux marchands locaux de vendre leur blé au prix le plus élevé possible, en 2001, la société d'État a décidé de retenir ses stocks.

La Cour suprême est alors intervenue. Elle a ordonné l'ouverture immédiate des dépôts d'État et la distribution du blé aux familles affamées. L'exposé des motifs de son verdict du 20 août 2001 est intéressant :

« Le souci de la Cour est que les pauvres, les démunis [*destitutes*] et toutes les catégories les plus vulnérables de la population ne souffrent pas de sous-alimentation et ne meurent pas de faim [...]. Il est de la responsabilité première du gouvernement central, ou de celui de l'État membre, d'empêcher que ceci ne se reproduise [...]. Tout ce que la Cour exige, c'est que les grains qui débordent des dépôts, et qui sont abondants, ne soient pas jetés à la mer ou mangés par les rats [...]. Toute autre politique est condamnable. Tout ce qui compte, c'est que la nourriture parvienne aux affamés[1]. »

L'État d'Orissa est un des plus corrompus de l'Union indienne. Son gouvernement a exproprié dans les années 1990 des milliers d'hectares de terres arables pour accroître la capacité hydroélectrique du fleuve Mahanadi, à travers une succession de barrages et de lacs de rétention. La police a ainsi chassé des milliers de familles paysannes sans aucune indemnisation.

L'ONG *Right to food Campaign* (Campagne indienne pour le droit à l'alimentation), animée par de remar-

---

1. *Supreme Court of India, civil Original Juridiction, Writ.* Petition, n° 196, 2001.

quables avocats et syndicalistes paysans, a alors porté plainte devant la Cour suprême, à New Dehli. Les juges ont condamné l'État d'Orissa à accorder aux paysans spoliés une « compensation adéquate ».

La Cour a défini ce qu'elle entendait par « compensation adéquate » : la monnaie indienne étant soumise à une forte inflation, la compensation ne pouvait être monétaire. L'État d'Orissa devrait dédommager les paysans spoliés par l'attribution d'une surface égale en terres arables, d'un degré de fertilité, d'une composition et d'une accessibilité aux marchés équivalents à ceux des terres expropriées.

En général, la Cour suprême de l'Inde émet des verdicts extrêmement circonstanciés. Elle spécifie ainsi de manière détaillée les mesures que l'État condamné doit prendre pour réparer telle violation du droit à l'alimentation dont ses habitants ont été victimes.

Pour surveiller l'exécution de ces mesures, la Cour recourt à des fonctionnaires spécialisés, qui ne sont ni des juges ni des greffiers, mais sont assermentés : les *Commisioners* (commissaires). Il arrive que ceux-ci aient à suivre pendant des années l'exécution des mesures de réparation et de dédommagement incombant à l'État condamné.

Rappelons cette réalité : plus du tiers de toutes les personnes gravement et en permanence sous-alimentées du monde vivent en Inde. Les paysans spoliés – analphabètes, pauvres parmi les pauvres pour la plupart – ne possèdent évidemment ni l'argent ni la culture juridique nécessaires pour se constituer plaignants et mener pendant des années – fussent-ils assistés par des avocats désignés d'office – des procédures compliquées contre de puissantes sociétés multinationales.

Pour cette raison, la Cour suprême admet les *Class Action*, les « plaintes collectives ». Aux paysans plaignants se joignent alors des mouvements issus de la société civile, des communautés religieuses, des syndicats qui ne figurent pas eux-mêmes parmi les lésés. Ces mouvements ont l'argent, l'expérience, le poids politique nécessaires pour mener les combats judiciaires.

Une autre arme juridique spécifique, propre à l'appareil judiciaire indien, leur permet d'agir : la *Public Interest Litigation*[1], le procès d'intérêt public. C'est ainsi que « toute personne [...] a le droit de se présenter devant une Cour compétente lorsqu'elle est d'avis qu'un droit fondamental reconnu par la Constitution a été violé ou est menacé de l'être. La Cour peut alors remédier à cette situation ».

En Inde, le droit à l'alimentation étant un droit constitutionnellement reconnu, toute personne – même si elle n'est pas directement lésée – peut porter plainte contre une violation de ce droit. Sa légitimité reconnue est celle de « l'intérêt public ». Bref, tout habitant de l'Inde a « intérêt » à ce que tous les droits de l'homme, y compris le droit à l'alimentation, soient respectés partout et en permanence par la puissance publique[2].

Fondée sur l'intérêt public, cette plainte revêt une grande importance pratique. Dans des États comme le Bihar, l'Orissa ou le Madhya Pradesh, les castes supérieures contrôlent pratiquement tout le pouvoir admi-

---

1. Voir Christophe Golay, thèse citée.
2. Colin Gonsalves, *Reflections on the Indian Experience*, in Squires *et al.*, *The Road to a Remedy. Current Issues in the Litigation of Economic, Social and Cultural Human Rights*, Sydney, Australia Human Rights Center, 2005.

nistratif et judiciaire. Nombre de leurs représentants sont corrompus jusqu'à l'os. Aux *dalits* et aux *tribal people*, les ressortissants des tribus de la forêt, ils témoignent d'un mépris sans limite.

Des ministres, officiers de police et juges locaux terrorisent les paysans spoliés.

Colin Gonsalves, l'un des principaux dirigeants de la *Right to Food Campaign*, raconte la peine infinie qu'il éprouve, dans ces conditions, à persuader les pères de famille qui ont été illégalement expropriés de leurs cabanes, de leurs puits, de leurs lopins de déposer plainte et de se présenter devant un juge local[1]. C'est que les paysans tremblent devant les brahmanes.

Or, la *Public Interest Litigation* permet désormais d'attaquer l'État spoliateur sans le consentement des paysans lésés.

C'est au Madhya Pradesh que la Cour suprême est la plus active. 11 000 familles paysannes ont été expulsées de leurs terres en 2000 par le gouvernement local en vue de la construction de barrages hydroélectriques ou de l'exploitation de mines. À Hazaribagh, des milliers de familles ont été expropriées par l'État et leurs terres affectées à la création d'une mine de charbon. La construction du gigantesque barrage de la Narmada a fait perdre leurs moyens de subsistance à plusieurs milliers de familles. Leurs plaintes en dédommagement et compensation en nature sont actuellement devant la Cour.

L'évocation des campagnes du Madhya Pradesh me remet en mémoire ces enfants squelettiques aux grands

---

1. Colin Gonsalves, *et al.*, *Right to food*, *Human Rights Law Network*, New Delhi, 2005. Avant d'être autorisée à s'adresser à la Cour suprême, la victime doit avoir épuisé tous les recours locaux.

yeux étonnés, « étonnés de tant souffrir », comme le disait non sans sarcasme Edmond Kaiser[1]. Pour ces gens si hospitaliers, si chaleureux du Madhya Pradesh (l'un des États les plus démunis de l'Inde), la quête d'une poignée de riz, d'un oignon, d'une galette mobilise chaque jour toute leur énergie.

Le Pacte relatif aux droits économiques, sociaux et culturels de l'ONU assigne aux États-parties une deuxième obligation : l'État ne doit pas seulement « respecter » lui-même le droit à l'alimentation de ses habitants, mais il doit aussi « protéger » ce droit contre les violations infligées par des tiers.

Si une tierce partie attente au droit à l'alimentation, l'État doit intervenir pour protéger ses habitants et rétablir le droit violé.

Prenons l'exemple de l'Afrique du Sud. Inscrit dans la Constitution, le droit à l'alimentation y jouit d'une protection étendue.

Il existe en Afrique du Sud une Commission nationale des droits de l'homme, composée paritairement de représentants de l'État et d'organisations de la société civile (syndicats, églises, mouvements de femmes, etc.). Cette commission peut recourir devant la Cour constitutionnelle de Pretoria et devant les Hautes Cours régionales d'Afrique du Sud contre toute loi votée par le Parlement, toute mesure décrétée par le gouvernement, toute décision prise par un fonctionnaire ou toute action imposée par une entreprise privée en violation du droit à l'alimentation d'un groupe de citoyens.

La jurisprudence sud-africaine est exemplaire.

1. Fondateur de l'ONG *Terre des Hommes*.

Le droit à l'eau potable relève du droit à l'alimentation.

La ville de Johannesburg avait cédé à une société multinationale son approvisionnement en eau potable. Cette société avait ensuite augmenté massivement le tarif de l'eau. Beaucoup d'habitants des quartiers pauvres, dans l'impossibilité de payer ces prix exorbitants, avaient vu l'eau courante dont ils disposaient coupée par l'exploitant. Celui-ci ayant exigé, par ailleurs, le prépaiement de l'eau potable au-delà de 25 litres, nombre de familles modestes avaient été réduites à puiser leur eau dans les rigoles, les ruisseaux pollués ou les mares.

Soutenus par la Commission, cinq habitants du bidonville de Phiri, à Soweto, ont alors saisi la Haute Cour.

Et ils ont eu gain de cause.

La ville de Johannesburg a été obligée de rétablir l'ancien système public d'approvisionnement en eau potable à bas prix[1].

L'article 11 du Pacte relatif aux droits économiques, sociaux et culturels stipule, pour l'État signataire, une troisième obligation : lorsqu'une famine frappe une population et si l'État concerné n'est pas en mesure de combattre par ses propres moyens le désastre, il doit faire appel à l'aide internationale. S'il ne le fait pas ou s'il le fait avec un retard intentionnel, il viole le droit à l'alimentation de ses habitants.

En 2006, une famine terrible – due aux criquets et à la sécheresse – s'est abattue sur le centre et le sud du Niger.

---

1. Pour le jugement, voir *High Court of South Africa*, Lindiwe Mazibujo et *al.* contre la ville de Johannesburg, 30 avril 2008.

Nombre de marchands de grains ont carrément refusé de mettre leurs stocks sur le marché. Ils attendaient que la pénurie s'aggrave et que les prix montent. En juillet 2006, je me suis donc trouvé en mission dans le bureau du président de la république.

Mamadou Tandja niait l'évidence. Il fallut que la chaîne de télévision CNN, Médecins sans frontières et Action contre la faim alertassent l'opinion mondiale, et que Kofi Annan en personne fît un voyage de trois jours à Maradi et à Zinder, pour que le gouvernement nigérien, enfin, adressât une demande d'aide formelle au PAM.

Des dizaines de milliers de femmes, d'hommes et d'enfants étaient déjà morts lorsque les premiers camions de l'aide internationale, chargés de sacs de riz, de farine, de containers d'eau arrivèrent enfin à Niamey.

Tandja, évidemment, ne fut jamais inquiété, les survivants n'ayant pas les moyens d'enquêter sur les raisons de sa passivité ou d'introduire une action judiciaire contre lui.

Pour l'OMC, le gouvernement américain (australien, anglais, canadien, etc.), le FMI et la Banque mondiale, toutes ces interventions normatives prévues par le pacte honni, sont frappées d'anathème. Aux yeux des partisans du « consensus de Washington »[1], elles constituent une atteinte intolérable à la liberté de marché.

1. On appelle « consensus de Washington » un ensemble d'accords informels conclus tout au long des années 1980 et 1990 entre les principales sociétés transcontinentales occidentales, les banques de Wall Street, la *Federal Reserve Bank américaine*, la Banque mondiale et le FMI, visant à liquider toute instance régulatrice, à libéraliser les marchés et à instaurer une *stateless global*

Ceux qu'au Sud on appelle les « corbeaux noirs du FMI » considèrent même comme relevant de la pure idéologie, de l'aveuglement doctrinaire ou, pire, de la dogmatique communiste, les arguments défendus par les partisans du droit à l'alimentation.

Il existe un dessin de Plantu où l'on voit un enfant africain en haillons, debout derrière un très gros homme blanc portant lunettes et cravate, attablé devant un repas somptueux. L'enfant dit : « J'ai faim. » Le gros Blanc se retourne et lui répond : « Arrête de parler politique ! »

---

governance, en d'autres termes, un marché mondial unifié et auto-régulé. Les principes du « consensus » ont été théorisés en 1989 par John Williamson, alors économiste en chef et vice-président de la Banque mondiale.

2

Les cavaliers de l'Apocalypse

Les trois cavaliers de l'Apocalypse de la faim organisée sont l'OMC, le FMI et, dans une moindre mesure, la Banque mondiale[1].

La Banque mondiale est actuellement dirigée par l'Américain Jim Yong Kim, le FMI par Christine Lagarde et l'OMC par Pascal Lamy. Les trois personnes ont en commun une compétence professionnelle exceptionnelle, une intelligence brillante et la foi libérale chevillée au corps.

Une curiosité : Pascal Lamy est membre du Parti socialiste français. Ces trois dirigeants sont des technocrates de très haut vol, des réalistes dépourvus d'états d'âme. Ensemble, ils disposent de pouvoirs exceptionnels sur les économies des pays les plus fragiles de la planète.

Contrairement à ce que préconise la Charte de l'ONU, qui a confié cette tâche au Conseil économique et social,

1. En 2010, l'*International Finance Corporation*, une filiale de la Banque mondiale, a libéré 2,4 milliards de dollars en faveur de l'agriculture vivrière de trente-trois pays d'Afrique, d'Asie et d'Amérique latine. Je reprends l'expression « cavaliers de l'Apocalypse » d'un de mes précédents livres (*Les Nouveaux Maîtres du monde*, Paris, Fayard, 2002 ; Points-Seuil, 2007).

191

ce sont ces dirigeants-là qui fixent les politiques de développement de l'organisation.

Le FMI et la Banque mondiale sont nés en 1944 dans le petit bourg de Bretton Woods, au nord-est des États-Unis. Ils font partie intégrante du système onusien. L'OMC, en revanche, est une organisation totalement autonome, ne dépendant pas de l'ONU, mais réunissant un peu plus de 150 États et fonctionnant par consensus négocié.

L'OMC est née en 1995. Elle a succédé au GATT (Accords généraux sur les tarifs douaniers et le commerce / *General Agreement on Tariff and Trade*), instauré par les États industriels au sortir de la Seconde Guerre mondiale pour harmoniser et abaisser graduellement leurs tarifs douaniers.

Le successeur de René Dumont à la chaire d'agriculture internationale, Marcel Mazoyer, est aujourd'hui professeur à l'Institut d'agronomie de Paris (Agro-Paris-Tech). Devant les ambassadrices et les ambassadeurs accrédités auprès de l'ONU à Genève, et réunis par la CNUCED le 30 juin 2009, il a soumis la politique de l'OMC à une critique impitoyable : « [...] la libéralisation des échanges agricoles, en renforçant la concurrence entre des agricultures extrêmement inégales, ainsi que l'instabilité des prix, ne peut qu'aggraver la crise alimentaire, la crise économique et la crise financière[1]. »

---

1. Marcel Mazoyer, colloque international « Crise alimentaire et crise financière », CNUCED, juin 2009 ; du même : « Mondialisation libérale et pauvreté », *Alternative Sud*, n° 4, 2003 ; *La fracture agricole et alimentaire mondiale*, en coll. avec Laurence Roudart, Paris, 2005.

Quel est le but poursuivi par l'OMC quand elle lutte en faveur de la libéralisation totale des flux de marchandises, de brevets, de capitaux et de services ?

Ancien secrétaire général de la CNUCED et ancien ministre des Finances du Brésil, Rubens Ricupero donne une réponse nette et claire à la question : « Le désarmement unilatéral des pays du Sud. »

Le FMI et l'OMC ont été de tout temps les ennemis les plus déterminés des droits économiques, sociaux et culturels, et notamment du droit à l'alimentation. Les 2 000 fonctionnaires du FMI et les 750 bureaucrates de l'OMC tiennent en horreur toute intervention normative dans le libre jeu du marché, je l'ai dit. Fondamentalement, leur politique n'a pas changé depuis leur création, même si Dominique Strauss-Kahn, directeur de 2007 jusqu'à sa démission en mai 2011, a fait une place plus grande aux pays émergeants à la gouvernance du FMI, même s'il s'est efforcé de définir une politique de prêt plus favorable aux pays pauvres… de toute façon tôt ou tard réduits à la faillite.

Or, une simple image permet de saisir la justesse des vues de Mazoyer et de Ricupero.

Sur un même ring de boxe sont réunis Mike Tyson, le champion du monde en titre des poids lourds, et un chômeur bengali sous-alimenté.

Que disent les ayatollahs du dogme néolibéral ? Justice est assurée, puisque les gants de boxe des deux protagonistes sont de même facture, le temps du combat égal pour eux, l'espace de l'affrontement unique, et les règles du jeu constantes. Alors, que le meilleur gagne !

L'arbitre impartial, c'est le marché.

L'absurdité du dogme néolibéral saute aux yeux.

Durant mes deux mandats de rapporteur spécial des Nations unies pour le droit à l'alimentation, j'ai connu quatre ambassadeurs américains successifs auprès du siège européen des Nations unies à Genève : tous les quatre, sans exception, ont combattu avec vigueur chacun de mes rapports et toutes mes recommandations. Par deux fois, ils ont demandé (en vain) ma révocation à Kofi Annan ; et, évidemment, ils ont voté contre le renouvellement de mon mandat.

Deux d'entre ces ambassadeurs – notamment un nabab de l'industrie pharmaceutique de l'Arizona, envoyé spécial de George W. Bush – m'ont témoigné une haine personnelle. Un autre s'est contenté d'appliquer strictement les directives du State Department : refus de reconnaître l'existence des droits économiques, sociaux et culturels, reconnaissance des seuls droits civils et politiques.

Avec l'un des quatre, j'ai noué des rapports amicaux. George Moose était l'ambassadeur du président Clinton. C'était un Afro-Américain subtil et cultivé, qu'accompagnait sa femme, Judith, une intellectuelle à l'évidence de gauche, drôle et sympathique, également active au State Department.

Avant sa nomination à Genève, George Moose avait occupé le poste de secrétaire d'État adjoint pour l'Afrique.

C'est lui qui, en 1996, avait choisi Laurent Kabila – un obscur maquisard et trafiquant d'or alors retranché dans les montagnes du Maniema[1] – comme chef de l'Alliance des forces démocratiques de libération (AFDL) au Zaïre, l'actuelle République démocratique du Congo.

---

1. Cf. Jean Ziegler, *L'Or du Maniema*, roman, Paris, Éditions du Seuil, 1996, Points-Seuil, 2011.

Féru d'histoire, Moose savait que Kabila était le seul des chefs survivants de la rébellion lumumbiste de 1964 à n'avoir jamais fait allégeance à Mobutu et à disposer, auprès de la jeunesse du Congo, d'une crédibilité intacte. Les événements devaient confirmer la justesse du choix de Moose.

Mais notre passion commune pour l'Afrique ne suffisait pas. Tant qu'il est resté à Genève, George Moose a combattu, lui aussi, chacune de mes recommandations ou de mes initiatives, chacun de mes rapports sur le droit à l'alimentation. Je n'ai jamais pu percer son véritable sentiment à cet égard[1].

Depuis plus de deux décennies, les privatisations, la libéralisation des mouvements de marchandises, de services, de capitaux et de brevets ont progressé de façon stupéfiante. Les États pauvres du Sud, du coup, se sont retrouvés largement dépouillés de leurs prérogatives en terme de souveraineté. Les frontières ont disparu, les secteurs publics – jusqu'aux hôpitaux et aux écoles – ont été privatisés. Et partout dans le monde, les victimes de la sous-alimentation et de la faim augmentent.

Une étude d'Oxfam (*Oxford Commitee for Famine Relief*)[2] devenue célèbre a démontré que partout où le FMI a appliqué, au cours de la décennie 1990-2000, un plan d'ajustement structurel, de nouveaux millions d'êtres humains ont été précipités dans l'abîme de la faim[3].

1. George Moose a quitté le service diplomatique à l'arrivée des néoconservateurs à la Maison-Blanche.
2. Fondé en 1942 pour lutter contre la pauvreté et la faim.
3. « Impact of Trade Liberalisation on the Poor, Deregulation and the Denial of Human Rights », Oxfam/IDS Research Project, 2000.

La raison en est simple : le FMI est précisément en charge de l'administration de la dette extérieure des 122 pays dits du tiers-monde. Or, celle-ci s'élevait, au 31 décembre 2010, à 2 100 milliards de dollars.

Pour servir les intérêts et les tranches d'amortissement de sa dette auprès des banques créancières ou du FMI, le pays débiteur a besoin de devises. Les grandes banques créancières refusent évidemment d'être payées en gourdes haïtiennes, en bolivianos boliviens ou en tugrik mongols.

Comment un pays pauvre d'Asie du Sud, des Andes ou d'Afrique noire peut-il s'assurer des devises nécessaires ? En exportant des biens manufacturés ou des matières premières qui lui seront payés en devises.

Sur les 54 pays que compte l'Afrique, 37 sont presque entièrement agricoles.

Périodiquement, le FMI accorde aux pays surendettés un moratoire temporaire ou un refinancement de leur dette. À condition que le pays surendetté se soumette au plan dit d'ajustement structurel. Tous ces plans comportent la réduction, dans les budgets des pays concernés, des dépenses de santé et de scolarité, et la suppression des subventions aux aliments de base et de l'aide aux familles nécessiteuses.

Les services publics sont les premières victimes des plans d'ajustement structurel. Des milliers de fonctionnaires – infirmières, instituteurs et autres employés des services publics – ont ainsi été congédiés dans les pays soumis à un ajustement structurel du FMI.

Au Niger, nous l'avons vu, le FMI a exigé la privatisation de l'Office national vétérinaire. Désormais, les éleveurs doivent donc payer aux sociétés transcontinentales privées des prix exorbitants pour les vaccins, les vitamines et les antiparasites dont ils ont besoin pour traiter leurs bêtes.

Conséquence ? Des dizaines de milliers de familles ont perdu leurs troupeaux. Elles végètent aujourd'hui dans les bidonvilles des grandes cités côtières : à Cotonou, à Dakar, à Lomé, à Abidjan.

Là où sévit le FMI, les champs de manioc, de riz, de mil se rétrécissent. L'agriculture vivrière meurt. Le FMI exige l'extension des champs de culture coloniale, dont les produits – coton, arachide, café, thé, cacao, etc. – pourront être exportés sur le marché mondial et rapporter des devises, à leur tour affectées au service de la dette.

La deuxième tâche du FMI est d'ouvrir les marchés des pays du Sud aux sociétés transcontinentales privées de l'alimentation. C'est pourquoi, dans l'hémisphère Sud, le libre-échange porte le masque hideux de la famine et de la mort. Examinons quelques exemples.

Haïti est aujourd'hui le pays le plus misérable d'Amérique latine et le troisième pays le plus pauvre du monde. Le riz y constitue la nourriture de base.

Or, au début des années 1980, Haïti était autosuffisant en riz.

Travaillant sur des terrasses et dans des plaines mouillées, les paysans autochtones étaient protégés du dumping étranger par un mur invisible : un tarif douanier de 30 % frappait le riz importé.

Mais au cours des années 1980, Haïti a subi deux plans d'ajustement structurel.

Sous le diktat du FMI, le tarif douanier protecteur fut ramené de 30 à 3 %. Fortement subventionné par Washington, le riz nord-américain a alors envahi les villes et les villages haïtiens, détruisant la production nationale et, par conséquent, l'existence sociale de centaines de milliers de riziculteurs.

Entre 1985 et 2004, les importations de riz étranger à Haïti, essentiellement nord-américain et fortement subventionné à la production par le gouvernement, sont passées de 15 000 à 350 000 tonnes par an. En même temps la production rizière locale s'est effondrée, passant de 124 000 à 73 000 tonnes[1].

Depuis le début des années 2000, le gouvernement haïtien a dû dépenser un peu plus de 80 % de ses maigres revenus pour payer ses importations de nourriture. Et la destruction de la riziculture a provoqué un exode rural massif. Le surpeuplement de Port-au-Prince et des autres grandes villes du pays a entraîné la désintégration des services publics.

Bref, toute la société haïtienne s'est trouvée bouleversée, affaiblie, plus vulnérable encore qu'auparavant sous l'effet de cette politique néolibérale. Et Haïti est devenu un État mendiant, subissant la loi de l'étranger.

Coups d'État et crises sociales se sont alors succédé tout au long des vingt dernières années.

En temps normal, les 9 millions d'Haïtiens consomment 320 000 tonnes de riz par an. Lorsqu'en 2008 les prix mondiaux du riz ont triplé, le gouvernement n'a pas pu importer suffisamment de nourriture. La faim s'est alors mise à rôder du côté de Cité-Soleil[2].

Depuis les années 1990, la Zambie a subi toute une série de plans d'ajustement structurel. Les conséquences

1. Jean Feyder, *Mordshunger*, *op. cit.*, p. 17 et suivantes.
2. Un des plus grands bidonvilles d'Amérique latine, situé au pied de la colline de Port-au-Prince, en bordure de la mer des Caraïbes.

sociales et alimentaires pour la population ont été, évidemment, catastrophiques[1].

La Zambie est un pays magnifique bercé par le fleuve Zambèze et planté de collines verdoyantes en vertu d'un climat clément. La nourriture de base de ses habitants est le maïs.

Au début des années 1980, le maïs zambien était subventionné à la consommation par l'État à hauteur de 70 %. Les producteurs eux aussi étaient subventionnés. La vente sur le marché intérieur et les exportations vers l'Europe – dans les années fastes – étaient réglées par un office d'État, le *Marketing Board*.

Les subsides additionnés, aux consommateurs et aux producteurs, absorbaient un peu plus de 20 % du budget de l'État.

Tout le monde mangeait à sa faim.

Le FMI imposa la réduction, puis l'abolition des subsides. Il supprima également les subsides d'État pour l'achat d'engrais, de semences et de pesticides. Les écoles et les hôpitaux – gratuits jusque-là – devinrent payants. Avec quelles conséquences ?

À la campagne et dans les quartiers urbains démunis, les familles en furent réduites à ne plus faire qu'un repas par jour. L'agriculture vivrière se mit à péricliter puisqu'elle était privée d'engrais et de semences sélectionnées.

Pour survivre, les paysans vendirent leurs animaux de trait – ce qui entraîna une nouvelle baisse de la productivité. Beaucoup d'entre eux durent quitter leur terre et louer leur force de travail comme journaliers agri-

1. Sally-Anne Way, *Impact of Macroeconomic Policies on the Right to Food. The Case of Zambia*, Londres, Oxfam, 2001.

coles sous-payés sur les grandes plantations de coton aux mains de sociétés étrangères.

Entre 1990 et 1997, la consommation de maïs chuta de 25 %. Résultat : le taux de mortalité infantile explosa.

En 2010, 86 % de la population zambienne vivaient en dessous de la *National poverty line*, le seuil national de la pauvreté, du minimal vital. 72,6 % de la population vivaient en 2010 avec moins de 1 dollar par jour. 45 % des Zambiens étaient gravement et en permanence sous-alimentés. Quant aux enfants de moins de cinq ans, le poids de 42 % d'entre eux était inférieur de 24 % au poids « normal » défini par l'UNICEF.

La mentalité américaine domine dans le bâtiment de verre du n° 700 de la 19e rue, North-West, à Washington D.C., siège du FMI. Les rapports annuels témoignent ainsi d'une candeur réjouissante. Celui de 1998 avoue : « À la longue, le plan va améliorer l'accès aux ressources et augmenter le revenu des populations. Mais à court terme, il réduit la consommation d'aliments. »

Au niveau de l'État lui-même, les plans d'ajustement successifs ont eu des conséquences désastreuses. Les tarifs douaniers protecteurs de l'industrie nationale furent supprimés, la plupart des secteurs publics privatisés. La révision de l'*Employment and Land Act* provoqua la dislocation des services de protection sociale, de la liberté syndicale et du droit au salaire minimum garanti.

S'ensuivirent l'éviction massive des habitants de leurs logements, le chômage de masse, l'augmentation considérable des prix des aliments de base.

Les bureaucrates du FMI sont doués d'humour. Dans les conclusions de leur rapport, ils saluent le fait que l'inégalité des conditions de vie entre la population urbaine et la population rurale a fortement diminué durant la période 1991-97. Pourquoi ? Parce que la misère en milieu urbain a augmenté d'une façon dramatique, rejoignant celle des campagnes[1]...

Mis à part l'Éthiopie, le Ghana est le premier pays d'Afrique subsaharienne à avoir arraché son indépendance. Après des grèves générales répétées, des mouvements de masse et une féroce répression anglaise, la république du Ghana, héritière du mythique royaume de Kaya-Maga[2], a vu le jour en 1957. Son drapeau : une étoile noire sur fond blanc. Prophète de l'unification panafricaine, son premier président, Kwame Nkrumah, fut en 1960, à Addis-Abeba, l'un des fondateurs – avec Gamal Abdel Nasser, Modibo Keita et Ahmed Ben Bella – de l'Organisation de l'unité africaine (OUA).

Toutes ethnies confondues, les Ghanéens sont des hommes et des femmes fiers, viscéralement attachés à leur souveraineté. Pourtant, eux aussi ont dû plier devant le FMI et les sociétés multinationales de l'alimentation.

Le Ghana a subi en tout point un destin similaire à celui de la Zambie.

En 1970, quelque 800 000 producteurs locaux fournissaient la totalité du riz consommé au Ghana. En 1980, le FMI a frappé une première fois : le tarif douanier, protecteur du riz, fut ramené à 20 %, puis encore réduit.

Le FMI exigea alors que l'État supprimât tous les subsides versés aux paysans pour faciliter l'achat de pesticides, d'engrais minéraux et de semences.

1. « *Overall inequality... has decreased because poverty increased dramatically in urban areas.* »
2. Kaya-Maga, en soninké, signifie « roi de l'or ».

Aujourd'hui, le Ghana importe plus de 70 % du riz consommé dans le pays. Le *Marketing Board*, l'Office national de commercialisation des produits agricoles (cacao, etc.), a été aboli. Des sociétés privées s'occupent désormais des exportations.

Le Ghana est une démocratie vivante, dont les députés sont animés d'un fort sentiment de fierté nationale. Afin de faire renaître la riziculture nationale, le parlement d'Accra a décidé, en 2003, d'introduire un tarif de douane de 25 % pour le riz importé. Le FMI a réagi avec vigueur. Il a contraint le gouvernement ghanéen à annuler la loi.

En 2010, le Ghana a payé plus de 400 millions de dollars pour ses importations alimentaires.

L'Afrique entière a dépensé, en 2010, 24 milliards de dollars pour financer sa nourriture importée.

Au moment où j'écris ces lignes, en 2011, la spéculation boursière fait exploser les prix mondiaux des aliments de base. Selon toute vraisemblance, l'Afrique ne pourra, cette année, importer qu'une quantité très insuffisante de nourriture.

Partout et toujours, la violence et l'arbitraire du marché libre de toute contrainte normative, de tout contrôle social, tue.

Par la misère et par la faim.

3

Quand le libre-échange tue

À Hong-Kong, en décembre 2005, lors d'une conférence ministérielle visant à relancer le cycle des négociations entamé à Doha en 2001, et bloqué depuis lors, l'OMC s'attaqua à la gratuité de l'aide alimentaire. Elle déclara qu'il était inacceptable que le PAM et d'autres organisations distribuassent gratuitement – dans les camps de réfugiés, les villages ravagés par les sauterelles, les hôpitaux où agonisent les enfants sous-alimentés – du riz, de la pâte de farine, des galettes, du lait… grâce aux surplus agricoles fournis au PAM par des États donateurs.

Selon l'OMC, cette pratique pervertissait le marché. Tout transfert commercial d'un bien devait avoir un prix. L'OMC demanda donc que l'aide en nature que les donateurs fournissaient au PAM fût désormais taxée à sa juste valeur. En bref, le PAM ne devait plus accepter des dons en nature provenant de la surproduction agricole des pays donateurs, et ne devait distribuer désormais que des aliments achetés sur le marché.

Grâce notamment à Daly Belgasmi, directeur du Bureau genevois du PAM, et à Jean-Jacques Graisse, directeur des opérations, la réaction du PAM fut vigoureuse.

« Une veuve du sida en Zambie, avec ses six enfants mineurs, ne se soucie pas de savoir si l'aide alimentaire qu'elle reçoit provient d'un don en nature effectué par un donateur du PAM ou d'une contribution monétaire de ce donateur. Tout ce qu'elle veut c'est que ses enfants vivent et n'aient pas besoin de mendier leur nourriture... L'Organisation mondiale de la santé nous apprend que, sur notre Terre, la sous-alimentation et la faim constituent les risques les plus importants pour la santé. Chaque année, la faim tue plus d'êtres humains que le sida, la tuberculose, la malaria et toutes les autres épidémies prises ensemble... L'OMC est un club de riches. [...]

« Le débat qu'elle mène n'est pas un débat sur la faim, mais un débat sur les avantages commerciaux [...]. Est-il tolérable de réduire les aides alimentaires pour des mères et des enfants affamés qui ne jouent aucun rôle sur le marché mondial, au nom du libéralisme économique[1] ? »

Et le PAM de conclure : « Nous voulons que le commerce mondial soit doté d'une conscience. »

À Hong-Kong, les pays de l'hémisphère Sud se dressèrent contre les puissances dominantes de l'OMC. La proposition de taxation de l'aide alimentaire fut balayée. Pascal Lamy et les siens furent battus à plate couture.

L'OMC subit une autre défaite encore. Cette fois-ci, de la main de l'Inde.

La jurisprudence de la Cour suprême protégeant le droit à l'alimentation est hors d'atteinte pour l'OMC.

---

1. *Mémorandum* du PAM, 8 décembre 2005.

L'Inde est, certes, membre de l'OMC. Mais les statuts de l'organisation ne créent d'obligations qu'au pouvoir exécutif de l'État membre, pas au pouvoir judiciaire. Or, l'Inde est une grande et vivante démocratie : elle vit sous le régime de la séparation des pouvoirs.

D'un autre côté, le *Public Distribution System* (PDS)[1] indien relève, lui, du pouvoir exécutif. De quoi s'agit-il ?

En 1943, une effroyable famine avait fait plus de 3 millions de morts au Bengale. L'occupant anglais avait vidé les greniers, réquisitionné les récoltes pour envoyer la nourriture confisquée aux armées britanniques combattant les troupes japonaises en Birmanie et sur d'autres fronts d'Asie[2].

Depuis lors, le Mahatma Gandhi avait fait de la lutte contre la faim la priorité absolue de son combat. Le Pandit Nehru, Premier ministre de l'Inde souveraine, reprit ce combat.

Aujourd'hui, si, dans l'un des 6 000 districts du pays, une personne meurt de faim, le *District Controller* est immédiatement révoqué.

Ce fait me rappelle une nuit d'août 2005 à Bhubaneswar, la magnifique capitale de l'État d'Orissa, au bord du golfe du Bengale. Chacune de mes missions prévoyait impérativement des rencontres avec des représentants des mouvements sociaux, des communautés religieuses, des syndicats et des mouvements de femmes. À Bhubaneshwar, Pravesh Sharma, au nom de l'*International Fund for Agricultural Deve-*

1. Système de distribution publique.
2. Jean Drèze, Amartya Sen, Athar Hussain, *Political Economy of Hunger*, Oxford, Clarendon Press, 1995.

lopment (IFAD / Fonds international pour le développement agricole) en Inde, était chargé d'organiser ces rencontres[1].

Plus de 40 % des paysans indiens sont des paysans sans terre, des *sharecroppers*, des travailleurs migrants qui vont de récolte en récolte. L'IFAD travaille surtout avec ces *sharecroppers*. La misère qui les accompagne est sans fond.

Sharma nous présenta deux femmes portant des saris brun délavé, au regard triste, mais à la détermination intacte : elles avaient chacune perdu un enfant par la faim.

Mes collaborateurs et moi les écoutâmes longuement, en prenant des notes et en posant des questions. La rencontre avait lieu loin de notre hôtel et loin des bureaux locaux de l'ONU, dans un local de banlieue.

Trois jours plus tard, dans le hall de départ de l'aéroport de Bhubaneshwar, un officier de police m'intercepta. Dépêchée par le Premier ministre, une délégation m'attendait dans un salon. Elle était conduite par P. K. Mohapatra, le directeur local de la *Food Corporation of India* (FCI).

Pendant trois heures, les cinq hommes et trois femmes composant la délégation tentèrent de me persuader, documents et certificats médicaux à l'appui, que les deux enfants n'étaient pas morts de faim, mais d'une infection. À l'évidence, plusieurs de ces fonctionnaires jouaient leur tête.

La *Food Corporation of India* administre le *Public Distribution System* (PDS). Dans chaque État membre de l'Union, elle entretient d'immenses dépôts. Elle

---

1. L'IFAD a son siège à Rome.

achète le blé au Punjab et le stocke aux quatre coins de l'Inde.

Sur tout le territoire national, elle gère plus de 500 000 magasins. Les assemblées des villages et des quartiers urbains dressent les listes de bénéficiaires. Chaque famille bénéficiaire reçoit une carte de légitimation.

Il existe trois catégories de bénéficiaires : les APL, les BPL et les *Anto*. APL signifie « *Above the Poverty Line* » (tout juste au-dessus du seuil de pauvreté, du minimum vital), BPL « *Below the Poverty Line* » (en dessous du minimum vital), *Anto*, terme hindi, désigne les victimes de la faim aiguë.

Pour chacune des trois catégories, il existe un prix de vente spécifique. Une famille de 6 personnes a droit à 35 kilogrammes de blé et 30 kilogrammes de riz par mois.

En 2005, pour une famille BPL, les prix étaient les suivants : 5 roupies pour 1 kilogramme d'oignons ; 7 roupies pour 1 kilogramme de pommes de terre ; 10 roupies pour 1 kilogramme de céréales[1].

Il faut savoir que le salaire minimum en milieu urbain était, en 2005, de 58 roupies par jour.

Il est vrai qu'environ 20 % des stocks du *PDS* sont régulièrement vendus sur le marché libre. Certains ministres et fonctionnaires font des fortunes avec ces détournements. La corruption est endémique.

Il n'en reste pas moins que des centaines de millions de personnes extrêmement pauvres profitent du PDS. Les prix payés dans les *Food stores* de la *Food Corporation of India* (FCI) étant – selon les catégories des bénéficiaires – plusieurs dizaines de fois infé-

---

1. 1 roupie = moins de 10 centimes d'euro (change de 2005).

rieurs aux prix du marché, les grandes famines ont été éradiquées en Inde.

De plus, le PDS améliore le sort des enfants.

Il existe, en effet, en Inde plus de 900 000 centres spécialisés pour l'alimentation infantile, les *Integrated Child Development-Centers* (ICD). Selon l'UNICEF, plus de 40 des 160 millions d'enfants indiens en dessous de cinq ans sont gravement et en permanence sous-alimentés. À une partie d'entre eux, les ICD procurent une alimentation thérapeutique, des vaccins et des soins sanitaires.

Or, les ICD sont approvisionnés par la FCI (*Food Corporation of India*). Dans la lutte contre le fléau de la faim, le PDS joue donc un rôle crucial.

Si l'OMC a entrepris de supprimer le PDS, c'est que son existence et son fonctionnement sont effectivement contraires aux statuts de l'organisation.

Un sikh portant un imposant turban noir, et dont l'énergie est inépuisable, Hardeep Singh Puri, ambassadeur indien à Genève, a combattu d'arrache-pied ce projet d'abolition. Il disposait à New Delhi de deux alliés tout aussi déterminés que lui : son propre frère, Manjeev Singh Puri, secrétaire d'État aux Affaires étrangères, et le ministre de l'Agriculture, Sharad Pawar. Ensemble, ils ont sauvé le PDS et ont mis l'OMC en échec.

4

Savonarole au bord du Léman

Pascal Lamy est le Savonarole du libre-échange.

L'homme est impressionnant de volonté et d'intelligence analytique. Sa position actuelle et sa carrière passée lui confèrent une influence et un prestige dont peu d'autres dirigeants internationaux jouissent aujourd'hui.

L'OMC compte actuellement 153 États membres. Son secrétariat, rue de Lausanne à Genève, emploie 750 fonctionnaires.

Lamy est un homme austère, ascétique, qui court le marathon. Selon ses propres dires, il parcourt chaque année 450 000 kilomètres en avion, supportant apparemment sans problèmes les dérèglements que provoquent, dans le corps humain, les décalages horaires… et les interminables séances nocturnes dont l'OMC est coutumière.

Pascal n'a pas d'états d'âme. À la journaliste qui l'interroge, il déclare : « Je ne suis ni optimiste ni pessimiste. Je suis activiste[1]. »

Lamy est un homme de pouvoir. Seuls les rapports de forces l'intéressent.

---

1. Sonia Arnal, *Le Matin-dimanche*, Lausanne, 12 décembre 2010.

Question de la journaliste : « Comme le FMI, vous êtes accusé par une partie de l'opinion publique d'enfoncer les citoyens les plus pauvres des pays pauvres... »

Réponse du directeur général de l'OMC : « Un accord reflète toujours les rapports de forces au moment où il est signé. »

Ancien commissaire européen au commerce extérieur, il a façonné l'OMC dès ses premiers pas. L'un de ses livres, *L'Europe en première ligne*, en particulier le chapitre intitulé « Les cent heures de Doha », rend compte de son inlassable combat contre toute forme de contrôle normatif ou social des marchés[1].

Sur les ambassadrices et ambassadeurs accrédités auprès de l'OMC, sur ses collaboratrices et collaborateurs, il exerce une fascination évidente. Et comme Savonarole dans la Florence du XVe siècle, Lamy ne laisse rien passer. Il est constamment en éveil, traquant sans pitié les déviants du dogme libre-échangiste. Ses informateurs sont partout.

J'en ai fait moi-même l'expérience. Chaque mois de septembre, animé par l'extraordinaire Jean-François Noblet, se tient dans le petit bourg de L'Albenc, dans les montagnes du Dauphiné, à quelques dizaines de kilomètres de Grenoble, le Festival de la Vie, réunissant les mouvements sociaux, les syndicats, les communautés religieuses de la région. J'y ai pris la parole en septembre 2009.

J'ai critiqué à cette occasion, mais d'une façon mesu-

---

1. Pascal Lamy, *L'Europe en première ligne*, préface d'Éric Orsenna, Paris, Éditions du Seuil, 2002, notamment p. 147 et suivantes.

rée, la stratégie de l'OMC en matière de commerce alimentaire.

Dans le ciel luisait la pleine lune. La grande tente était pleine de monde. La discussion dura au-delà de minuit. Elle était passionnante.

Mais il y avait un espion (ou une espionne) de Pascal Lamy dans l'auditoire.

Le 29 septembre 2009, je reçus de lui la lettre suivante :

« Cher Jean,

« Je prends connaissance avec consternation, une fois de plus, des propos que vous avez tenus lors d'une conférence à L'Albenc, me mettant en cause de manière diffamante : mes actions seraient, selon vous, "totalement contraires aux intérêts des gens victimes de la famine". Rien de moins ! L'OMC se hâte de conclure le round de Doha… ce qui équivaudra à tuer plus de gens… ? […]

« Absurde, évidemment ! Les membres de l'OMC négocient depuis huit ans un mandat qu'ils se sont donné, à la demande des pays en voie de développement, d'ouvrir davantage les marchés agricoles, et en priorité ceux des pays développés, auxquels ils veulent pouvoir avoir accès. […]

« Le plus simple, pour vous faire une idée de la réalité, serait de demander au représentant de ces peuples ce qu'ils en pensent. C'est d'ailleurs ce qu'a fait votre successeur, Olivier De Schutter, au cours d'une discussion dans le comité agricole de l'OMC, et dont le résultat a laissé peu de doutes quant à la position des pays en question. […]

« En espérant que ce rappel à quelques réalités politiques vous évitera à l'avenir des proclamations aussi mensongères, je vous prie de croire, mon cher Jean, etc. »

Je n'ai évidemment pas besoin qu'on me suggère de « consulter » les représentants des États du Sud. De par mes fonctions, je les fréquente quotidiennement. Certains sont mes amis.

Mais Lamy a raison sur un point : peu d'entre eux contestent ouvertement la stratégie de l'OMC en matière de commerce agricole. La raison en est évidente : nombre de gouvernements de l'hémisphère Sud dépendent, pour leur survie, des aides au développement, des capitaux et des crédits d'infrastructure des États occidentaux. Sans les versements réguliers du Fonds européen de développement (FED), par exemple, plusieurs gouvernements d'Afrique noire, des Caraïbes et d'Amérique centrale seraient incapables de payer les salaires de leurs ministres, de leurs fonctionnaires et de leurs soldats douze mois par an.

L'OMC est un club d'États dominateurs et riches. Cette réalité incite à la prudence.

Pascal Lamy évoque l'ouverture des marchés des pays industrialisés aux produits des paysans du Sud. Il y voit la preuve de la volonté de l'OMC de venir en aide aux agriculteurs du tiers-monde.

Mais cette preuve est inopérante : lors de la conférence ministérielle tenue à Cancún en 2003 devait être formalisé l'accord international sur l'agriculture prévoyant, entre autres, l'ouverture des marchés agricoles du Sud aux sociétés multinationales de l'alimentation du Nord en contrepartie de l'accession aux marchés du Nord de certains produits du Sud.

À Cancún, l'ambassadeur brésilien, Luiz Felipe de

Seixas Corrêa, organisa la résistance. Les pays du Sud refusèrent l'ouverture de leur marché aux sociétés transcontinentales privées et aux fonds d'États souverains étrangers.

Cancún fut un fiasco complet. Et, à ce jour, l'accord international sur l'agriculture – pièce centrale du cycle de négociations initié à Doha – n'est pas signé.

Car chacun sait bien, au Sud, qu'invoquer, comme le fait Lamy, l'ouverture des marchés agricoles du Nord aux produits du Sud relève de l'illusion[1].

Dans la philippique qu'il m'a adressée, Lamy parle de l'élimination des subsides à l'exportation payés par les États riches à leurs paysans. La Déclaration ministérielle de Hong-Kong dit, dans son paragraphe 6 : « Nous convenons d'assurer l'élimination parallèle de toutes les formes de subventions à l'exportation et des disciplines concernant toutes les mesures à l'exportation d'effet équivalent […]. On y procédera d'une manière progressive et parallèle. »

Le problème est que les négociations pour l'élimination des subsides à l'exportation n'ont jamais dépassé le stade des déclarations d'intention.

Les négociations en vue d'un accord international sur l'agriculture sont au point mort. Et les États riches continuent de subventionner massivement leurs paysans. Sur n'importe quel marché africain – à Dakar, Ouagadougou, Niamey ou Bamako –, la ménagère peut ainsi acheter des légumes, des fruits, des poulets de France, de Belgique, d'Allemagne, d'Espagne,

---

1. Une réserve cependant : pour les 50 pays les moins avancés, il existe des accès exceptionnels pour certains produits aux marchés du Nord.

de Grèce... à la moitié ou au tiers du prix du produit africain équivalent.

Quelques kilomètres plus loin, les cultivateurs Wolof, Bambara, Mossi, leurs femmes et leurs enfants s'épuisent douze heures par jour, sous un soleil brûlant, sans avoir la moindre chance de s'assurer du minimum vital.

Quant à Olivier De Schutter, mon excellent successeur, Lamy n'a sans doute pas lu le rapport qu'il a écrit après sa mission à l'OMC.

Ce rapport traite essentiellement de l'accord international sur l'agriculture que l'OMC ne parvient pas à conclure depuis l'échec de la conférence de Cancún en 2003. Or, Olivier De Schutter y critique sévèrement la stratégie de l'OMC. Il écrit ainsi : « Si nous souhaitons que le commerce soit propice au développement et qu'il contribue à la réalisation du droit à une alimentation suffisante, il faut reconnaître la spécificité des produits agricoles au lieu de les assimiler à une marchandise comme une autre[1]. »

La quasi-totalité des ONG et des syndicats paysans, mais aussi de nombreux États du Sud, demandent que l'accord sur le commerce des biens agricoles soit exclu de la compétence de l'OMC et donc du cycle de Doha[2].

La nourriture, disent-ils, doit être considérée comme un bien public.

Olivier De Schutter s'est rallié à cette position. Moi aussi.

---

1. Olivier De Schutter, « Mission auprès de l'Organisation mondiale du commerce », document ONU A/HRC/10/005/Add 2.
2. Cf. notamment « Note conceptuelle pour le Forum social mondial (FSM) de février 2011 » à Dakar, rédigée par le comité scientifique présidé par Samir Amin, ainsi que le document présenté par *Via Campesina* et adopté par l'assemblée plénière du FSM.

QUATRIÈME PARTIE

La ruine du PAM
et l'impuissance de la FAO

1

L'effroi d'un milliardaire

La FAO et le Programme alimentaire mondial (PAM) sont de grands et beaux héritages de Josué de Castro. Or, ces deux institutions sont menacées de ruine.

Elles sont nées, on s'en souvient, du formidable réveil qui saisit la conscience européenne au sortir de la nuit du fascisme : la FAO en 1945, le PAM en 1963.

Le PAM est moins somptueusement logé que la FAO. Son quartier général mondial est situé dans une assez triste banlieue de Rome, entre un cimetière, des terrains vagues et une usine de céramique. Pourtant, le PAM est l'organisation humanitaire la plus puissante du monde. Et aussi l'une des plus efficaces.

Sa tâche est l'aide humanitaire d'urgence.

En 2010, la liste des bénéficiaires du PAM comptait près de 90 millions d'hommes, de femmes et d'enfants affamés.

Le PAM emploie actuellement un peu plus de 10 000 personnes, dont 92 % se trouvent sur le terrain, auprès des victimes.

Au sein du système de l'ONU, il jouit d'une grande indépendance. Il est dirigé par un conseil d'administration composé des représentants de 36 États membres.

Les États-Unis fournissent environ 60 % des contributions au PAM. Pendant des décennies, les contributions américaines ont surtout été en nature : les États-Unis déversaient leurs énormes surplus agricoles au PAM. Aujourd'hui, les temps ont changé. Les surplus américains fondent à grande vitesse, notamment du fait de la fabrication à très large échelle d'agrocarburants, une activité soutenue par des milliards de dollars de subsides publics.

C'est ainsi que, depuis 2005, les contributions en nature fournies par le gouvernement de Washington au PAM ont chuté d'environ 80 %. Mais les États-Unis restent – et de loin – le premier contributeur du PAM en termes de versements monétaires.

L'apport européen est plus réduit : en 2006, la Grande-Bretagne a versé 835 millions de dollars, l'Allemagne 340 millions. La contribution française reste faible : 67 millions de dollars en 2005, 82 millions en 2006.

Pour réduire au minimum les frais de transport, mais aussi pour ne pas pénaliser les agriculteurs du Sud, le PAM s'efforce d'acheter les aliments dans les régions les plus proches des catastrophes.

En 2010, le PAM a acheté pour 1,5 milliard de dollars de nourriture.

En 2009-2010, l'aide a bénéficié en priorité à trois populations spécifiques : les victimes des inondations du Pakistan, de la sécheresse au Sahel et du tremblement de terre en Haïti.

Les denrées ont été achetées majoritairement en Éthiopie, au Vietnam et au Guatemala.

En 2010 également, des milliers de tonnes de maïs, de riz, de blé et des aliments spéciaux destinés aux enfants de moins de deux ans et aux femmes enceintes et allaitantes ont été achetés en Argentine, au Mexique, en Thaïlande, mais aussi en Europe (essentiellement la nourriture thérapeutique administrée par voie intra-veineuse).

Le 11 février 2011, lors d'une conférence de presse tenue à Rome, Josette Sheeran, alors directrice exécutive du PAM, a pu affirmer qu'en 2010, pour la première fois, le PAM avait effectué plus de 80 % de ses achats de nourriture dans des pays de l'hémisphère Sud.

Dans la première partie de ce livre, j'ai rappelé la claire distinction établie par l'ONU entre la faim structurelle, que la FAO a pour mission de combattre, et la faim conjoncturelle, que le PAM tente de réduire. Cette distinction demande à être nuancée ici.

Défini par l'Assemblée générale de l'ONU, le mandat du PAM est très précisément d'« éliminer la faim et la pauvreté dans le monde, en répondant aux besoins d'urgence et en appuyant le développement économique et social. Le PAM doit viser en particulier à réduire le taux de mortalité infantile, à améliorer la santé des femmes enceintes et à lutter contre les carences en micronutriments ». C'est ainsi qu'au-delà de l'aide alimentaire d'urgence, le PAM a assuré – jusqu'en 2009 – les repas scolaires de 22 millions d'enfants vivant dans les pays les plus pauvres.

Or, beaucoup de ces repas ont été récemment supprimés pour les raisons que je me propose d'aborder plus loin.

Le PAM s'est fait aussi le pionnier d'une méthode d'intervention appliquée dans son programme *Food for Work* (Nourriture contre travail). Les victimes qui sont en état de travailler sont engagées par le PAM dans la reconstruction des routes et des ponts détruits, la réhabilitation des sols, la remise en état des canaux d'irrigation, la reconstruction des silos, la réparation des écoles et des hôpitaux. En échange de leur travail, les pères et les mères de famille sont payés en nature : tant de jours de travail valent tant de sacs de riz.

En outre, tous les chantiers de « Nourriture contre travail » sont conçus par les populations elles-mêmes. Ce sont elles qui décident lesquels seront ouverts en priorité.

La première fois que j'ai vu à l'œuvre un tel chantier, c'était dans le Caucase du Sud, en Géorgie.

Ce magnifique et très ancien pays a été récemment déchiré par deux guerres civiles. Au lendemain du démantèlement de l'URSS, en 1992, deux régions géorgiennes séparatistes, l'Ossétie du Sud et l'Abkhazie, ont déclaré leur indépendance. Le gouvernement de Tbilissi a alors tenté de réduire les irrédentistes. Fuyant les combats, des réfugiés, par centaines de milliers, parmi lesquels les majorités géorgiennes peuplant ces régions, ont afflué en Géorgie. Or, dans le marasme consécutif à l'effondrement de l'économie soviétique, la Géorgie n'avait pas les moyens de les nourrir ni de les soigner. Le PAM s'en est chargé, le moins mal possible.

Les deux régions autonomes[1] étaient ravagées. Le PAM y a financé le débroussaillage et la réhabilitation des plantations de thé laissées à l'abandon par les paysans qui avaient fui les combats. En Géorgie, les paysans réfugiés ont été mis au travail par le PAM sur de grands chantiers et ont été payés non

1. En 2008, l'Ossétie du Sud et l'Abkhazie ont proclamé leur indépendance, aussitôt reconnue par la Fédération de Russie et quelques autres États alliés.

pas en argent, mais en sacs de riz, de farine et de lait en poudre.

Grâce au PAM, depuis deux décennies, des milliers de familles de persécutés, victimes des immenses « nettoyages » ethniques survenus au cours de ces guerres, ont retrouvé une alimentation presque normale.

Depuis lors, j'ai suivi ce même programme en action sur les plateaux arides de Makele, au Tigray, au nord de l'Éthiopie, où ne poussent dans la pierraille que quelques misérables tiges de teff, mais aussi dans la sierra de Jocotán, au Guatemala, ou encore dans la plaine de Selenge en Mongolie, en bordure de la vaste taïga sibérienne. Partout, j'ai été impressionné par l'ardeur avec laquelle des familles entières s'engageaient dans ce programme.

« Nourriture contre travail » transforme ces victimes en acteurs de leur avenir, restaure leur dignité, aide à reconstruire les sociétés mises à mal et, pour reprendre l'expression du PAM, « transforme la faim en espoir[1] ».

Le PAM mène également des combats diplomatiques exemplaires. Comme le CICR[2], il doute de l'efficacité des « corridors humanitaires », ces zones réputées « neutres » proposées par l'ONU pour mener d'un dépôt central de nourriture à des camps de personnes déplacées qu'il s'agit de secourir.

L'idée était pourtant séduisante : en pleine guerre, le corridor humanitaire ne garantit-il pas la libre circulation des camions de secours ? Mais il suggère aussi aux belligérants qu'en dehors de ce périmètre tout est per-

---

1. « *Turn hunger into hope* » (lu sur un panneau de chantier du PAM à Rajshahi, au Bangladesh).
2. Comité international de la Croix-Rouge.

mis, y compris l'empoisonnement des puits et des sols, l'abattage du bétail, l'incendie des récoltes, la dévastation des cultures – et cela, au mépris des Conventions de Genève et des autres normes internationales relatives à la protection des civils et de l'environnement en cas de guerre.

Au Soudan occidental, au nord du Kenya, au Pakistan occidental, en Afghanistan, en Somalie, des bandes armées ou des belligérants attaquent périodiquement les camions du PAM (comme tous ceux des autres organisations d'aide d'urgence). Les chargements sont pillés, les véhicules incendiés, les chauffeurs parfois assassinés. Tous les hommes et toutes les femmes engagés au service du PAM (du CICR, de l'ACF, d'Oxfam ou des autres ONG accomplissant un travail identique) méritent décidément un profond respect. Car ils mettent aussi leur vie en jeu à chaque voyage.

Le PAM est une organisation formidablement complexe. Elle gère sur les cinq continents des dépôts d'urgence. Lorsque les prix des aliments de base sont bas sur le marché mondial, le PAM constitue des milliers de tonnes de stocks de réserve.

Il possède en propre une flotte de 5 000 camions, avec des chauffeurs triés sur le volet.

Dans de nombreux pays, il est obligé de recourir à la sous-traitance, comme en Corée du Nord, par exemple, où l'armée détient le monopole (et par conséquent le contrôle) du transport. Dans d'autres pays, seuls les transporteurs locaux connaissent suffisamment les routes – parsemées d'embûches, de trous et de pistes de traverse – pour acheminer les secours à bon port. C'est notamment le cas en Afghanistan.

Le département du transport du PAM à Rome entretient aussi une flotte aérienne. Au Sud-Soudan, des centaines de milliers d'affamés sont inaccessibles par les pistes ou les voies fluviales. Les avions-cargos pratiquent alors le largage de caisses de nourriture, dont le contact au sol est amorti par des parachutes.

Cette flotte aérienne du PAM est célèbre à l'ONU. De nombreux départements font appel à elle, parce que ses avions sont réputés pour leur fiabilité et les talents acrobatiques de leurs pilotes. C'est ainsi qu'au Soudan occidental plusieurs dizaines de milliers de soldats et de policiers issus de pays membres de l'Union africaine (en particulier du Rwanda et du Nigeria) assurent tant bien que mal la sécurité des dix-sept camps de personnes déplacées des trois provinces du Darfour en flammes. Leur action est coordonnée par le *Department of Peace keeping Operation* (DPKO)[1] à New York. C'est par les avions du PAM que le DPKO fait transporter les soldats et les policiers africains vers le Darfour.

En Asie centrale et du Sud, en Amérique caraïbe, en Afrique orientale et centrale, j'ai suivi les interventions d'urgence du PAM. J'ai multiplié les rencontres avec ses dirigeants et les gens qui y travaillent, souvent d'une qualité humaine exceptionnelle.

Mon admiration pour le PAM s'enracine dans ces rencontres.

Daly Belgasmi est issu d'une tribu yéménite immigrée il y a des siècles en Tunisie centrale. Né à Sidi Bouzid[2], c'est un homme au tempérament volcanique,

---

1. Département pour les opérations de maintien de la paix.
2. Sidi Bouzid est la ville d'où est partie la révolution tunisienne, le 17 décembre 2010.

à la joie de vivre contagieuse, doué d'une détermination au combat remarquable. Nutritionniste de formation, haut dirigeant du PAM, il lutte depuis presque trente ans contre le monstre de la faim.

En 2002, il était directeur des opérations à Islamabad. La famine faisait rage au sud et au centre de l'Afghanistan. Des enfants, des femmes et des hommes y mouraient par milliers.

À cette époque, le haut-commandement américain a fait bombarder et incendier par deux fois le principal dépôt de nourriture du PAM à Kandahar. Un dépôt pourtant clairement marqué par le drapeau de l'ONU, et dûment signalé par Rome au quartier général de l'US Air Force installé dans ses cavernes du Colorado. Mais la région méridionale de l'Afghanistan, et notamment Kandahar, étant « infesté » de talibans, les généraux américains craignaient que cette nourriture ne tombât entre les mains de leurs ennemis.

La famine devenant de plus en plus meurtrière en Afghanistan, et le blocus alimentaire de fait imposé par les troupes américaines de plus en plus hermétique, Daly Belgasmi prit une décision : il rassembla à Peshawar une colonne d'une trentaine de camions « 27-tonnes » du PAM, surchargés de riz et de blé, de caisses de lait en poudre, de containers d'eau.

Au colonel américain qui était son contact habituel au quartier général opérationnel à Kaboul, il fit parvenir ce message : « Nos camions entreront en territoire afghan demain matin vers 7 heures, venant du Khyber Pass et prenant la route de Jalalabad. Prière d'informer le commandement opérationnel de l'aviation. Je demande, sur la route dont les coordonnées sont jointes et jusqu'à demain soir, à la tombée de la nuit, un arrêt total des bombardements. »

À l'aube du jour dit, Belgasmi donna le signal du départ. La réponse du colonel américain ne lui parvint qu'au-delà de Torkham Gate, alors que la colonne roulait déjà en territoire afghan.

L'Américain lui demandait d'annuler immédiatement le voyage.

Les camions du PAM continuèrent de descendre les virages sinueux du col vers Jalalabad.

Daly Belgasmi était assis dans la cabine du premier camion.

J'ai appris, des années plus tard, cet épisode de la bouche de Jean-Jacques Graisse, éminence grise et directeur exécutif adjoint du PAM.

Je lui dis : « Mais Daly aurait pu mourir ! »

En riant, Graisse me répondit : « Pire, s'il avait perdu un seul camion, nous l'aurions révoqué de son poste sur-le-champ ! »

En 2011, Daly Belgasmi est le directeur régional du PAM pour le Moyen-Orient et l'Afrique du Nord, avec siège au Caire. Comme un lion, il lutte presque chaque jour contre les officiers israéliens à Karni, point de passage des camions du PAM, à la frontière d'Israël et de Gaza. Chaque camion de secours qui passe et qui atteint les enfants, les femmes et les hommes sous-alimentés de Gaza constitue pour lui une victoire personnelle.

Un autre personnage étonnant, rencontré au PAM, est Jim Morris. Figure totalement atypique de l'Américain… tel que nous les aimons. Grand, cheveux blancs, massif, ce géant sympathique, natif du Middle West, a été parachuté à la direction exécutive du PAM par son ami de longue date, le président George W. Bush.

Milliardaire, James T. Morris possède des entreprises prospères à Indianapolis. Il a exercé des mandats publics, œuvré dans des fonds de bienfaisance et a été un contributeur considérable de la campagne présidentielle de George W. Bush. La Maison-Blanche se devait de lui trouver un point de chute.

Devenir ministre ? Morris ne le souhaitait pas, il voulait voyager. Ambassadeur ? Pas assez important à son goût. Restait la direction d'une grande organisation internationale. Ce fut le PAM.

Paisible grand-père, plein de curiosité et d'une farouche volonté de bien faire, Morris débarqua à Rome comme sur la lune. Il ignorait absolument tout de la faim dans le monde et de la lutte menée par le PAM.

À peine nommé, Morris fit le tour du monde. Il visita chacun des 80 pays où le PAM est actif.

Il visita des dizaines de chantiers du programme « Nourriture contre travail » et des centaines de centres nutritionnels urgents où les enfants sont traités par sondes intraveineuses et ramenés – pour beaucoup – lentement à la vie. Il visita les écoles et les cuisines des repas scolaires, il étudia les chiffres des victimes. Il vit les enfants à l'agonie, les mères désespérées, les pères au regard vide.

Il fut saisi d'effroi.

Je me souviens d'une de ses expressions les plus récurrentes : « *This can not be…* » (Cela est intolérable).

Mobilisant sa formidable énergie, servie par sa vaste expérience d'homme d'affaires qui a bâti un empire, il se jeta dans le travail.

Morris est un chrétien de confession épiscopalienne.

Au beau milieu de certains de ses récits, j'ai aperçu des larmes dans ses yeux.

Je relis certaines des lettres qu'il m'a adressées et qui résument parfaitement ses motivations : « Cher Monsieur Ziegler, Merci pour tout le bien que vous faites. J'apprécie votre engagement en faveur des pauvres et des affamés du monde [...]. Tellement de gens ont besoin de nous, c'est si triste, surtout pour les tout-petits. Bonne chance. Jim. »

Et cette autre : « Chacun de nous doit faire tout ce qu'il peut pour les autres, chaque jour, qu'ils soient près ou plus éloignés de nous. Tout ce que je sais, c'est que la chose qui nous unit est notre humanité [...]. Impossible de comprendre le grand mystère de la vie [...]. Tant de choses devraient être faites, si peu d'efforts aboutissent. »

Une relation amicale, aux conséquences politiques plutôt cocasses, s'est ainsi installée entre nous.

C'est Jean-Jacques Graisse qui nous avait présentés l'un à l'autre lors d'un déjeuner au restaurant *Port-Gitana*, à Bellevue, au bord du lac, près de Genève. Morris m'avait alors invité comme *special guest* à la conférence quadriennale du PAM, en juin 2004, à Dublin. Tous les quatre ans, le PAM réunit en effet tous ses directeurs et directrices régionaux pour une discussion sur les stratégies proposées par l'organisation.

Le temps de Josué de Castro était révolu depuis des décennies, et plus personne au PAM (ou à la FAO) ne se souvenait du droit à l'alimentation. Au sein du système des Nations unies, les droits de l'homme étaient l'affaire du Conseil des droits de l'homme, pas celle des organisations spécialisées. Le PAM se considérait lui-même comme une organisation d'aide humanitaire, un point c'est tout.

À Dublin, je plaidai pour une approche normative, et donc pour des changements économiques et sociaux structurels. Belgasmi, Graisse et Morris me soutinrent.

Le 10 juin, dernier jour de la conférence, Morris fit voter une résolution stipulant qu'à partir de ce jour la réalisation du droit à l'alimentation constituait le but stratégique du PAM[1].

Au même moment, je l'ai raconté, au Conseil des droits de l'homme, à Genève, et à la IIIe commission de l'Assemblée générale de l'ONU à New York où, deux fois par an, je présentais mes rapports et formulais mes recommandations, les différents ambassadeurs et ambassadrices américains continuaient à m'attaquer avec virulence. Ils niaient l'existence même d'un quelconque droit humain à l'alimentation.

Mobilisant toute son énergie et son habileté diplomatique, Morris, à l'opposé, défendait désormais ce droit. Or, en tant que directeur exécutif du PAM, il était régulièrement invité devant le Conseil de sécurité pour rapporter sur la situation alimentaire dans le monde.

Par deux fois, lors de ses interventions, il me cita en ces termes : « Mon ami Jean Ziegler, dont je ne partage aucune des opinions politiques [...] »

Cette situation de fait perturbait particulièrement l'ambassadeur Warren W. Tichenor, envoyé spécial de George W. Bush à Genève. Bientôt, il n'osa plus venir au Conseil des droits de l'homme. Il y dépêcha son

---

1. L'intitulé anglais de la résolution est parlant : [Resolution] « *on the rights based approach to hunger* » / [Résolution] « sur l'approche normative de la faim ».

adjoint, un sinistre Italo-Américain du nom de Mark Storella, qui, bien entendu, continua à m'attaquer. Aux yeux des diplomates de la mission américaine à Genève – comme à ceux de leurs collègues de New York –, je demeurais le cryptocommuniste abusant de son mandat onusien qu'ils prétendaient avoir démasqué : « Vous avez un plan caché ! » « Vous êtes engagé dans une croisade secrète contre la politique de notre président ! » Combien de fois n'ai-je entendu ces reproches idiots ?

À plusieurs reprises, ils ont demandé ma révocation. Mais l'amitié du secrétaire général de l'ONU Kofi Annan et le savoir-faire diplomatique du haut-commissaire pour les droits de l'homme Sergio Vieira de Mello auront en définitive sauvé mon mandat. Mais la dernière fois, de justesse…

Pour l'ambassadeur Tichenor, Jim Morris était hors d'atteinte. Poids lourd du Parti républicain, homme d'affaires libre de toute attache avec l'administration, Jim Morris pouvait décrocher à n'importe quel moment son téléphone pour appeler la Maison-Blanche. J'ignore s'il a jamais parlé du droit à l'alimentation à son ami George W. Bush.

À bout de forces, épuisé, Jim Morris a quitté Rome au printemps 2007[1].

---

1. Il est aujourd'hui président-directeur général de *IWC Resources Corporation* et d'*Indianapolis Water Company*, qui approvisionnent sa ville en eau. Il est par ailleurs propriétaire d'une des équipes de basketball les plus prestigieuses des USA, les « Indiana Pacers ».

2

La grande victoire des prédateurs

Durant toutes mes années de rapporteur spécial pour le droit à l'alimentation, mes plus beaux moments – les plus intenses et les plus émouvants –, je les ai vécus dans les cantines et les cuisines scolaires d'Éthiopie, du Bangladesh, de Mongolie…

Là, je me sentais fier d'être un homme.

La nourriture variait selon les pays. Le repas était préparé avec les produits locaux : manioc, teff et mil en Afrique ; riz, sauces et poulets en Asie ; quinoa et patates douces sur les hauts plateaux andins. Sur tous les continents, les repas du PAM comportaient des légumes. Toujours des fruits locaux en dessert : des mangues, des dattes, des raisins, selon les pays.

Un repas quotidien dispensé à la cantine scolaire pouvait inciter les parents à envoyer leurs enfants à l'école et à les y maintenir. Ce repas favorisait évidemment l'apprentissage et permettait aux enfants de se concentrer sur leurs études.

Avec seulement 25 centimes de dollar, le PAM pouvait remplir un bol de bouillie, de riz ou de légumineuses, et confier aux écoliers une ration mensuelle à rapporter à la maison.

50 dollars suffisaient pour nourrir un enfant à l'école pendant une année.

Dans la plupart des cas, les enfants recevaient à l'école un petit déjeuner et/ou un déjeuner. Ces repas étaient préparés à l'école même, par la communauté ou dans des cuisines centrales. Certains programmes de cantine scolaire offraient des repas complets, quand d'autres fournissaient des biscuits à haute teneur énergétique ou des en-cas. Les fameuses rations à rapporter à la maison complétaient les programmes des cantines. Grâce à ce dispositif, des familles entières recevaient des vivres quand leurs enfants allaient à l'école. La distribution des rations dépendait de l'inscription scolaire et de l'assiduité des enfants à l'école.

Dans la mesure du possible, les aliments étaient achetés sur place. Cette approche profitait aux petits exploitants agricoles.

Les repas distribués à la cantine étaient, en outre, fortifiés en micronutriments.

Ainsi, en dispensant une nourriture vitale dans les régions les plus pauvres, l'alimentation scolaire parvenait parfois à briser le cycle de la faim, de la pauvreté et de l'exploitation infantile.

L'alimentation scolaire était aussi distribuée aux enfants atteints du sida, aux orphelins, aux enfants handicapés et aux enfants-soldats démobilisés.

Avant 2009, le PAM fournissait ainsi des repas scolaires à 22 millions d'enfants en moyenne – dont environ la moitié de filles –, dans 70 pays et pour une valeur totale de 460 millions de dollars. En 2008, le PAM fournissait des rations à emporter à la maison à 2,7 millions de filles et 1,6 million de garçons. Le PAM nourrissait aussi 730 000 enfants fréquentant l'école maternelle dans 15 pays : en Haïti, en République centrafricaine, en Guinée, en Guinée-Bissau, au Sierra Leone, au Sénégal, au Bénin, au Liberia, au Ghana, au Kenya, au Mozambique, au Pakistan, au Tadjikistan et dans les territoires palestiniens occupés.

Un jour, dans une école de Jessore, au Bangladesh, j'ai aperçu, tout au fond de la classe, un garçon d'environ sept ans qui gardait devant lui, sur son pupitre, son assiette de porridge et de haricots sans y toucher. Il se tenait immobile, la tête baissée. J'interrogeai S. M. Mushid, le directeur régional du PAM.

Il me fit une réponse évasive. Il était manifestement gêné. Finalement, il lâcha :

« Il y a toujours des problèmes... Ici, à Jessore, nous n'avons pas les moyens de donner aux élèves des rations familiales qu'ils pourraient ramener chez eux. Alors le petit refuse de manger... Il veut apporter son repas à sa famille. »

Je m'étonnai :

« Mais pourquoi ne le laissez-vous pas faire ?... C'est qu'il aime sa famille ! »

Mushid :

« Le petit a faim. Il faut qu'il mange. Le règlement ne permet pas le transfert de nourriture hors de l'école. »

Ce problème se pose de manière récurrente partout où le PAM entretient des cantines scolaires. Là où son budget (et celui des ONG qui l'aident) ne permet pas de fournir aux élèves des repas supplémentaires à rapporter à leur famille restée à la maison, des règles strictes sont appliquées.

Au Sidamo, au sud de l'Éthiopie, par exemple, l'instituteur ou l'institutrice ferme la cantine à clé dès que le repas est servi, afin de forcer les élèves à manger sur place. Lorsque les enfants sortent de la cantine et se dirigent vers les robinets d'eau alignés dans le préau pour se brosser les dents et se laver les mains, l'enseignant rentre pour vérifier que tous les repas ont été mangés et qu'il ne reste pas, cachées sous les pupitres, d'assiettes pleines ou à moitié pleines…

L'amour familial habite ces petits. Manger, tandis que les leurs, à la maison, ont faim, provoque en eux un conflit de loyauté, de solidarité. Alors certains préfèrent jeûner, rongés par la faim, que de manger, rongés par le remord…

Mais, pour de tragiques raisons, ce problème-là ne se pose plus guère.

En effet, le 22 octobre 2008, les 17 chefs d'État et de gouvernement des pays de la zone euro se sont réunis au palais de l'Élysée à Paris. À 18 heures, Angela Merkel et Nicolas Sarkozy se sont présentés sur le perron, devant la presse. Aux journalistes, ils ont déclaré : « Nous venons de libérer 1 700 milliards de dollars pour remobiliser le crédit interbancaire et pour augmenter le plancher d'autofinancement des banques de 3 à 5 %. »

Avant la fin l'année 2008, les subsides des pays de la zone euro à l'aide alimentaire d'urgence chutèrent de près de la moitié. Le budget ordinaire du PAM était d'environ 6 milliards de dollars. Il tomba en 2009 à 3,2 milliards.

Le PAM dut suspendre les repas scolaires dans de nombreux pays, et notamment au Bangladesh.

Près de 1 million de petites filles et de garçons bangladeshis sont désormais privés de ces repas. Je reviendrai plus tard sur ma mission au Bangladesh, en 2005. J'ai alors visité beaucoup d'écoles à Dacca, Chittagong et ailleurs. Il était évident que ces petits gosses aux grands yeux noirs, au corps si frêle, recevaient à leur école le seul repas consistant de la journée.

Je me souviens aussi d'une séance de plusieurs heures dans le bureau du ministre de l'Éducation à Dacca. Mes collaborateurs et moi, soutenus par le représentant local du PNUD, luttions pied à pied pour que les écoles bangladeshies ne soient plus fermées durant les grandes vacances ; en d'autres termes : pour que les enfants aient accès au repas douze mois par an. Le ministre refusa.

La question aujourd'hui est caduque. Puisque le PAM a désormais suspendu la plupart de ses repas scolaires.

Pour 2011, le PAM évalue ses besoins incompressibles à 7 milliards de dollars. Jusqu'au début décembre 2010, il avait reçu 2,7 milliards. Cette chute des revenus a eu des conséquences dramatiques.

J'ai observé de près le cas du Bangladesh.

En 2009, dans ce pays particulièrement peuplé, pauvre et exposé aux aléas du climat, 8 millions d'hommes, de femmes et d'enfants ont perdu tout revenu et se sont retrouvés, selon les termes mêmes du PAM, « au seuil de la destruction par la faim » (*on the edge of starvation*). Par l'addition de deux catastrophes : des terres dévastées par une mousson d'une extrême violence et la fermeture d'un grand nombre d'usines de textile touchées de plein fouet par la crise financière mondiale.

La direction Asie du PAM demanda cette année-là, pour aider le Bangladesh, 257 millions de dollars. Elle reçut 76 millions.

La situation fut encore pire en 2010 : la direction Asie ne reçut, pour le Bangladesh, que 60 millions de dollars. Pour 2011, elle s'attend à un effondrement encore plus marqué des subsides versés par les États donateurs – et donc à un nombre encore plus grand de personnes condamnées à mourir de faim.

Dans d'autres régions du monde, la situation est tout aussi tragique.

Le 31 juillet 2011, l'ONU a publié le communiqué suivant : « 12,4 millions de personnes sont menacées de faim dans la Corne de l'Afrique. Cette région de l'est du continent regroupe cinq pays, dont l'Éthiopie et la Somalie sont les plus touchés par la famine [...]. 1,2 million d'enfants sont menacés dans le sud de la Somalie. Très affaiblis, ils risquent de mourir parce qu'ils manquent de force pour combattre la maladie. »

Le PAM a demandé 1,6 milliard d'euros. Il en a reçu moins du tiers.

Dans le camp de Dadaab, sur sol kenyan, 450 000 personnes se pressent. Des centaines de milliers d'autres tentent de rejoindre les camps établis par l'ONU en Ogaden. Chaque jour, des milliers de familles nouvelles débouchent de la brume matinale, après des marches de cent, parfois cent cinquante kilomètres. À Dadaab, le temps d'enregistrement est d'environ quarante jours. Faute de fonctionnaires disponibles. Les aliments composés enrichis (barres de nourriture compressée, biscuits fortifiés[1]), les ampoules thérapeutiques manquent.

---

1. Il s'agit de mélanges de céréales, soja, haricots et autres légumineuses, graines oléagineuses et lait en poudre, enrichis de minéraux et de vitamines. Ces aliments, spécialement conçus par le PAM, se mélangent à l'eau et sont consommés comme du porridge.

Un grand nombre d'enfants agonisent dans les camps ou dans les environs immédiats.

Pendant des journées et des nuits, souvent des semaines, les familles ayant quitté leurs villages ravagés par la sécheresse marchent dans une chaleur écrasante, enveloppées par la poussière de la steppe, pour rejoindre un camp. Beaucoup meurent en chemin. Des mères doivent laisser derrière elles les enfants les plus faibles. Au bord des pistes, dans les camps, sous les abris improvisés à leurs alentours, des dizaines des milliers d'êtres humains sont déjà morts de faim.

Au début du mois d'août 2011, l'UNICEF évaluait à 570 000 les enfants en dessous de dix ans souffrant de sous-alimentation extrême et risquant une mort imminente.

L'appel de l'UNICEF du 18 août 2011 rend également attentif à l'invalidité guettant, selon ses calculs, quelque 2,2 millions d'enfants qui survivront, mais subiront à vie les séquelles de la sous-alimentation. Rappelons qu'un enfant privé de nourriture adéquate entre 0 et 2 ans, période de développement crucial des cellules du cerveau, reste mutilé à vie.

Il serait évidemment injuste de faire un quelconque reproche à Mme Merkel, à M. Sarkozy, à M. Zapatero ou à M. Berlusconi, comme aux autres chefs d'État et de gouvernement associés à la décision prise en 2008 de verser 1 700 milliards d'euros à leurs banques, au détriment des subsides destinés au PAM[1].

Mme Merkel et M. Sarkozy ont été élus pour sou-

1. Cf. « When feeding the hungry is political », *The Economist*, 20 mars 2010.

tenir, et au besoin remettre en ordre, les économies allemande et française. Ils n'ont pas été élus pour combattre la faim dans le monde. De toute façon, les enfants mutilés de Chittagong, Oulan-Bator et Tegucigalpa ne votent pas. Ils ne meurent pas non plus sur l'avenue des Champs-Élysées à Paris, sur la Kurfürstendamm à Berlin ou sur la Plaza de Armas à Madrid.

Les vrais responsables de cette situation, ce sont les spéculateurs – gestionnaires des *Hedge Funds*, grands banquiers distingués et autres prédateurs du capital financier globalisé – qui, par obsession du profit et du gain personnel, cynisme aussi, ont ruiné le système financier mondial et détruit pour des centaines milliards d'euros de biens patrimoniaux.

Ces prédateurs devraient être traduits devant un tribunal pour crimes contre l'humanité. Mais leur pouvoir est tel – et telle est la faiblesse des États – qu'ils ne risquent évidemment rien.

Bien au contraire : depuis 2009, ils ont renoué, comme si de rien n'était, presque joyeusement avec leur pratique malfaisante, à peine entravés par quelques timides normes nouvelles édictées par le Comité de Bâle, cette instance coordinatrice des banques centrales des pays riches : plancher d'autofinancement, surveillance légèrement accrue des produits dérivés, etc. Le comité de Bâle n'a pris aucune décision concernant les rémunérations et boni des banquiers. Ainsi Brady Dougan, président du directoire du Crédit suisse, a-t-il touché en 2010 à titre de bonus personnel la modeste somme de 71 millions de francs suisses (65 millions d'euros).

3

La nouvelle sélection

Dans le bâtiment vétuste du PAM à Rome se trouvent deux salles où se décide quotidiennement le destin – ou, plus concrètement, la vie ou la mort – de centaines de milliers de personnes.

La première de ces salles, la « salle de situation » (*situation room*) abrite la banque de données de l'organisation.

La principale force du PAM réside dans sa capacité à réagir au plus vite aux catastrophes et de mobiliser dans un laps de temps minimal les navires, camions et avions chargés d'apporter aux victimes la nourriture et l'eau indispensables à leur survie. Le temps de réaction moyen du PAM est d'environ quarante-huit heures.

Les murs de la « salle de situation » sont tapissés d'immenses cartes géographiques et d'écrans. Sur les tables, longues et noires, s'entassent des cartes météorologiques, des images satellites, etc.

Toutes les récoltes, partout dans le monde, y sont surveillées au jour le jour. Les mouvements des criquets, les tarifs du fret maritime, les cours du riz, du maïs, de l'huile de palme, du mil, du blé, de l'orge au *Chicago Commodity Stock Exchange* et aux autres bourses de matières premières agricoles du monde, ainsi que quantité d'autres variables économiques sont constamment scrutés, examinés, analysés.

Entre le Vietnam et le port de Dakar, par exemple, le riz reste six semaines en mer. L'évolution des frais de transport joue un rôle crucial. Les variations prévisibles du prix du baril de pétrole constituent un autre élément dont l'évolution est suivie avec attention par les économistes et spécialistes des assurances et des transports qui occupent la « salle de situation » du PAM.

Ces spécialistes sont d'une très grande efficacité, prêts à livrer toutes les informations nécessaires à la moindre alerte.

L'autre salle stratégique du quartier général du PAM à Rome, bien que moins impressionnante à première vue, et moins animée d'experts en tous genres, est celle de la *Vulnerability Analysis and Mapping Unit* (VAM). Elle est actuellement dirigée par une femme énergique, Joyce Luma. C'est de là que partent des enquêtes minutieuses qui, sur les cinq continents, identifient les groupes vulnérables.

Joyce Luma est, en quelque sorte, chargée d'établir la hiérarchie de la misère.

Elle travaille avec toutes les autres organisations de l'ONU, les ONG, les Églises, les ministères de la Santé et des Affaires sociales des États, et surtout avec les directeurs régionaux et locaux du PAM.

Au Cambodge, au Pérou, au Bangladesh, au Malawi, au Tchad, au Sri Lanka, au Nicaragua, au Pakistan, au Laos, etc., elle sous-traite à des ONG locales les enquêtes de terrain. Munis de questionnaires détaillés, les enquêteurs (plus souvent des enquêtrices) vont de village en village, de bidonville en bidonville, de hameau en hameau, interrogeant les chefs de famille, les personnes isolées, les mères célibataires sur leur revenu, leur emploi, leur situation alimentaire, les maladies ravageant le foyer, les carences en eau, etc.

Généralement, les questionnaires comportent entre 30 et 50 questions, toutes élaborées à Rome.

Une fois remplis, les questionnaires reviennent à Rome et sont exploités par Joyce Luma et son équipe.

Elie Wiesel est certainement l'un des plus grands écrivains de notre temps. Il est lui-même un survivant des camps d'Auschwitz-Birkenau et de Buchenwald. Il a mis en évidence avec une particulière clarté la contradiction presque insurmontable affectant tout discours sur les camps d'extermination. D'un côté, les camps nazis relèvent d'un crime si monstrueux qu'aucune parole humaine n'est réellement capable de l'exprimer : parler d'Auschwitz, c'est banaliser l'indicible. Mais, d'un autre côté, s'impose le devoir de mémoire : tout, même le crime le plus monstrueux, peut à tout moment se reproduire. Il faut donc en parler, avertir, alerter du danger de rechute les générations qui n'ont pas connu l'indicible.

Au cœur de l'horreur nazie, il y a eu la sélection. La rampe d'Auschwitz était le lieu où, en un clin d'œil, se décidait le destin de chaque nouvel arrivant : à gauche ceux qui allaient mourir, à droite ceux qui, pour un temps incertain, jouiraient de la survie.

La sélection est également au cœur du travail de Joyce Luma. Comme les moyens du PAM se sont effondrés et que la nourriture disponible est désormais insuffisante pour répondre aux millions de mains qui se tendent, il faut bien choisir.

Joyce Luma tente d'être juste. Par tous les moyens techniques à la disposition de la plus grande organisation humanitaire du monde, elle s'efforce d'identifier, dans chacun des pays ravagés par la faim, les personnes les plus affligées, les plus vulnérables, les plus immédiatement en danger d'anéantissement. Resteront en rade les personnes et les groupes de personnes qui, par malchance, ne relèvent pas de la catégorie des « extrêmement vulnérables », mais n'en appartiennent pas moins à des populations menacées de sous-alimentation grave – et donc de mort prochaine, quoique différée.

Joyce Luma, cette femme rayonnante d'humanité et de compassion, décide de qui va vivre et de qui va mourir. Elle aussi pratique la sélection, même si elle le fait, et cela interdit toute comparaison avec l'horreur nazie, au nom d'une nécessité objective imposée au PAM.

4

Jalil Jilani et ses enfants

Le Bangladesh est un immense delta verdoyant de 143 000 kilomètres carrés, peuplé de 160 millions d'habitants. C'est le pays le plus densément peuplé de la planète. Discrets, souriants, constamment en mouvement, les Bangladeshis sont partout. Avant ma première mission, Ali Tufik Ali, le subtil ambassadeur du Bangladesh à Genève, me dit : « Vous ne serez jamais seul, vous verrez des gens partout. »

Et de fait, où que je sois allé, du nord au sud, à Jessore ou à Jamalpur, ou dans les marais de mangrove sur le golfe du Bengale, partout je me suis trouvé entouré d'hommes, de femmes et d'enfants souriants, aux habits élimés impeccablement propres et repassés.

Mais le Bangladesh est aussi l'un des pays les plus corrompus du monde. Durant toute la durée de mon mandat de rapporteur spécial, je n'ai subi qu'une seule tentative de corruption, à Dacca, précisément, en 2005. Accompagné de Christophe Golay et de mes collaboratrices, Sally-Anne Way et Dutima Bagwali, deux jeunes femmes brillantes et élégantes, j'étais assis face au ministre des Affaires étrangères et de son secrétaire parlementaire dans le salon d'honneur du ministère.

Depuis au moins une heure, j'essayais de faire parler le ministre, un gros homme aux yeux malins, tout en sueur malgré le ventilateur accroché au plafond, lui-même un des principaux barons du textile du pays, au sujet des immenses élevages de crevettes que des entreprises multinationales indiennes avaient été autorisées à installer dans les marais de mangrove en lisière du golfe.

Des pêcheurs s'étaient plaints à moi. Leurs pêcheries artisanales étaient ruinées, expliquaient-ils. Les élevages de crevettes indiens leur barraient l'accès à la côte sur des centaines de kilomètres.

J'étais confronté à une violation évidente du droit à l'alimentation des pêcheurs bangladeshis du fait de leur propre gouvernement. Je voulais obtenir du ministre une copie des contrats signés entre son gouvernement et les multinationales indiennes impliquées.

Je butai sur un mur de refus. Au lieu de répondre à mes questions, le ministre s'obstinait à faire – bien maladroitement – du charme à mes deux jeunes et jolies collègues, ce qui, à l'évidence, les exaspérait l'une et l'autre.

Tout à coup, devant son secrétaire parlementaire, le ministre eut un sourire mielleux. « Ma société offre à ses clients internationaux, périodiquement, des conférences de haut niveau. J'invite des savants, des universitaires du monde entier, surtout venus des États-Unis et d'Europe. Nos clients apprécient. Nos conférenciers aussi. Nous payons des honoraires appréciables… Avez-vous une plage libre dans votre agenda ? Je serais heureux de vous y inviter. »

Jeune Guyanaise au tempérament volcanique, Dutima s'était déjà levée. Sally-Anne et Christophe, eux aussi, s'apprêtaient à claquer la porte.

Je les retins.

Le secrétaire parlementaire souriait dévotement.

Le ministre ne comprit pas pourquoi, d'une façon aussi abrupte, je mis fin à notre entretien et pris congé.

Dacca… La chaleur humide collait les vêtements au corps.[1] J'avais retrouvé au ministère de la Coopération le secrétaire d'État Waliur Rahman. Jeune étudiant, il avait été l'envoyé de Mujibur Rahman à Genève en 1971, durant la guerre de libération du Bangladesh (alors Pakistan oriental) contre les forces armées de l'occupant pakistanais.

Muammar Murshid et Rane Saravanamuttu, du bureau local du PAM, s'étaient joints à Waliur et à moi pour la visite du bidonville de Golshan. 800 000 personnes y sont parquées dans des cabanes et des baraquements de tôle et de planches au bord du fleuve boueux.

Tous les peuples de l'immense « pays des mille fleuves », comme les Bangladeshis appellent leur splendide patrie, y sont assemblés : des milliers de familles réfugiées de Jamalpur où la mousson avait, un an auparavant, fait plus de 12 000 morts ; des familles Shaotal, Dhangor, Oxão, issues des forêts de mangrove ; des ressortissants de « tribus » animistes, la population la plus démunie, la plus méprisée par les musulmans.

À Golshan vivent aussi des centaines de milliers de sous-prolétaires urbains, chômeurs permanents ou récemment licenciés des gigantesques usines de sous-traitance de textile.

Toutes les religions se mêlent dans le bidonville : les musulmans, largement dominants, les hindous du

1. Dacca compte aujourd'hui 15 millions d'habitants contre 500 000 en 1950.

Nord, les catholiques, nombre de tribus naguère animistes ayant été converties par les missionnaires européens durant la colonisation.

Je demandai à visiter quelques baraquements. Waliur
appela la déléguée municipale, responsable du quartier.

Peu de baraquements possèdent des portes. Un simple
rideau coloré garde l'entrée. La déléguée souleva un
rideau.

Dans l'espace faiblement éclairé par une bougie, je
découvris, assis sur l'unique lit, une jeune femme au
sari usé et quatre enfants mineurs. Ils étaient maigres,
blêmes. Leurs grands yeux noirs nous fixaient. Ils ne
parlaient pas, ne bougeaient pas. Seule la jeune mère
esquissa un timide sourire.

Elle s'appelait Jalil Jilani. Ses enfants avaient deux,
quatre, cinq et six ans. Deux filles, deux garçons. Son
mari – un conducteur de rikshaw – était mort quelques
mois auparavant, de la tuberculose.

Le Bangladesh est l'un des principaux pays d'Asie
du Sud et du Sud-Est où les sociétés multinationales
du textile occidentales font fabriquer, surtout par des
femmes – dans des zones dites de « libre-production » –,
leurs blue-jeans, chemises de sport, costumes, etc. Les
coûts de production sont imbattables. Les usines de
sous-traitance appartiennent la plupart du temps à des
Sud-Coréens ou à des Taïwanais.

Les zones de libre-production occupent presque toute
la banlieue sud de Dacca, où rivalisent d'immenses
bâtisses de béton de sept à dix étages.

Aucun règlement d'hygiène, aucune loi salariale
n'y sont appliqués. Les syndicats y sont interdits.
L'embauche et le licenciement se font au gré des

fluctuations des commandes venues de New York, de Londres, de Hong-Kong ou de Paris.

Jalil avait été employée comme couturière par l'entreprise Spectrum Sweater, à Savar, près de Dacca. Plus de 5 000 personnes, dont 90 % de femmes, y coupaient, cousaient, emballaient des t-shirts, des pantalons de sport, des jeans pour le compte des grandes enseignes américaines, européennes et australiennes.

Le salaire mensuel légal en milieu urbain est de 930 takas. Spectrum Sweater payait ses ouvriers et ouvrières 700 takas par mois, soit 12 euros[1].

La *Clean-Close Campaign*, ou campagne lancée en faveur du travail textile effectué dans des conditions convenables, à l'initiative d'une coalition d'ONG suisses, a fait ce calcul : un blue-jean de Spectrum Sweater est vendu à Genève pour 66 francs suisses, soit environ 57 euros. De cette somme, la couturière reçoit environ 25 centimes d'euros[2].

Dans la nuit du dimanche 10 au lundi 11 avril 2005, le bâtiment de neuf étages en béton armé de Spectrum Sweater s'était effondré. En cause : des défauts de construction et l'absence d'entretien et de contrôle[3].

Mais dans les zones de libre-production, les usines tournent vingt-quatre heures sur vingt-quatre. Du coup, au moment de la catastrophe, tous les postes de travail étaient occupés. Le bâtiment avait entraîné dans sa chute et enseveli sous ses décombres des centaines d'ouvrières et d'ouvriers.

Le gouvernement avait refusé de donner le chiffre

1. Au taux de change de 2005.
2. Aux taux de change de 2005.
3. Bulletin de l'ONG Déclaration de Berne, Berne, n° 3, 2005.

exact des victimes. Spectrum Sweater, de son côté, avait licencié l'ensemble des survivants. Sans verser aucune indemnité.

L'extrême sous-alimentation de Jalil Jilani et de ses enfants sautait aux yeux.

Je me tournai vers Muammar Murshid. Il secoua la tête. Non, la jeune mère et ses enfants n'étaient pas sur la liste des bénéficiaires du PAM.

La raison ? Elle était sans appel : Jalil avait été licenciée en avril.

Murshid était désolé. Il était le représentant du PAM au Bangladesh. Il devait appliquer les directives de Rome. Jalil Jilani avait eu un travail régulier pendant plus de trois mois durant l'année en cours, ce qui l'excluait *de facto* de la liste des bénéficiaires du PAM.

Dans la comptabilité de la misère tenue par Joyce Luma à Rome, Jalil Jilani et ses quatre enfants rongés par la faim étaient donc sortis de la catégorie des ayants droit.

Murshid murmura un rapide « Adieu », en bengali. Je laissai tous les *takas* que j'avais sur moi sur le bord du lit.

Waliur laissa retomber le rideau.

5

La défaite de Diouf

La FAO est somptueusement logée. Entouré de jardins odorants et de pins parasols, son palais, Viale delle Terme di Caracalla, avait abrité autrefois le ministère des Colonies de Benito Mussolini. Jusqu'à récemment, une rareté avait orné la place en face du palais : l'obélisque d'Axum rendu à l'Éthiopie en 2005.

Fondée, on s'en souvient, sous l'impulsion de Josué de Castro et de ses amis, en octobre 1945, la FAO avait reçu un mandat ambitieux. Je cite l'article n° 1 de l'Acte constitutif :

1. L'Organisation réunit, analyse, interprète et diffuse tous renseignements relatifs à la nutrition, l'alimentation et l'agriculture. Dans le présent acte, le terme « agriculture » englobe les pêches, les produits de la mer, les forêts et les produits bruts de l'exploitation forestière.

2. L'Organisation encourage et, au besoin, recommande toute action de caractère national et international intéressant :

la recherche scientifique, technologique, sociale et économique en matière de nutrition, d'alimentation et d'agriculture ;

l'amélioration de l'enseignement et de l'administration en matière de nutrition, d'alimentation et d'agriculture, ainsi que la vulgarisation des connaissances théoriques et pratiques relatives à la nutrition et à l'agriculture ;

la conservation des ressources naturelles et l'adoption de méthodes améliorées de production agricole ;

l'amélioration des techniques de transformation, de commercialisation et de distribution des produits alimentaires et agricoles ;

l'institution de systèmes satisfaisants de crédit agricole sur le plan national et international ;

l'adoption d'une politique internationale en ce qui concerne les accords sur les produits agricoles.

Dans le vaste hall d'entrée du palais romain, paré de marbre blanc, le sigle de la FAO est fixé sur le mur de droite. Au-dessous d'un épi de blé sur fond bleu, il porte cette devise : « *Fiat panis* » (Qu'il y ait du pain [sous-entendu : pour tous]).

191 États sont membres de la FAO.

Quelle est aujourd'hui la situation de la FAO ?

La politique agricole mondiale, en particulier la question de la sécurité alimentaire, est déterminée par la Banque mondiale, le FMI et l'OMC. La FAO est largement absente du champ de bataille. Pour une simple raison : elle est exsangue.

C'est que la FAO est une organisation interétatique. Or, les sociétés transcontinentales privées qui contrôlent l'essentiel du marché mondial agroalimentaire la combattent. Et ces sociétés jouissent d'une influence certaine sur la politique des principaux gouvernements occidentaux.

Résultat : ces gouvernements se désintéressent de la

FAO, restreignent son budget et boycottent les conférences mondiales sur la sécurité alimentaire organisées à Rome.

Environ 70 % des maigres revenus de la FAO servent désormais à payer ses fonctionnaires[1]. Des 30 % restant, 15 % viennent financer les honoraires d'une myriade de « consultants » extérieurs. Seulement 15 % du budget sert à financer la coopération technique, le développement des agricultures du Sud et la lutte contre la faim[2].

Depuis quelques années, l'organisation fait l'objet de critiques virulentes, mais largement injustes puisque ce sont les États industriels qui privent la FAO de ses moyens d'action.

En 1989, l'écrivain anglais Graham Hancock a publié un ouvrage, plusieurs fois réédité depuis lors, intitulé *Lords of Poverty* (*Les Seigneurs de la pauvreté*). La FAO ne serait qu'une gigantesque et morne bureaucratie qui, en vertu d'une interminable succession de congrès, de réunions, de comités et de manifestations coûteuses en tous genres, ne ferait qu'administrer la pauvreté, la sous-alimentation et la faim. Dans leur pratique quotidienne, les bureaucrates des thermes de Caracalla incarneraient l'exact contraire du projet initial conçu par Josué de Castro.

La conclusion de Hancock est sans appel : « Ce qu'il en reste est une institution qui s'est égarée en chemin. Elle a trahi son mandat initial. Elle n'a plus qu'une idée bien confuse de sa place dans le monde et elle ne sait plus ce qu'elle fait ni pourquoi elle le fait[3]. »

1. Ils sont un peu plus de 1 800, la plupart d'entre eux travaillant au siège, à Rome.
2. La FAO reçoit des contributions extrabudgétaires pour financer certains programmes.
3. Graham Hancock, *Lords of Poverty. The Prestige and Corruption of the International Aide Business*, Londres, Mac Millan, 1989.

La revue *The Ecologist* se montre plus impitoyable encore. Dans un numéro spécial, publié en 1991, elle a réuni une collection d'essais rédigés par des experts internationaux prestigieux – tels Vandana Shiva, Edward Goldsmith, Helena Norberg-Hodge, Barbara Dinham, Miguel Altiera – sous le titre : *World UN Food and Agricultural Organization. Promoting World Hunger.*

Des stratégies erronées, le gaspillage de sommes colossales englouties dans des plans d'action inutiles et certaines analyses économiques fausses auraient eu pour effet non pas de réduire, mais d'accroître le drame de la faim dans le monde[1]...

Quant à la BBC de Londres, son verdict sur les sommets périodiques organisés par la FAO est sans appel : ces sommets sont une « *waste of time* », une pure et simple perte de temps... et d'argent[2].

À mon avis, si certaines de ces critiques sont recevables, la FAO doit être défendue envers et contre tout. Surtout contre les pieuvres du négoce agroalimentaire et leurs complices dans les gouvernements occidentaux.

En 2010, les États industriels réunis dans l'Organisation de coopération et de développement économique (OCDE) ont dépensé pour leurs paysans – au titre des subsides à la production et à l'exportation – 349 milliards de dollars. Les aides à l'exportation, en particulier, sont responsables du dumping agricole pratiqué par les États riches sur les marchés des États pauvres. Dans l'hémisphère Sud, ils créent la misère et la faim.

---

1. *The Ecologist*, mars-avril 1991.
2. Émission de la BBC, Londres, du 13 juin 2002, lors de la Deuxième Conférence mondiale sur l'alimentation.

Le budget annuel ordinaire de la FAO, de son côté, s'élève à 349 millions de dollars, soit un montant mille fois inférieur à celui des subsides dispensées à leurs agricultures par ces pays puissants.

Comment s'y prend l'organisation pour répondre, au moins partiellement, à son cahier des charges ?

Le terme de « *monitoring* » désigne à la FAO une stratégie de transparence, de communication, de mise en examen permanente et détaillée de l'évolution mondiale de la sous-alimentation et de la faim. Sur les cinq continents, les groupes vulnérables sont inventoriés et classés, mois après mois ; les différentes déficiences micronutritives (vitamines, minéraux, oligoéléments) sont enregistrées élément par élément, région par région.

Un flot ininterrompu de statistiques, de graphiques, de rapports s'écoule du palais romain : Nul, relevant de l'immense armée des affamés, ne souffre ou ne meurt sans déposer sa trace sur un graphique de la FAO.

Les adversaires déclarés de la FAO critiquent également le *monitoring*. Au lieu de dresser des statistiques minutieuses des affamés, disent-ils, de construire des modèles mathématiques de la souffrance et de dessiner des graphiques colorés pour représenter les morts, la FAO ferait mieux d'utiliser son argent, son savoir-faire, son énergie à réduire le nombre de victimes…

Ce reproche aussi me paraît injuste. Le *monitoring* informe la conscience anticipatrice. Il prépare l'insurrection des consciences de demain. D'ailleurs, ce livre n'aurait pas pu être écrit sans les statistiques, les inventaires, les graphiques et autres tableaux produits par la FAO.

La FAO doit son système de *monitoring* à un homme en particulier, Jacques Diouf, directeur général de

l'organisation de 2000 à 2011[1]. Diouf est un socialiste sénégalais, nutritionniste lui-même.

Ministre dans différents gouvernements de Léopold
Sédar Senghor, il avait été auparavant l'efficace directeur de l'Institut sénégalais du riz.

Rieur, subtil, intelligent, doué d'une formidable vitalité, Diouf a réveillé, bousculé les bureaucrates des
Thermes de Caracalla.

Sa façon agressive, parfois brutale, de parler aux chefs
d'État, ses interventions dans les journaux, radios et télé-
visions du monde pour alerter l'opinion publique des pays
dominateurs agacent profondément certains ministres et
chefs d'État occidentaux. Nombre d'entre eux cherchent
tous les prétextes pour tenter de le discréditer.

Je prends l'exemple de la IIe Conférence mondiale
sur l'alimentation, tenue à Rome en 2002.

Au dernier étage du bâtiment de la FAO, le directeur général dispose d'une salle à manger privée où il
reçoit – comme le font tous les dirigeants de toutes les
organisations spécialisées de l'ONU – les chefs d'État
et de gouvernement de passage.

Au troisième jour de la conférence, au lendemain
d'un discours de Diouf particulièrement dur à l'endroit
des sociétés transcontinentales privées de l'agroalimentaire, la presse anglaise publia en première page le menu
détaillé du repas offert par le directeur, la veille, aux
chefs d'État et de gouvernement.

Le menu, évidemment, avait été généreux.

Le chef de la délégation britannique – lui-même un

---

1. Jacques Diouf vient d'être remplacé par un Brésilien compétent et chaleureux, José Graziano. Ministre dans le premier gouvernement Lula de 2002, il est à l'origine du programme *Fome Zero*.

convive de la veille – prit prétexte de ces « révélations » pour lancer, en pleine assemblée, une diatribe incendiaire contre ce directeur « qui parle de la faim en public et qui, en privé, s'empiffre aux frais des contribuables des pays membres de la FAO ».

J'éprouve de l'admiration pour Jacques Diouf. C'est que je l'ai vu à l'œuvre en maintes occasions.

Par exemple en 2008. En juillet de cette année-là, suite à une première flambée de prix des aliments de base sur le marché mondial, les émeutes de la faim faisaient rage dans trente-sept pays, je l'ai dit.

L'Assemblée générale de l'ONU allait s'ouvrir en septembre. Diouf était persuadé qu'il fallait saisir cette occasion pour lancer une campagne internationale massive visant à paralyser l'action des spéculateurs.

Il mobilisa donc ses amis de l'Internationale socialiste. Le gouvernement espagnol de José Luiz Zapatero accepta de se faire le fer de lance de cette campagne : la résolution qui serait déposée le premier jour de l'Assemblée générale serait espagnole.

En prévision du combat à venir, Diouf convoqua par ailleurs tous les responsables d'organismes internationaux liés à la lutte contre la faim et relevant de l'un des 123 partis membres de l'Internationale.

La réunion eut lieu au siège du gouvernement espagnol, au Palacio de la Moncada, à Madrid.

Dans le grand salon blanc, illuminé par la lumière de Castille, il y avait là, assis autour d'une table noire, Antonio Gutierrez, ancien président de l'Internationale socialiste, ancien Premier ministre portugais et actuel haut-commissaire des Nations unies pour les réfugiés ;

le socialiste français Pascal Lamy, directeur général de l'OMC ; des dirigeants du Parti des travailleurs du Brésil, un ministre du gouvernement travailliste britannique, et, évidemment, José Luiz Zapatero lui-même, son ministre des Affaires étrangères, Miguel Ángel Moratinos, et Bernardino León, son efficace chef de cabinet, enfin moi-même, en tant que vice-président du comité consultatif du Conseil des droits de l'homme.

Diouf nous secoua comme un ouragan.

Associant toute une série de mesures précises à l'encontre des spéculateurs à un rappel adressé aux États signataires du Pacte international relatif aux droits économiques, sociaux et culturels, afin qu'ils respectent leurs obligations en matière de droit à l'alimentation, son projet de résolution provoqua des discussions intenses parmi les personnes présentes.

Diouf tint bon. L'accord fut trouvé vers deux heures du matin.

En septembre, devant l'Assemblée générale de l'ONU à New York, soutenue par le Brésil et la France, l'Espagne présenta sa résolution.

Mais elle fut balayée par une coalition conduite par le représentant des États-Unis et un certain nombre d'ambassadeurs téléguidés par certaines sociétés transcontinentales de l'alimentation.

Postscriptum : Le meurtre des enfants irakiens

Ni le PAM ni la FAO ne peuvent évidemment être tenus pour responsables des difficultés et des échecs qu'ils connaissent.

Mais il existe un cas au moins où les Nations unies

elles-mêmes ont provoqué la mort de centaines de milliers d'êtres humains par la faim. Ce crime a été commis dans le cadre du programme *Oil for Food* (pétrole contre nourriture) imposé pendant plus de onze ans au peuple irakien entre les deux guerres du Golfe, de 1991 à 2003.

Un rappel historique s'impose.

Le 2 août 1990, Saddam Hussein envoya ses armées envahir l'émirat du Koweït, qu'il annexa en le proclamant vingt-septième province de l'Irak.

L'ONU commença par décréter un blocus économique contre l'Irak et par exiger le retrait immédiat des Irakiens hors du Koweït, puis émit un ultimatum qui devait expirer le 15 janvier 1991.

Sous la direction des États-Unis, une coalition de pays occidentaux et arabes se constitua, dont les forces attaquèrent les troupes d'occupation irakiennes au Koweït dès l'expiration de l'ultimatum. 120 000 soldats et 25 000 civils irakiens y laissèrent leur vie.

Mais les blindés du commandant en chef de la coalition, le général Schwarzkopf, s'arrêtèrent à 100 kilomètres de Bagdad, laissant intacte la garde républicaine, troupe d'élite du dictateur[1].

L'ONU aggrava le blocus, mais parallèlement elle instaura le programme *Oil for Food* (pétrole contre nourriture), permettant à Saddam Hussein de vendre sur le marché mondial tous les six mois une certaine

---

1. La chute de Saddam Hussein aurait signifié l'installation, à Bagdad, d'un gouvernement représentant la majorité chiite du pays. Or, les Occidentaux craignaient comme la peste les chiites irakiens, dont ils soupçonnaient l'inféodation au régime tyrannique de Téhéran.

quantité de son pétrole[1]. Les revenus seraient consignés sur un compte bloqué de la Banque BNP-Paribas à New York. Ils permettraient à l'Irak d'acheter sur le marché mondial les biens indispensables à la survie de sa population.

Concrètement, une entreprise disposant d'un contrat de livraison avec le gouvernement irakien soumettait à New York une demande dite de « libération ». L'ONU approuvait ou refusait la livraison, appliquant le critère de la *dual use function* (fonction à double usage) : si l'ONU redoutait qu'un bien – un appareil, une pièce de rechange, une substance chimique, un matériau de construction, etc. – pût servir à un usage militaire, la demande était rejetée.

Le coordinateur du programme résidait à Bagdad, avec rang de secrétaire général adjoint de l'ONU et disposant de 800 fonctionnaires onusiens et de 1 200 collaborateurs locaux. Au-dessus de lui, à New York, agissait le bureau du programme chargé d'examiner les demandes présentées par les entreprises. Il était dirigé par le Chypriote Benon Sevan, ancien chef des services de sécurité de l'ONU, promu sous-secrétaire général sous la pression des États-Unis, et qui fut suspecté par certains d'escroquerie. Sevan fut ainsi inculpé par le *District Court* à New York, avant de se réfugier à Chypre... où il coule des jours heureux.

Au-dessus du bureau, un comité des sanctions du Conseil de sécurité était chargé de la stratégie générale du programme.

---

1. Avec 112 milliards de barils, l'Irak dispose des deuxièmes réserves pétrolières les plus étendues de la planète, après l'Arabie Saoudite (220 milliards de barils) et avant l'Iran (80 milliards de barils). Un baril correspond à 159 litres.

Sur le papier, le programme *Oil for Food* était inspiré par les principes ordinaires des embargos tels qu'ils sont appliqués par l'ONU. Mais, en fait, il fut délibérément détourné de son but et s'avéra meurtrier pour la population civile[1]. Très vite, en effet, le comité des sanctions se mit à refuser de plus en plus souvent l'importation de nourriture, de médicaments et d'autres biens vitaux sous prétexte que les aliments étaient susceptibles de nourrir l'armée de Saddam, que les médicaments contenaient des substances chimiques utilisables par les militaires, que certains composants des appareils médicaux pourraient aussi bien servir à la fabrication d'armement, etc.

Dans les hôpitaux d'Irak, les malades commencèrent à mourir faute de médicaments, d'instruments chirurgicaux, de matériel de stérilisation. Selon les estimations les plus mesurées, 550 000 enfants irakiens en bas âge moururent de sous-alimentation entre 1996 et 2000.

Ainsi, graduellement, à partir de 1996, le programme *Oil for Food* fut détourné de sa mission et servit d'arme de punition collective de la population, fondée sur la privation de nourriture et de médicaments[2].

Un des plus prestigieux juristes internationaux, le professeur Marc Bossuyt, qui fut président de la Com-

1. Hans-Christof von Sponeck, *Another Kind of War. The UN-Sanction Regime in Irak*, Londres, Berghahn, 2007.
2. Hans-Christof von Sponeck, en collaboration avec Andreas Zumach, *Irak, Chronik eines gewollten Krieges. Wie die Wetöffentlichkeit manipuliert und das Völkerrecht gebrochen wurde*, Cologne, Kiepenheuer & Witsch, 2003. « Irak, chronique d'une guerre provoquée. Comment l'opinion publique mondiale est manipulée et comment le droit international est bafoué. » (Ouvrage non traduit en français.)

mission des droits de l'homme des Nations unies[1], a qualifié la stratégie du comité des sanctions d'entreprise de « génocide ».

Voici quelques exemples chiffrés des conséquences de cette stratégie meurtrière appliquée à ce grand pays de 26 millions d'habitants.

Moins de 60 % des médicaments indispensables au traitement des cancers furent admis[2].

L'importation d'appareils de dialyse pour traiter les malades des reins fut purement et simplement interdite. Ghulam Rabani Popal, représentant de l'OMS à Bagdad, demanda en 2000 la permission d'importer 31 appareils dont les hôpitaux irakiens avaient un urgent besoin. Les 11 appareils finalement autorisés par New York restèrent bloqués pendant deux ans à la frontière jordanienne.

En 1999, la directrice américaine de l'UNICEF, Carol Bellamy, s'adressa personnellement au Conseil de sécurité. Le comité des sanctions avait refusé d'autoriser l'importation des ampoules nécessaires à l'alimentation intraveineuse des nourrissons et des enfants en bas âge gravement sous-alimentés. Carol Bellamy protesta avec vigueur. Le comité des sanctions maintint son refus.

La guerre avait détruit les gigantesques stations d'épuration d'eau potable du Tigre, de l'Euphrate et du Shatt-al-Arab. Le comité des sanctions refusa de livrer les matériaux de construction et les pièces de rechange nécessaires aux reconstructions et aux remises en état.

---

1. Aujourd'hui Conseil des droits de l'homme des Nations unies.
2. Selon les estimations de l'ONG allemande *Medico International*.

Le nombre de maladies infectieuses, dues à la pollution de l'eau, explosa.

En Irak, les températures estivales peuvent atteindre 45 degrés. Le blocus interdit l'importation de pièces de rechange pour réparer les réfrigérateurs et les appareils de conditionnement de l'air. Dans les boucheries, les viandes se mirent à pourrir. Les épiciers voyaient le lait, les fruits et les légumes anéantis par la canicule. Dans les hôpitaux, il devint impossible de conserver au frais le peu de médicaments disponibles.

Même l'importation d'ambulances fut bloquée par le comité des sanctions. Motif avancé : « … elles contiennent des systèmes de communication qui pourraient être utilisés par les troupes de Saddam ». Quand les ambassadeurs de France puis d'Allemagne firent remarquer qu'un système de communication – un téléphone, par exemple – était indispensable dans toutes les ambulances du monde, l'ambassadeur américain n'en eut cure : pas d'ambulances pour l'Irak[1].

Plusieurs dizaines de milliers de fellahs égyptiens, des spécialistes de l'irrigation, témoignant d'une magnifique expérience ancestrale acquise dans le delta et la vallée du Nil, travaillaient entre l'Euphrate et le Tigre. L'Irak importait néanmoins près de 80 % de sa nourriture. Mais, depuis l'embargo, les importations alimentaires furent le plus souvent intentionnellement retardées par le comité des sanctions.

Les documents évoquent des milliers de tonnes de riz, de fruits et de légumes perdus dans des camions bloqués aux frontières, faute d'avoir reçu le feu vert

1. Quelques-unes furent néanmoins concédées avec un, voire deux ans de retard, mais sans téléphone.

de New York, ou pour l'avoir reçu avec des mois de retard.

La dictature du comité des sanctions fut impitoyable. Elle s'attaqua aussi au système scolaire.

Le Conseil de sécurité interdit ainsi la livraison des crayons. La raison invoquée ? Les crayons contiennent du graphite, un matériau potentiellement utilisable par les militaires...

Le blocus onusien détruisit complètement l'économie irakienne.

Celso Amorim, ambassadeur du Brésil à New York, écrit : « Même si toutes les souffrances actuelles du peuple irakien ne peuvent pas être imputées à des facteurs externes [le blocus], les Irakiens ne souffriraient pas autant sans les mesures infligées par le Conseil de sécurité[1]. »

Hasmy Agam, chef de la mission de Malaisie auprès de l'ONU, use d'un langage encore plus carré : « Quelle ironie ! La même politique qui est supposée libérer l'Irak des armes de destruction massive se révèle elle-même une arme de destruction massive ![2] »

Comment cette dérive de l'ONU s'explique-t-elle ?

Élu en 1992, le président Clinton ne voulait en aucun cas s'engager dans une deuxième guerre du Golfe. Dans ces conditions, la population irakienne devait être soumise à un régime de souffrance tel qu'elle se révolterait contre le tyran et le chasserait.

Sa secrétaire d'État, Madeleine Albright, doit sans

---

1. Celso Amorim, préface à l'édition espagnole du livre de Hans-Christof von Sponeck, *Autopsia de Irak*, *Madrid*, Ediciones del Oriente y del Mediterráneo, 2007.
2. In *New Statesman*, Londres, 2-3 septembre 2010.

doute être tenue pour la principale responsable de la transformation secrète du programme *Oil for Food* en une arme de punition collective du peuple irakien. En mai 1996, elle était interviewée à l'émission « 60 Minutes » sur NBC. Dans la presse, les premiers articles sur la catastrophe humanitaire provoquée par l'embargo commençaient à circuler. Le journaliste de la NBC s'en fit l'écho.

Question : « Si la mort d'un demi-million d'enfants était le prix que nous devions payer... » Albright l'interrompit avant qu'il ait pu achever sa question : « Nous pensons que ce prix en vaut la peine. »

Albright était évidemment parfaitement informée du martyre des enfants. L'UNICEF a publié les chiffres suivants : avant la punition collective mise en œuvre par l'ONU, la mortalité infantile en Irak était de 56 enfants sur 1 000. En 1999, ce sont 131 enfants sur 1 000 qui moururent de faim et faute de médicaments.

En onze ans, l'embargo a tué plusieurs centaines de milliers d'enfants.

Il n'est pas question de mettre en doute ici le caractère tyrannique et criminel du régime de Saddam Hussein. Il n'est pas contestable que son régime constituait l'un des pires que le monde arabe ait connus. Il est certain d'ailleurs, que durant les onze ans de l'embargo, Saddam, sa famille et leurs complices ont vécu comme des nababs. Année après année, ils ont exporté en contrebande du pétrole vers la Turquie et la Jordanie pour une somme totale estimée à 10 milliards de dollars.

Pourtant, le principal responsable de la destruction par la faim de ces centaines de milliers d'Irakiens reste le comité des sanctions du Conseil de sécurité de l'ONU.

En octobre 1998, Kofi Annan nomma le comte Hans-

Christof von Sponeck secrétaire général adjoint de l'ONU et coordinateur du programme *Oil for Food* à Bagdad. Son prédécesseur, l'Irlandais Denis Halliday, venait de démissionner avec fracas.

Historien formé à l'Université de Tübingen, von Sponeck est l'exact contraire d'un bureaucrate. Pendant ses trente-sept ans passés au service de Nations unies, il a toujours occupé des postes de terrain. D'abord comme responsable du PNUD au Ghana et en Turquie, ensuite comme représentant-résident de l'ONU au Botswana, en Inde et au Pakistan.

Le seul poste qu'il ait occupé loin du front du développement a été celui de directeur régional du PNUD à Genève... où il s'est, de son propre aveu, ennuyé ferme.

Personne, au 38e étage du gratte-ciel de l'ONU, au bord de l'East River[1], ne soupçonnait l'histoire familiale de von Sponeck. Elle allait se révéler explosive.

À Bagdad, von Sponeck découvrit l'étendue de la catastrophe. Comme pratiquement tous les cadres des Nations unies et l'opinion publique mondiale, il l'avait jusqu'alors totalement ignorée. Aussitôt qu'il comprit le détournement de l'embargo en action de punition collective et qu'il vit à l'œuvre l'arme de la faim, von Sponeck clama haut et clair sa révolte. Il tenta d'alerter la presse, son propre gouvernement et, surtout, le Conseil de sécurité. Les Américains firent obstacle à son audition devant le Conseil.

Le porte-parole de Madeleine Albright, James Rubin, tenta de discréditer von Sponeck en tenant sur son compte toutes sortes d'allégations sans fondement. « Cet

---

1. L'étage où résident le secrétaire général, les principaux sous-secrétaires et les membres de leurs cabinets.

homme est payé pour travailler, non pas pour raconter des histoires à dormir debout à travers le monde[1] », persifla-t-il un jour à son propos.

Quant à l'ambassadeur anglais, il lui adressa ce reproche : « Vous n'avez pas le droit d'apposer un tampon de l'ONU sur la propagande de Saddam Hussein[2]. »

Madeleine Albright demanda finalement sa révocation. Kofi Annan refusa.

La haine que lui vouait Madeleine Albright, la campagne menée par Rubin ne firent qu'empirer. Mais surtout, le souvenir de son père lui rendit la situation de moins en moins supportable : il ne pouvait imaginer se faire, de près ou de loin, le complice de ce que d'aucuns nommaient alors un génocide.

Le 11 février 2000, il envoya sa lettre de démission à New York. La directrice locale du PAM, Jutta Burghart, fit de même.

Un morne bureaucrate, originaire de Birmanie, lui succéda.

Les bombardements américains sur Bagdad, dans la nuit du 7 au 8 mars 2003, suivis de l'intervention terrestre, mirent fin au programme *Oil for Food*[3].

Le général de la Wehrmacht Hans Emil Otto, comte von Sponeck, commandant d'une division sur le front russe, avait refusé, en son temps, d'exécuter un ordre inhumain.

---

1. Hans-Christof von Sponeck, *Another Kind of War*, *op. cit.*
2. *Ibid.*
3. Certains comptes du programme furent transférés au *Iraqi-Development Fund* administré par le proconsul américain à Bagdad, Paul E. Bremer. Cf. Djacoba Liva Tchindrazanarivelo, *Les Sanctions des Nations unies et leurs effets secondaires*, Paris, PUF, 2005.

Un tribunal de guerre l'avait condamné à mort.

Sa femme demanda sa grâce à Hitler. Celui-ci transforma la sentence en peine de détention à vie dans la prison de Germersheim, où furent notamment enfermés les résistants norvégiens et danois.

Conduits par le colonel comte Klaus von Stauffenberg, des officiers allemands tentèrent, le 20 juillet 1944, de tuer Hitler dans son quartier général de la Wolfsschanze, en Prusse orientale.

L'attentat, hélas, échoua.

Le chef des SS, Heinrich Himmler, se jura alors d'extirper toute opposition parmi les officiers. Il fit extraire le général von Sponeck de sa prison. Un commando SS le fusilla le 23 juillet 1944.

J'ai demandé à son fils comment il avait pu supporter pendant des années les insultes grossières de Madeleine Albright et les mensonges de James Rubin, où il avait bien pu puiser tant de force et de courage pour rompre l'omerta de l'ONU, pour se dresser contre le puissant comité des sanctions et pour renoncer ainsi à sa carrière.

Le comte Hans-Christof von Sponeck est un homme modeste. Il me répondit : « Avoir eu un père comme le mien crée quelques obligations. »

CINQUIÈME PARTIE

Les vautours de l'« or vert »

1

Le mensonge

Il existe deux filières principales de biocarburant (ou agrocarburant) : la filière bioéthanol (ou alcool) et la filière biodiesel. Le préfixe « bio- », du grec *bios* (vie, vivant), indique que le carburant (l'éthanol, le diesel) sont produits à partir de matière organique (biomasse). Il n'a pas de lien direct avec le terme « bio » utilisé pour désigner l'agriculture biologique, mais la confusion profite à l'image d'un carburant – dont on croit comprendre qu'il serait propre et écologique.

Le bioéthanol est obtenu par transformation de végétaux contenant du saccharose (betterave, canne à sucre, etc.) ou de l'amidon (blé, maïs, etc.), dans le premier cas par fermentation du sucre extrait de la plante sucrière, dans le deuxième par hydrolyse enzymatique de l'amidon contenu dans les céréales. Quant au biodiesel, il est obtenu à partir de l'huile végétale ou animale, transformée par un procédé chimique appelé transestérification et faisant réagir cette huile avec un alcool (méthanol ou éthanol).

L'« or vert » s'impose depuis quelques années comme un complément magique et rentable de l'« or noir ».

Les trusts agroalimentaires qui dominent la fabrication et le commerce des agrocarburants avancent, à l'appui de ces nouvelles filières, un argument apparemment irréfutable : la substitution de l'énergie végétale à sa sœur fossile serait l'arme absolue dans la lutte contre la rapide dégradation du climat et des dommages irréversibles que celle-ci provoque sur l'environnement et les êtres humains.

Voici quelques chiffres.

Plus de 100 milliards de litres de bioéthanol et de biodiesel seront produits en 2011. La même année, 100 millions d'hectares de cultures agricoles serviront à produire des agrocarburants. La production mondiale des agrocarburants a doublé au cours des cinq dernières années, de 2006 à 2011[1].

La dégradation climatique est une réalité.

À l'échelle mondiale, la désertification et la dégradation des sols affectent maintenant plus de 1 milliard de personnes dans plus de 100 pays. Les régions sèches – où la terre aride ou semi-aride est particulièrement sujette à la dégradation – représentent plus de 44 % des terres arables de la planète[2].

Les conséquences de la dégradation des sols sont particulièrement graves en Afrique, où des millions de gens dépendent entièrement de la terre pour survivre en tant que paysans ou éleveurs, et où il n'existe pratiquement pas d'autres moyens de subsistance. Les terres arides d'Afrique sont peuplées de 325 millions de personnes

1. Benoît Boisleux, « Impacts des biocarburants sur l'équilibre fondamental des matières premières aux États-Unis », Zurich, 2011.
2. R. P. White, J. Nackoney, *Drylands, People and Ecosystems. A Web Based Geospatial Analysis*, Washington, World Resources Institute, 2003.

(sur presque 1 milliard d'habitants que compte désormais le continent), avec de fortes concentrations au Nigeria, en Éthiopie, en Afrique du Sud, au Maroc, en Algérie et en Afrique de l'Ouest, au sud d'une ligne reliant Dakar à Bamako et Ouagadougou. À l'heure actuelle, environ 500 millions d'hectares de terres arables africaines sont touchées par la dégradation des sols.

Partout, dans les pays de hautes montagnes, les glaciers reculent. Par exemple, en Bolivie. Rarement dans ma vie je n'ai vu des massifs montagneux aussi impressionnants qu'aux Andes.

La plus haute cime du pays, le Nevado Sajama, se dresse au-dessus du haut plateau andin jusqu'à 6 542 mètres d'altitude, les neiges de l'Illimani, au-dessus du cratère où est bâtie La Paz, culminent à 6 450 mètres, et les séracs et autres glaciers du Huayna Potosí, dans la Cordillère royale, à 6 088 mètres. Les neiges de ces sommets scintillants réfléchissent le soleil et la lune. Les habitants des *ayllus*[1] et leurs prêtres les croyaient sacrées et éternelles…

Or, elles ne le sont pas.

Car le réchauffement climatique fait reculer les champs de neige et fondre les glaciers. Les fleuves grossissent. La situation devient catastrophique, notamment dans les Yungas, où les flots torrentiels issus de la fonte des neiges déchirent les villages sur les rives, tuent le bétail et les gens, détruisent les ponts, creusent des ravins. Et, à terme, la perte de volume des glaciers pourrait poser des problèmes essentiels de ressources en eau.

---

1. Communautés dont l'organisation sociale remonte à l'époque précolombienne et qui reprennent aujourd'hui, dans la Bolivie d'Evo Morales, une visibilité.

Partout dans le monde, les déserts progressent. En Chine et en Mongolie, sur les bords du désert de Gobi, chaque année de nouveaux pâturages et de nouveaux champs vivriers sont avalés par les dunes de sable qui progressent vers l'intérieur des terres.

Au Sahel, le Sahara avance dans certaines zones de 5 kilomètres par an.

J'ai vu à Makele, au Tigray, dans le nord de l'Éthiopie, des femmes et des enfants squelettiques qui tentent de survivre sur une terre que l'érosion a transformée en une étendue poussiéreuse. La céréale nationale, le teff, y pousse à peine sur des tiges de 30 centimètres, contre 1,5 mètre au Gondar ou au Sidamo.

La destruction des écosystèmes et la dégradation de vastes zones agricoles, dans le monde entier mais surtout en Afrique, sont une tragédie pour les petits paysans et les éleveurs[1]. En Afrique, l'ONU estime à 25 millions le nombre de « réfugiés écologiques » ou « émigrants environnementaux », c'est-à-dire d'êtres humains obligés de quitter leurs foyers par suite de catastrophes naturelles (inondations, sécheresses, désertification) et finissant par devoir se battre pour survivre dans les bidonvilles des grandes métropoles. La dégradation des sols attise les conflits, surtout entre éleveurs et cultivateurs. Nombre de conflits, en Afrique subsaharienne notamment, y compris celui de la région soudanaise du Darfour, sont étroitement liés à ces phénomènes de sécheresse et de désertification qui, en

---

1. Sur les causes de la destruction des écosystèmes en Europe, cf. Coline Serreau, *Solutions locales pour un désordre global, op. cit.* ; cf. aussi l'excellent film du même nom, cf. en particulier l'intervention de Pierre Rabhi.

empirant, engendrent des affrontements entre nomades et cultivateurs sédentaires pour l'accès aux ressources.

Les sociétés transcontinentales productrices d'agro-carburants ont réussi à persuader la majeure partie de l'opinion publique mondiale et la quasi-totalité des États occidentaux que l'énergie végétale constituait l'arme miracle contre la dégradation du climat.

Mais leur argument est mensonger. Il fait l'impasse sur les méthodes et les coûts environnementaux de la production des agrocarburants, qui nécessite et de l'eau et de l'énergie.

Or, partout, sur la planète, l'eau potable se fait de plus en plus rare. Un homme sur trois en est réduit à boire de l'eau polluée. 9 000 enfants de moins de dix ans meurent chaque jour de l'ingestion d'une eau impropre à la consommation.

Sur les 2 milliards de cas de diarrhée recensés chaque année dans le monde, 2,2 millions sont mortels. Ce sont surtout les enfants et les nourrissons qui sont frappés. Mais la diarrhée n'est qu'une des nombreuses maladies transmises par l'eau de mauvaise qualité : les autres sont le trachome, la bilharziose, le choléra, la fièvre typhoïde, la dysenterie, l'hépatite, le paludisme, etc. Un grand nombre de ces maladies sont dues à la présence d'organismes pathogènes dans l'eau (bactéries, virus et vers). Selon l'OMS, dans les pays en développement, jusqu'à 80 % des maladies et plus du tiers des décès sont, du moins partiellement, imputables à la consommation d'une eau contaminée.

Selon l'OMS encore, un tiers de la population mondiale n'a toujours pas accès à une eau saine à un prix abordable, et la moitié de la population mondiale n'a pas encore accès à l'assainissement de l'eau[1]. Environ 285 millions de personnes vivent en Afrique subsaharienne sans pouvoir accéder régulièrement à une eau non polluée, 248 millions en Asie du Sud sont dans la même situation, 398 millions en Asie de l'Est, 180 millions en Asie du Sud-Est et dans le Pacifique, 92 millions en Amérique latine et dans les Caraïbes, et 67 millions dans les pays arabes.

Et ce sont, bien entendu, les plus démunis qui souffrent le plus durement du manque d'eau.

Or, du point de vue des réserves en eau de la planète, la production, tous les ans, de dizaines de milliards de litres d'agrocarburants constitue une véritable catastrophe.

Il faut, en effet, 4 000 litres d'eau pour fabriquer 1 litre de bioéthanol.

Ce n'est pas Eva Joly, Noël Mamère voire quelque autre écologiste réputé « doctrinaire » qui l'affirment, mais Peter Brabeck-Letmathe, le président du plus grand trust d'alimentation du monde, Nestlé[2]. Écoutons Brabeck : « Avec les biocarburants nous envoyons dans la pauvreté la plus extrême des centaines de millions d'êtres humains »[3].

Par ailleurs, une étude détaillée de l'OCDE, l'organisation des États industriels, avec siège à Paris, nous livre le résultat de ses calculs sur la quantité d'éner-

---

1. Riccardo Petrella, *Le Manifeste de l'eau*, Lausanne, Éditions Page Deux, 1999. Cf. aussi Guy Le Moigne et Pierre Frédéric Ténière-Buchot, « De l'eau pour demain », *Revue française de géoéconomie*, numéro spécial, hiver 1997-98.
2. Peter Brabeck-Letmathe, *Neue Zürcher Zeitung*, 23 mars 2008.
3. La Tribune de Genève, 22 août 2011.

gie fossile nécessaire pour produire 1 litre de bioéthanol. Elle est tout simplement considérable. Et le *New
York Times* de commenter sobrement : du fait de la
quantité élevée d'énergie que requiert leur fabrication, « les agrocarburants font augmenter le dioxyde
de carbone dans l'atmosphère au lieu de contribuer à
le diminuer[1] ».

---

1. « The real cost of biofuel », *The New York Times*, 8 mars 2008.

2

L'obsession de Barack Obama

Les producteurs de biocarburants de loin les plus puissants du monde sont les sociétés multinationales d'origine américaine. Chaque année, elles reçoivent plusieurs milliards de dollars d'aides gouvernementales. Barack Obama a évoqué le problème dans son discours sur l'état de l'Union en 2011. Il considère que le programme bioéthanol et biodiesel constitue « *a national cause* », une cause de sécurité nationale[1].

En 2011, subventionnés par 6 milliards de dollars de fonds publics, les trusts américains brûleront 38,3 % de la récolte nationale de maïs, contre 30,7 % en 2008. Et depuis 2008, le prix du maïs sur le marché mondial a augmenté de 48 %. En 2008, les trusts américains ont brûlé 138 millions de tonnes de maïs, soit l'équivalent de 15 % de la consommation mondiale.

Les États-Unis sont de loin aussi la puissance industrielle la plus dynamique et la plus importante de la planète. Malgré une population relativement faible en nombre d'habitants – 300 millions, comparés aux 1,3 milliard et plus de la Chine et de l'Inde –, les États-Unis produisent un peu plus de 25 % de tous

1. Obama annonça une révision du programme en 2012.

les biens industriels fabriqués en une année sur la planète.

La matière première de cette impressionnante machine est le pétrole.

Les États-Unis brûlent en moyenne journalière 20 millions de barils, soit environ le quart de la production mondiale. 61 % de ce volume – soit un peu plus de 12 millions de barils par jour – sont importés. 8 millions seulement sont produits entre le Texas, le golfe du Mexique (*off-shore*) et l'Alaska.

Pour le président américain, cette dépendance à l'égard de l'étranger est évidemment préoccupante. Et le plus inquiétant, c'est que l'essentiel de ce pétrole importé provient de régions du monde où l'instabilité politique est endémique, où les Américains ne sont pas aimés ; bref, où la production et l'exportation vers les États-Unis ne sont pas assurées.

Conséquence de cette dépendance ? Le gouvernement de Washington doit maintenir dans ces régions – notamment au Moyen-Orient, dans le Golfe persique et en Asie centrale – une force militaire (terrestre, aérienne et navale) extrêmement coûteuse.

En 2009, pour la première fois, les dépenses en armements des États membres des Nations unies (hors budget de fonctionnement militaire proprement dit) ont dépassé les 1 000 milliards de dollars. De cette somme, les États-Unis ont, à eux seuls, dépensé 41 % (la Chine, deuxième puissance militaire du monde, 11 %).

Les contribuables américains financent aussi annuellement 3 milliards de dollars d'aide militaire versés à Israël. Ils financent encore des bases militaires fort coûteuses en Arabie Saoudite, au Koweït, à Bahreïn et au Qatar.

Malgré la magnifique révolution de janvier 2011 du peuple égyptien, l'Égypte demeure un protectorat américain. Et le contribuable américain verse chaque année 1,3 milliard de dollars aux maréchaux du Caire...

Il faut bien comprendre aussi que si le président Obama veut avoir la moindre chance de financer ses programmes sociaux, notamment la réforme du système de santé, il lui faut, d'urgence et massivement, réduire le budget du Pentagone. Or, cette compression budgétaire n'est possible qu'en substituant, autant que faire se peut, l'énergie végétale (fabriquée sur place) à l'énergie fossile (majoritairement importée).

George W. Bush a été l'initiateur du programme de biocarburants. En janvier 2007, il a fixé les buts à atteindre : dans les dix ans à venir, les États-Unis devaient réduire de 20 % la consommation d'énergie fossile et multiplier par 7 la production de biocarburants[1].

Brûler des millions de tonnes de nourriture sur une planète où toutes les cinq secondes un enfant de moins de dix ans meurt de faim est évidemment révoltant.

Les « communicants » des trusts agroalimentaires tentent de désarmer les critiques. Ils ne nient pas qu'il soit moralement contestable de détourner de la nourriture de son usage premier pour l'utiliser comme matière énergétique. Mais qu'on se rassure, promettent-ils. Bientôt s'imposera une « deuxième génération » d'agrocarburants, fabriqués à partir de déchets agricoles, de copeaux de bois ou de plantes comme le jatropha, qui ne poussent qu'en terre aride (où aucune production nourricière n'est possible). Et puis, ajoutent-ils, des

1. Production en 2007 : 18 milliards de litres.

techniques permettent déjà de traiter la tige de maïs sans abîmer l'épi… Mais à quel prix ?

Le mot « génération » renvoie à la biologie, suggérant une succession logique et nécessaire. Mais cette terminologie est, en l'occurrence, trompeuse. Car si les agrocarburants dits de « deuxième génération » existent bel et bien, leur production est nettement plus coûteuse sous l'effet du tri et des traitements intermédiaires qu'elle exige. Et du coup, sur un marché dominé par le principe de la maximalisation du profit, ils ne joueront qu'un rôle marginal.

Le réservoir d'une voiture de taille moyenne fonctionnant au bioéthanol contient 50 litres. Pour fabriquer 50 litres de bioéthanol, il faut détruire 358 kilogrammes de maïs.

Au Mexique, en Zambie, le maïs est la nourriture de base. Avec 358 kilogrammes de maïs, un enfant zambien ou mexicain vit une année.

Amnesty International résume mon propos : « Agrocarburants – réservoirs pleins et ventres vides[1]. »

---

1. Revue *Amnesty International*, section suisse, Berne, septembre 2008.

3

La malédiction de la canne à sucre

Non seulement les agrocarburants dévorent chaque année des centaines de millions de tonnes de maïs, de blé et autres aliments, non seulement leur production libère dans l'atmosphère des millions de tonnes de dioxyde de carbone, mais, en plus, ils provoquent des désastres sociaux dans les pays où les sociétés transcontinentales qui les fabriquent deviennent dominantes.

Prenons l'exemple du Brésil.

La Jeep avance difficilement sur la piste semée d'ornières qui remonte la vallée de Capibaribe. La chaleur est suffocante. L'océan vert de la canne à sucre s'étend à l'infini. James Thorlby est assis sur le siège avant, à côté du chauffeur.

Nous avançons en territoire ennemi. Dans la vallée, plusieurs *engenhos*[1], exploitations de canne à sucre, sont occupés par des travailleurs du *Movimento dos*

---

1. Dans le Brésil de l'époque coloniale, un *engenho* regroupait à la fois les plantations, les locaux des productions (*casa de engenho*), la résidence du propriétaire (*casa grande*) et les habitations des esclaves (*senzala*), soit l'ensemble de la propriété.

Trabalhadores sem Terra (MST / Mouvement des travailleurs sans terre). Les barons du sucre ont partie liée avec la police militaire, la gendarmerie de l'État. Sans compter que les escadrons de la mort, les *pistoleros* des latifundiaires, rôdent dans la région.

Thorlby est Écossais et prêtre. De la Bahia jusqu'au Piaui, dans tout le Nordeste, il est connu sous le nom de Padre Tiago[1]. Son ami Chico Mendez a été assassiné. Lui est vivant. Très provisoirement, précise-t-il...

Tiago a l'humour macabre : « Je préfère me mettre devant. Les *pistoleros* sont superstitieux... Ils tirent plus difficilement sur un prêtre que sur un socialiste genevois. » Pourtant, seuls des essaims de moustiques nous attaqueront !

Le soleil rouge descend derrière l'horizon lorsque, enfin, nous arrivons en vue de la plantation. Garant la voiture dans les buissons, nous poursuivons à pied, James Thorlby, le syndicaliste, Sally-Anne Way, Christophe Golay et moi.

Les petites maisons en pisé des coupeurs de cannes et de leurs familles, toutes badigeonnées de bleu, sont alignées des deux côtés d'une rigole boueuse. L'entrée est surélevée : on doit grimper trois marches pour accéder à la petite terrasse de pierre sur laquelle repose la maison. Le système est astucieux : il protège des rats et des brusques crues de la rigole.

Les enfants – *caboclos*, noirs, ou aux traits indiens plus accusés –, sont joyeux, malgré une sous-alimentation qu'on détecte immédiatement à la maigreur des bras et des jambes. Nombre d'entre eux ont le ventre gonflé par les vers, et les cheveux rares et roux,

---

1. Diminutif de Santiago, James en portugais.

symptômes de kwashiorkor. Les femmes sont pauvrement vêtues, leurs chevelures d'ébène encadrant des visages osseux, au regard dur. Peu d'hommes révèlent une dentition intacte.

Le tabac colore les mains de jaune foncé.

Des hamacs colorés s'entrecroisent sous les poutres. Dans leurs cages, sous les avant-toits, se balancent des perroquets. Derrière les maisons broutent des ânes. Des chèvres brunes caracolent dans les prés aux herbes pauvres. Une odeur de maïs grillé emplit l'air. Les moustiques font un bruit sourd de lointains bombardiers.

La lutte des travailleurs de l'*engenho* Trapiche est exemplaire. Les vastes terres qui se perdent dans la brume du soir avaient été terres d'État, *Terra da União*. C'étaient, il y a quelques années encore, autant de terres vivrières occupées par de petites fermes de 1 à 2 hectares. Les familles y vivaient pauvrement, mais en sécurité, dans un certain bien-être et une relative liberté.

Disposant d'excellentes relations à Brasilia et de capitaux considérables, des financiers ont obtenu des autorités compétentes le « déclassement », c'est-à-dire la privatisation, de ces terres. Les petits cultivateurs de haricots et de céréales vivant ici ont alors été expulsés vers les bidonvilles de Recife. Sauf ceux qui ont accepté, pour un salaire de misère, de devenir coupeurs de canne. Aujourd'hui, ces derniers sont surexploités.

Un long combat judiciaire mené contre les nouveaux propriétaires par le MST venait d'être perdu lors de notre visite. C'est que les juges locaux ne sont pas insensibles, eux non plus, aux retombées monétaires de la privatisation des terres publiques.

Au Brésil, le programme de production d'agrocarburants jouit d'une priorité absolue. Et la canne à sucre constitue une des matières premières des plus rentables pour la production de bioéthanol.

Le programme brésilien visant à une augmentation accélérée de la production de bioéthanol porte un nom curieux : plan Pro-alcool. Il constitue la fierté du gouvernement. En 2009, le Brésil a ainsi consommé 14 milliards de litres de bioéthanol (et de biodiesel) et en a exporté 4 milliards.

Le rêve du gouvernement : exporter jusqu'à plus de 200 milliards de litres.

La société d'État Petrobras fait creuser de nouveaux ports en eau profonde à Santos (État de São Paulo) et dans la baie de Guanabara (État de Rio de Janeiro). Durant les dix prochaines années, Petrobas investira 85 milliards de dollars dans la construction de nouvelles installations portuaires.

Le gouvernement de Brasilia veut porter à 26 millions d'hectares la plantation de canne à sucre. Face aux géants du bioéthanol, les coupeurs de canne édentés de la plantation Trapiche n'ont aucune chance.

La mise en œuvre du plan brésilien Pro-alcool a conduit à la concentration rapide des terres entre les mains de quelques barons autochtones et des sociétés transnationales.

La plus grande région sucrière de l'État de São Paulo est celle de Ribeirão Preto. Entre 1977 et 1980, la taille moyenne des propriétés a augmenté de 242 à 347 hectares. La concentration rapide de la propriété foncière, et donc du pouvoir économique entre les mains de quelques grosses entreprises ou de latifundiaires, s'est généralisée, avec une accélération à partir de 2002.

Ce mouvement de concentration s'opère évidemment au détriment des fermes familiales de petites et moyennes dimensions[1].

Un expert de la FAO écrit : « L'étendue d'une plantation moyenne de l'État de São Paulo, qui était de 8 000 hectares en 1970, est aujourd'hui [en 2008] de 12 000 hectares. Dans la catégorie des plantations qui, en 1970, comptaient 12 000 hectares ou plus, on retrouve aujourd'hui des moyennes de 39 000 hectares ou plus. Des plantations de 40 000 à 50 000 hectares ne sont pas rares… Inversement, si l'on considère les plantations de la catégorie au-dessous de 1 000 hectares, leur étendue moyenne est tombée à 476 hectares… La concentration des terres [dans l'État de São Paulo] n'est pas seulement l'effet de l'achat/vente, mais opère également et fréquemment par la location que les fermiers autrefois indépendants sont forcés de concéder aux grands propriétaires[2]. »

Cette réorientation de l'agriculture vers un modèle capitaliste monopolistique a laissé sur le bord de la route ceux qui n'avaient pas les moyens de s'équiper en machines, d'acheter les intrants, des terres… et ainsi de se lancer dans la culture intensive de la canne. Ces exclus ont subi de fortes pressions afin d'accepter de louer ou de vendre leurs terres aux grandes propriétés voisines. Entre 1985 et 1996, on a dénombré pas moins de 5,4 millions d'expulsions de paysans et la

1. M. Duquette, « Une décennie de grands projets. Les leçons de la politique énergétique du Brésil », *Tiers-Monde*, vol. 30, n° 120, p. 907-925.
2. R. Abramovay, « Policies, Institutions and Markets Shaping Biofuel Expansion. The Case of Ethanol and Biodiesel in Brazil », Rome, FAO, 2009, p. 10.

disparition de 941 111 petites et moyennes exploitations agricoles au Brésil.

La monopolisation exacerbe les inégalités et favorise la pauvreté rurale (mais aussi la pauvreté urbaine sous l'effet de l'exode rural). En outre, l'exclusion des petits propriétaires met en péril la sécurité alimentaire du pays, ceux-ci étant les garants d'une agriculture nourricière[1].

Quant aux foyers ruraux dirigés par une femme, ils ont moins aisément accès à la terre et subissent une discrimination accrue[2].

Bref, le développement de la production d'« or vert » sur le modèle agro-exportateur enrichit formidablement les barons du sucre, mais affaiblit encore un peu plus les petits paysans, les métayers et les *boia frio*. Il signe en fait l'arrêt de mort de la petite et moyenne ferme familiale – et donc de la souveraineté alimentaire du pays.

Mais à côté des barons brésiliens du sucre, le programme Pro-alcool profite encore, évidemment, aux grandes sociétés transcontinentales étrangères qui ont pour nom Louis Dreyfus, Bunge, Noble Group, Archer Daniels Midland, aux groupes financiers appartenant à Bill Gates et George Soros ainsi qu'aux fonds souverains de Chine.

Selon un rapport de l'ONG Ethical Sugar, la Chine et l'État de Bahia (au nord du Brésil) ont signé un

---

1. F.M. Lappé, J. Collins, *L'Industrie de la faim. Par-delà le mythe de la pénurie*, Montréal, Éditions L'Étincelle, p. 213.
2. Une étude de la FAO examine la discrimination spécifique que subissent les femmes seules, chefs de foyer rural, sous l'effet de la mise en œuvre du plan Pro-alcool ; cf. FAO, « Biocarburants. Risque de marginalisation accrue des femmes », Rome, 2008.

accord permettant à la Chine d'ouvrir, d'ici à 2013, vingt usines d'éthanol dans le Recôncavo[1].

Dans un pays comme le Brésil, où des millions de personnes réclament le droit de posséder un lopin, où la sécurité alimentaire est menacée, l'accaparement des terres par des sociétés transnationales et par des fonds souverains constitue un scandale supplémentaire.

Au Conseil des droits de l'homme, à l'Assemblée générale de l'ONU, je me suis battu contre le plan Pro-alcool. En face de moi : le ministre Paulo Vanucci, un ami, ancien guérillero de la VAR-Palmarès (Vanguardia armada revolucionaria) et héros de la résistance contre la dictature.

Il était sincèrement désolé.

Même le président Luis Ignacio Lula da Silva, lors de sa visite au Conseil en 2007, m'a attaqué nommément du haut de la tribune.

Vanucci et Lula disposaient d'un argument massue : « Pourquoi s'inquiéter de la progression de la canne ? Ziegler est rapporteur spécial pour le droit à l'alimentation. Or, le plan Pro-alcool n'a rien à voir avec l'alimentation. La canne n'est pas comestible. Contrairement aux Américains, les Brésiliens ne brûlent ni de maïs ni de blé. »

Cet argument n'est pas recevable, puisque la frontière agricole du Brésil se déplace en permanence : la canne avance vers l'intérieur du plateau continental et le bétail qui, depuis des siècles, y a ses pâturages, migre vers l'ouest et le nord.

Pour gagner de nouveaux pâturages, les latifundiaires

1. Le Recôncavo est la vaste région sucrière s'étendant au fond de la baie de Tous-les-Saints.

et les dirigeants de sociétés transcontinentales brûlent la forêt. Par dizaines de milliers d'hectares chaque année.

La destruction est définitive. Les sols du bassin amazonien et du Mato Grosso, recouverts de forêts primaires, ne possèdent qu'une mince couche d'humus. Même dans le cas improbable où les dirigeants de Brasilia seraient saisis d'un brusque accès de lucidité, ils ne pourraient recréer la forêt amazonienne, « poumon de la planète »[1]. Selon un scénario admis par la Banque mondiale, au rythme actuel de la pratique du brûlis, 40 % de la forêt amazonienne aura disparu en 2050[2]...

Dans la mesure où le Brésil a substitué progressivement la culture de la canne à sucre aux cultures vivrières, il est entré dans le cercle vicieux du marché international de l'alimentaire : contraint d'importer des denrées qu'il ne produit plus lui-même, il amplifie ainsi la demande mondiale... qui entraîne à son tour l'augmentation de leur prix[3].

L'insécurité alimentaire dans laquelle vit une grande partie de la population brésilienne est ainsi directement liée au programme Pro-alcool. Celle-ci affecte particulièrement les régions de culture de la canne, puisque la

1. La forêt amazonienne joue un rôle essentiel dans la régulation des précipitations de la région, mais aussi du climat de la planète.

2. *Assessment of the Risk of Amazon Dieback. Main Report* (Environmentaly and Socially Sustainable Development Department. Latin America and Caribbean Region), The World Bank, 4 février 2010, p. 58. Cf. aussi B. S. Soares-Filho, D. C. Nepstad, L. M. Curran, G. C. Cerqueira, R. A. Garcia, C. A. Ramos, E. Voll, A. McDonald, P. Lefebvre, et P. Schlesinger, « Modelling conservation in the Amazon basin », *Nature* 440, 2006, p. 520-523.

3. Pimentel D., Pimentel M.H., *Food, Energy and Society*, CRC Press, Cornell University, Ithaca (USA), 2007, p. 294.

consommation des aliments de base y repose presque exclusivement sur des achats de denrées importées soumises à d'importantes fluctuations des prix. « De nombreux petits propriétaires et travailleurs agricoles sont des acheteurs nets de denrées car ils ne possèdent pas suffisamment de terres pour produire assez de nourriture pour leur famille[1]. » C'est ainsi qu'en 2008 les paysans n'ont pas pu acheter suffisamment de nourriture en raison de l'explosion brutale des prix.

Dans les champs de canne à sucre du Brésil subsistent encore souvent des pratiques proches de l'esclavage d'avant 1888[2]. Le travail de coupe de la canne est extraordinairement dur. Un coupeur est payé à la tâche. Il a comme seul outil sa machette, mais dispose, si le contremaître a du cœur, de gants de cuir pour protéger ses mains des écorchures. Le salaire minimal légal est rarement honoré dans les campagnes.

Or, en vertu du programme Pro-alcool, l'armée des damnés de la canne grandit sans cesse.

Avec leurs familles, les coupeurs migrent d'une récolte à l'autre, d'un latifundium à un autre. Les coupeurs sédentaires de l'*engenho* Trapiche constituent désormais une exception.

Les sociétés transcontinentales emploient, elles aussi, de préférence des migrants. Elles économisent ainsi les cotisations sociales et réduisent leurs coûts de production.

Cette pratique a un prix social et humain sévère.

Soucieux de réduire leurs coûts, les producteurs

---

1. *Ibid.*
2. Année de l'abolition de l'esclavage au Brésil.

d'agrocarburants exploitent par millions les travailleurs migrants, conformément à un modèle d'agriculture capitaliste ultralibéral. Ils accumulent bas salaires, horaires inhumains, infrastructures d'accueil quasi inexistantes et conditions de travail proches de l'esclavage. Ces conditions ont des conséquences désastreuses sur la santé des travailleurs et de leur famille.

C'est ainsi que des coupeurs, et plus encore leurs enfants et leurs femmes, meurent fréquemment de tuberculose et de sous-alimentation.

Au Brésil, on dénombre 4,8 millions de travailleurs ruraux « sans terre ». Beaucoup sont sur les routes, sans domicile fixe, louant leur force de travail au gré des saisons. Ceux qui habitent dans les villages, les bourgs ruraux ou en bordure des grandes propriétés, dans une cahute, ont davantage accès à un minimum de services sociaux.

La transformation de grandes régions en zones de monoculture de canne à sucre précarise l'emploi, en raison du caractère saisonnier de la coupe. Une fois la récolte terminée dans le Sud, les travailleurs doivent migrer à 2 000 kilomètres de là dans le Nordeste, où les saisons sont inversées. Ils se déplacent ainsi tous les six mois en parcourant des distances considérables : loin de leurs familles, ils sont déracinés, plus vulnérables. Les *boias frias*, qui ne migrent pas, ne sont pas mieux lotis, ne sachant jamais pour quelle durée ils seront employés : une journée, une semaine, un mois ?

Cette vulnérabilité, cette mobilité ne favorisent pas la défense de leurs maigres droits. Les travailleurs de la canne sont en général dans l'incapacité de dénoncer les abus fréquents de leurs employeurs. En outre, la législation qui devrait les protéger est quasi inexistante. « Ce sont les *capangas*, les milices du sucre, qui font la loi [dans les plantations] ; de temps en temps, les agents de l'État interviennent, mais ils sont très peu nombreux et le pays est très grand. [...] Officiellement, les *capangas* sont une espèce de service de sécurité protégeant la plantation ; en fait, ils rôdent autour des ouvriers comme des chiens féroces autour d'un troupeau[1]. »

Peu de femmes travaillent dans les champs de canne, car il leur est très difficile d'atteindre les rendements fixés à 10 ou 12 tonnes de canne coupées par jour. Cependant, selon la FAO, les femmes « sont particulièrement défavorisées en termes de salaires, de conditions de travail, de formation et d'exposition aux risques professionnels ou sanitaires », pour ce qui concerne les emplois saisonniers ou journaliers. Des milliers d'enfants travaillent également dans les plantations. Selon le Bureau international du travail (BIT), 2,4 millions de jeunes de moins de dix-sept ans travaillent comme salariés dans l'agriculture. Dont 22 876 dans les seules plantations de cannes à sucre[2].

Le célèbre livre de Gilberto Freyre, *Maîtres et esclaves. La formation de la société brésilienne*, traduit, je l'ai rappelé, par Roger Bastide[3], est une dénonciation de la malédiction de la canne.

1. C. Höges, « Derrière le miracle des agrocarburants, les esclaves brésiliens de l'éthanol », *Le Courrier international*, 30 avril 2009.
2. Inutilisables sur les terrains accidentés du Nordeste, les machines se substituent sur plusieurs plantations aux travailleurs dans l'État de São Paulo, premier État sucrier du Brésil. En 2010, 45 % de la coupe y était mécanisée.
3. Première édition chez Gallimard en 1952 ; édition de poche 2005. Titre original : *Casa-Grande e Senzala*.

La caravelle de Tomé de Souza est entrée dans la baie de Tous-les-Saints un matin de mars 1549. Mais, dès le XVIIe siècle, la canne à sucre a inondé le Recôncavo de Bahia, puis la vallée du Capibaribe au Pernambouc, enfin les zones côtières et tout l'Agreste du Sergipe et de l'Alagoas.

Elle a été au fondement de l'économie esclavagiste. Les *engenhos* ont été un enfer pour les esclaves, et ont constitué une source de phénoménales richesses pour leurs maîtres.

La monoculture a ruiné le Brésil.

Aujourd'hui, elle est de retour. La malédiction de la canne, de nouveau, s'abat sur le Brésil.

Postscriptum : L'enfer de Gujarat

L'esclavage des coupeurs de canne n'est pas propre au Brésil. Des milliers de coupeurs migrants, dans bien d'autres pays, connaissent la même exploitation.

La plantation de la Bardoli Sugar Factory est située à Surat, dans l'État de Gujarat, en Inde. Dans leur grande majorité, les hommes qui y travaillent appartiennent au peuple aborigène des Adivasi, célèbre pour leur art dans la confection de corbeilles et de meubles en roseaux.

Les conditions de vie sur la plantation sont effrayantes : la nourriture dispensée par le patron est infestée de vers, l'eau propre fait défaut, ainsi que le bois pour cuire la nourriture. Les Adivasi et leurs familles vivent dans des *shacks*, des huttes faites de branchages ouvertes aux scorpions, aux serpents, aux rats et aux chiens errants.

Ironie de la situation : pour des raisons fiscales, la Bardoli Sugar Factory est enregistrée comme coopérative. Or, en Inde, une des lois les plus contraignantes est celle qui règle les obligations et la surveillance publique des coopératives : le *Cooperative Society Act*.

Des fonctionnaires spécifiques sont préposés à la surveillance des coopératives. Mais les coupeurs ne les voient jamais. Le gouvernement du Gujarat se désintéresse de leur souffrance.

Recourir à la justice ?

Les Adivasi ont bien trop peur du *mukadam*, l'agent d'embauche de la plantation. Telle est l'étendue du chômage au Gujarat qu'à la moindre protestation le coupeur récalcitrant sera remplacé dans l'heure par un travailleur plus docile.

4

Recolonisation

Durant la XVIe session du Conseil des droits de l'homme de l'ONU, en mars 2011, *Via Campesina*, conjointement avec deux ONG, le FIAN[1] et le CETIM[2], a organisé un *side event*, une consultation informelle sur la protection des droits des paysans (droits à la terre, aux semences, à l'eau, etc.).

L'ambassadeur d'Afrique du Sud en charge des droits de l'homme, l'intraitable et sympathique Pitso Montwedi, a déclaré à cette occasion : « D'abord ils ont pris les hommes, maintenant ils prennent nos terres... nous vivons la recolonisation de l'Afrique. »

La malédiction de l'« or vert » s'étend en effet aujourd'hui à plusieurs pays d'Asie, d'Amérique latine et d'Afrique[3].

Presque partout dans le monde, mais surtout en Asie et en Amérique latine, l'accaparement des terres par les trusts du bioéthanol s'accompagne de violences.

---

1. *Foodfirst Information and Action Network*, organisation internationale des droits humains qui promeut « le droit fondamental qu'a toute personne d'être à l'abri de la faim ».
2. Centre Europe-Tiers Monde, Genève.
3. C'est essentiellement le Brésil qui vend les installations de production.

L'exemple de la Colombie est paradigmatique[1].

La Colombie est le cinquième pays producteur d'huile de palme au monde : 36 % de la production sont destinés à l'exportation, principalement vers l'Europe. En 2005, 275 000 hectares étaient occupés par cette culture. L'huile de palme est utilisée pour la fabrication d'agrocarburants. 1 hectare de palmiers produit 5 000 litres d'agrodiesel.

Dans pratiquement toutes les régions de Colombie où la palme a été plantée, la violation des droits humains a accompagné cette opération : appropriations illégales de terres, déplacements forcés, assassinats sélectifs, « disparitions ».

Le schéma qui se répète dans presque toutes les régions concernées commence avec des déplacements forcés de populations et s'achève par une « pacification » de la zone par des unités paramilitaires à la solde des sociétés transcontinentales privées.

Entre 2002 et 2007, 13 634 personnes, dont 1 314 femmes et 719 enfants, ont été tuées ou ont disparu du fait essentiellement des attaques des paramilitaires[2].

Voici un premier exemple. En 1993, l'État colombien a reconnu, par la *Ley 70* (loi numéro 70), les droits de propriété des communautés noires qui exploitaient traditionnellement les terres des bassins des fleuves Curvaradó et Jiguamiandó. Cette loi stipule que personne ne peut s'approprier les 150 000 hectares des deux bassins fluviaux sans le consentement des repré-

1. J'utilise ici les rapports de Human Rights Watch et d'Amnesty International. Cf. notamment *Amnesty International*, bulletin de la section suisse, Berne, septembre 2008.
2. *Le Temps*, Genève, 20 septembre 2008.

sentants des communautés. Mais la réalité, sur le terrain, est toute autre.

Les familles de paysans ont fui les paramilitaires. Du coup, les sociétés transcontinentales des palmiers à huile ont pu tranquillement planter leurs arbres. Les paramilitaires sont arrivés dans la région en 1997, provoquant la désolation : maisons incendiées, assassinats sélectifs, menaces, massacres.

Les organisations de défense des droits humains ont dénombré entre 120 et 150 assassinats, et le déplacement forcé de 1 500 personnes. Immédiatement après le déplacement, les entreprises ont commencé à planter les premiers palmiers. En 2004, 93 % des territoires collectifs des communautés étaient occupés par des palmiers à huile[1].

Prenons un autre exemple, celui du long combat perdu des familles paysannes de Las Pavas, tel que le décrit Sergio Ferrari[2]. Ici, les parrains du crime organisé se sont unis aux latifundiaires pour déposséder de ses terres une communauté de plus de 600 familles dans le département de Bolívar, au nord de la Colombie.

La tragédie remonte aux années 1970, lorsque ces paysans furent expulsés par des latifundiaires qui vendirent leurs parcelles à Jesus Emilio Escobar, parent du parrain de la drogue Pablo Escobar. En 1997, Escobar abandonna la propriété et la communauté regagna ses parcelles pour y cultiver du riz, du maïs et des bananes.

1. *Amnesty International*, op. cit.
2. Sergio Ferrari, *Le Courrier*, Genève, 15 mars 2011.

Les courageux paysans de Las Pavas n'avaient pas supporté de végéter dans leur camp pour personnes déplacées. Petit à petit, les familles étaient revenues. En 2006, elles déposèrent au ministère de l'Agriculture une demande pour faire reconnaître leurs droits de propriété. C'est le moment que choisit Escobar pour redéloger les familles par la force, détruisant leurs récoltes et vendant le terrain au consortium El Labrador, spécialisé dans la culture extensive de la palme à huile et réunissant les entreprises Aportes San Isidro et Tequendama.

En juillet 2009, les paysans, qui continuaient malgré les menaces à cultiver une partie de leurs parcelles, furent à nouveau expulsés par la police, une mesure que le ministère de l'Agriculture lui-même jugea illégale.

En 2011, un nouveau président est au pouvoir à Bogota, Juan Manuel Santos. Son prédécesseur, Álvaro Uribe, avait partie liée avec les tueurs paramilitaires. Santos, lui, est proche des milieux des latifundiaires. Les dirigeants de l'agro-industrie de la palme, notamment ceux de la société Tequendama, sont ses amis.

Les familles paysannes de Las Pavas n'ont donc pas la moindre chance d'obtenir justice.

Observons ce qui se passe dans une autre partie du monde, en Afrique[1].

En Angola, le gouvernement annonce des projets destinant 500 000 hectares de terre à la culture d'agrocarburants. Ces projets conjugueront leurs effets avec

---

1. Cf. Amis de la Terre, *Afrique, terre(s) de toutes les convoitises. Ampleur et conséquences de l'accaparement des terres pour produire des agrocarburants*, Bruxelles, 2010.

l'expansion massive des monocultures de bananes et de riz menée par les multinationales Chiquita et Lonrho, mais aussi par certaines compagnies chinoises. En 2009, Biocom (Companhia de Bioenergia de Angola) a commencé à planter de la canne à sucre sur un site de 30 000 hectares. Biocom est partenaire du groupe brésilien Odebrecht et des sociétés angolaises Damer et Sonangol (la compagnie pétrolière de l'État angolais).

La firme portugaise Quifel Natural Resources projette, de son côté, de cultiver du tournesol, du soja et du jatropha dans la province méridionale de Cunene. La compagnie prévoit d'exporter les récoltes en Europe afin qu'elles soient transformées en agrocarburants. La compagnie portugaise Gleinol produit depuis 2009 de l'agrodiesel sur 13 000 hectares. La compagnie pétrolière de l'État angolais Sonangol, associée au consortium pétrolier italien ENI, projette d'agrandir les plantations existantes de palmiers à huile dans la province de Kwanza Norte afin de produire des agrocarburants.

Au Cameroun, l'ancienne compagnie d'État, la Socapalm (Société camerounaise de palmeraies) est aujourd'hui partiellement dans les mains du groupe français Bolloré. Elle annonce son intention d'accroître la production d'huile de palme. La Socapalm possède des plantations dans les régions du centre, du sud et du littoral du Cameroun. Elle a signé un bail de soixante ans sur 58 000 hectares de terres, en 2000. Bolloré est par ailleurs directement propriétaire des 8 800 hectares de la plantation de Sacafam.

Dans ce pays, les plantations de palmiers à huile détruisent des forêts primaires, aggravant encore la déforestation en cours depuis longtemps sous l'effet combiné de l'exploitation du bois et du défrichement.

C'est que le gouvernement de Yaoundé soutient, depuis les années 1990, le développement de l'huile de palme par l'intermédiaire de ses compagnies d'État, la Soca-palm, la Cameroun Development Corporation (CDC), la Compagnie des oléagineux du Cameroun (COC). Or, la forêt tropicale de l'Afrique centrale est la deuxième par la taille dans le monde derrière l'Amazonie et constitue un des principaux « puits de carbone »[1] de la planète. Il faut savoir aussi que de nombreuses communautés dépendent de cette forêt et de sa riche biodiversité pour leur subsistance et comptent sur les produits de la chasse et de la cueillette pour leur subsistance. Du coup, ces communautés risquent l'anéantissement.

Le gouvernement du Bénin propose de convertir 300 000 à 400 000 hectares de zones humides en plantations de palmiers à huile dans le sud du pays. Le palmier à huile est, certes, une plante originaire des zones humides, mais les plantations vont drainer les terrains et la riche biodiversité qu'ils abritent s'en trouvera détruite.

Mais c'est en République démocratique du Congo que s'annoncent certains des plus gros projets en matière d'agrocarburants. En juillet 2009, l'entreprise chinoise ZTE Agribusiness Company Ltd a annoncé son projet d'installer une plantation de palmiers à huile de 1 million d'hectares afin de produire des agrocarburants. ZTE avait annoncé précédemment, en 2007, qu'elle investirait jusqu'à 1 milliard de dollars dans une plantation

---

1. On nomme ainsi les éléments naturels – comme la forêt, les océans, les tourbières ou les prairies – qui absorbent le CO_2 de l'atmosphère *via* la photosynthèse, stockent une partie du carbone prélevé et rejettent de l'oxygène dans l'atmosphère.

de 3 millions d'hectares. La société multinationale italienne de l'énergie ENI possède, de son côté, au Congo une plantation de palmiers à huile de 70 000 hectares.

L'Éthiopie marxiste se lance, elle aussi, avec enthousiasme dans l'aliénation de ses terres ! Elle a mis près de 1,6 million d'hectares de terres à la disposition des investisseurs désireux de développer des exploitations de cannes à sucre et de palmiers à huile. Jusqu'en juillet 2009, 8 420 investisseurs locaux et étrangers avaient reçu les autorisations nécessaires pour s'installer.

L'investisseur agricole le plus puissant du pays est le multimilliardaire saoudien Mohamed Al-Amoudi. Sa Saudi Star Agricultural Development Company détient des dizaines de milliers d'hectares dans quelques-unes des rares régions véritablement fertiles d'Éthiopie, au Sidamo et à Gambella. Il s'apprête à y acquérir 500 000 hectares supplémentaires pour planter de la canne à sucre destinée à la production de bioéthanol[1].

Au Kenya, la compagnie japonaise Biwako Bio-Laboratory cultivait, en 2007, 30 000 hectares de jatropha curcas, avec pour objectif la production d'huile de jatropha, et envisageait d'agrandir ses exploitations jusqu'à 100 000 hectares en dix ans. La compagnie belge HG Consulting assure, de son côté, le financement du projet Ngima. Celui-ci utilise la canne à sucre cultivée par de petits paysans sous contrat travaillant sur 42 000 hectares. La compagnie canadienne Bedford Biofuels s'est assurée, quant à elle, de 160 000 hectares de terres pour planter du jatropha. Elle détient une option pour 200 000 hectares supplémentaires.

En 2008, le président malgache, Marc Ravalo-

1. *Le Monde*, 29 juillet 2011.

manana, a conclu un accord secret avec l'entreprise transcontinentale coréenne Daewoo prévoyant la cession de 1 million d'hectares de terres arables. Daewoo en recevait la concession gratuitement pour quatre-vingt-dix-neuf ans sans aucune contrepartie monétaire. Daewoo prévoyait d'y planter des palmiers à huile destinés à la production de bioéthanol.

La seule obligation incombant à Daewoo consistait à construire des routes, des canaux d'irrigation et des dépôts.

Le 28 novembre 2008, le *Financial Times* de Londres révéla le contenu du contrat. Marc Ravalomanana fut chassé du palais présidentiel par le peuple en colère. Son successeur annula le contrat.

La Sierra Leone est le pays le plus pauvre du monde[1]. La société transcontinentale privée Addax Bioenergy, dont le siège est à Lausanne, vient d'y acquérir une concession de 20 000 hectares de terres fertiles. Elle veut y planter de la canne à sucre pour fabriquer du bioéthanol destiné au marché européen.

Une extension à 57 000 hectares est prévue[2].

Addax Bioenergy appartient au multimilliardaire vaudois Jean-Claude Gandur. La soixantaine épanouie, doué d'une intelligence brillante et d'une vitalité apparemment inépuisable, ce passionné d'affaires et d'art est fascinant par ses contradictions[3].

1. Cf. Index du Développement humain, New York, PNUD, 2010.
2. Dossier constitué par l'ONG Pain pour le Prochain, cf. *Le Courrier*, Genève, 9 juillet 2011.
3. Cf. Gerhard Mack, « Vom Nil an den Genfer See », in *Neue Zürcher Zeitung-am Sonntag*, Zürich, 22 mai 2011.

Il est né en Azerbaïdjan, a grandi en Égypte et a fait ses études à Lausanne. C'est auprès du sulfureux Marc Rich, à Zoug, qu'il a fait ses classes de trader[1].

En 2009, Gandur a vendu sa société transcontinentale Addax Petroleum pour 3 milliards de dollars à la société chinoise Sinopec[2].

La générosité personnelle de Gandur est légendaire. Il vient de confier sa double collection d'antiquités et de peinture abstraite française au Musée d'art et d'histoire de Genève, et s'est engagé à contribuer pour 40 millions de francs suisses à l'agrandissement du musée[3].

Sa fondation lutte contre le noma au Burkina Faso. Joan Baxter a visité le site en Sierra Leone. Elle raconte : « Répartis dans vingt-cinq villages du centre de la Sierra Leone, de petits exploitants agricoles produisent leurs propres semences et cultivent du riz, du manioc et des légumes. Adama, qui est en train de planter du manioc, assure que les revenus qu'elle tire de ses récoltes lui permettent de subvenir aux besoins de son mari paralysé et d'acquitter les frais de scolarité de ses trois enfants. Charles, qui revient des champs et rentre chez lui dans la chaleur de la fin d'après-midi, peut envoyer ses trois gamins à l'école grâce au produit de sa petite ferme. L'année prochaine, la majeure partie de ces agriculteurs ne pourront plus cultiver leurs terres [...]. Adama ne sait pas encore qu'elle va bien-

---

1. Marc Rich a été recherché pendant douze ans par la justice américaine pour nombre de délits, puis gracié par le président Clinton.

2. Sur l'empire Gandur, cf. Elisabeth Eckert, *Le Matin-Dimanche*, Lausanne, 7 août 2011.

3. Cf. « Jean-Claude Gandur, collectionneur esthète », *Revue du Musée d'art et d'histoire de* Genève, 14 août 2011.

tôt perdre les champs de manioc et de poivre qu'elle cultive sur les hautes terres[1]. »

Addax Bioenergy a conclu son contrat avec le gouvernement de Freetown. Les paysans vivant dans les vingt-cinq villages ont appris par ouï-dire leur ruine.

Le problème est commun à toute l'Afrique noire.

Pour les terres rurales, il n'existe généralement pas de registre foncier ; pour les sols urbains, il n'en existe que dans quelques villes. Théoriquement, toute la terre appartient à l'État. Les communautés rurales n'ont qu'un droit d'usufruit des terres qu'ils occupent.

Addax ne prend pas de risques. Elle fait financer son projet par la Banque africaine de développement. En Sierra Leone, comme dans de nombreux autres pays de l'hémisphère Sud, cette banque (comme d'autres ailleurs) se fait la complice active de la destruction des conditions de vie des familles paysannes africaines.

Trois concessions supplémentaires sont en négociation entre le gouvernement et Addax Bioenergy. Ces nouvelles concessions portent sur des terres où prospéreront des plantations géantes de palmiers à huile.

La Sierra Leone sort d'une effroyable guerre civile de onze ans. En dépit de l'arrêt des combats en 2002, la reconstruction n'avance pas. Près de 80 % de la population vit dans l'extrême pauvreté. Elle est gravement et en permanence sous-alimentée.

L'étude de faisabilité d'Addax Bioenergy évoque l'importation de machines, de camions, de pulvérisa-

---

1. Joan Baxter, « Le cas Addax Bioenergy », *Le Monde diplomatique*, janvier 2010.

teurs d'herbicides. Elle prévoit l'utilisation d'engrais chimiques, de pesticides, de fongicides.

Addax a choisi ces terres pour une raison précise : elles sont bordées par un des fleuves les plus importants de Sierra Leone, le Rokel.

Le contrat ne prévoit aucune clause sur la quantité d'eau qu'il sera permis de pomper pour arroser les plantations ni sur l'usage qui sera fait des eaux usées.

Pour les paysans de toute la région se profilent la menace du manque d'eau potable et d'irrigation et le danger de pollution.

Formellement, Addax a conclu un contrat de location sur cinquante ans, au prix de 1 euro par hectare. Le contrat assure à la société l'exemption de l'impôt sur le revenu des personnes physiques et des taxes douanières sur l'importation de matériel.

Les Suisses sont habiles. Ils ont associé à leur entreprise un influent homme d'affaires local, Vincent Kanu, et surtout le député de la région, Martin Bangura.

Sur le papier, la Sierra Leone est une démocratie. De fait, les députés règnent sur leur région comme des satrapes.

Addax Bioenergy a chargé Bangura d'« expliquer » aux populations locales le détail du projet. Selon le député, les paysans spoliés bénéficieront, en guise de contrepartie, des 4 000 emplois qu'Addax Bioenergy a promis de créer. Mais une étude indépendante effectuée sur place dément cette promesse. Peu d'emplois sont prévus[1]. D'ailleurs, à quelles conditions ? Nul ne l'a dit.

---

1. Coastal and Environmental Services, « Sugar cane to ethanol project. Sierra Leone, environmental, social and health impact assessment », Freetown (Sierra Leone), octobre 2009.

Une indication, pourtant. À l'heure actuelle, Addax Bioenergy emploie une cinquantaine de personnes pour veiller sur les jeunes pousses de canne à sucre et de manioc plantées sur les berges du fleuve Rokel. Elle leur verse un salaire journalier de 10 000 leones, soit l'équivalent de 1,8 euro[1].

L'opération réalisée par Addax en Sierra Leone est caractéristique de la plupart des acquisitions de terres réalisées par les seigneurs de l'« or vert ». Et la corruption de certains de leurs associés locaux joue souvent un rôle clé dans ces opérations de spoliation.

Ce qui ajoute au scandale, c'est que les banques publiques, payées par le contribuable – telles la Banque mondiale, la Banque européenne d'investissement, la Banque africaine de développement, etc. –, financent ces spoliations.

Que vont devenir Adama et Charles, leurs enfants, leurs parents, leurs voisins ?

Ils seront expulsés. Mais où ?

Vers les sordides bidonvilles de Freetown, où courent les rats, où les enfants se prostituent, où les pères de famille sombrent dans le chômage permanent et le désespoir.

Les agrocarburants provoquent des catastrophes sociales et climatiques. Ils réduisent les terres vivrières, détruisent l'agriculture familiale et contribuent à aggraver la faim dans le monde.

Leur production s'accompagne du rejet dans l'atmosphère de dioxyde de carbone en grande quantité et absorbe un volume élevé d'eau potable.

Que la consommation d'énergie fossile doive être

1. Au taux de change de 2011.

réduite rapidement et massivement, cela ne fait aucun doute. Pourtant, la solution ne réside pas dans les agro-carburants, mais bien plutôt dans les économies d'énergie et dans les énergies alternatives propres, telles les éoliennes et l'énergie solaire.

Bertrand Piccard est l'un des hommes les plus rayonnants que je connaisse. Du 1er au 21 mars 1999, il a effectué – en compagnie de Brian Jones – le premier tour du monde sans escale en ballon. Il s'apprête aujourd'hui à faire le tour de la planète en un avion solaire, nommé *Solar Impulse*. L'avion fonctionnera exclusivement à l'énergie solaire.

Bertrand Piccard me dit en souriant : « Je veux contribuer à libérer l'humanité du pétrole. »

En 2007, devant l'Assemblée générale des Nations unies à New York, j'avais déclaré : « Produire des agrocarburants avec des aliments est criminel. »

J'en avais demandé l'interdiction.

Les seigneurs de l'« or vert » ont réagi avec vigueur.

La *Canadian Renewable Fuel Association*, la *European Bioethanol Fuel Association* et la *Brazilian Sugar Cane Industry Association* – trois des plus puissantes fédérations de producteurs de bioéthanol – sont alors intervenues auprès de Kofi Annan pour dénoncer ma déclaration « apocalyptique » et « absurde »[1].

Je n'ai pas changé d'avis.

Sur une planète où toutes les cinq secondes un enfant de moins de dix ans meurt de faim, détourner des terres vivrières et brûler de la nourriture pour en faire du carburant constituent un crime contre l'humanité.

---

1. « UN is urged to disavow rogue biofuels remarks », *The Wall Street Journal*, 13 novembre 2007.

SIXIÈME PARTIE

Les spéculateurs

1

Les « requins tigres »

Le requin tigre est un très gros animal de la famille des carcharinidés, carnivore et extrêmement vorace. Doté de grandes dents et d'yeux noirs, c'est un des habitants les plus redoutés de la planète. Il est présent dans toutes les mers tempérées et tropicales, avec une préférence pour les eaux troubles.

Avec ses mâchoires, il développe une pression de plusieurs tonnes par centimètre carré. Pour apporter de l'oxygène à son organisme, il nage en permanence.

Le requin tigre est capable de détecter une goutte de sang diluée dans 4 600 000 litres d'eau.

Le spéculateur en biens alimentaires agissant à la bourse des matières premières agricoles à Chicago (le *Chicago Commodity Stock Exchange*) correspond assez bien à la description du requin tigre. Lui aussi est capable de détecter ses victimes à des dizaines de kilomètres et de les anéantir en un instant. Tout en satisfaisant sa voracité, autrement dit en réalisant de faramineux profits.

Les lois du marché font que seule la demande solvable est comblée. Elles imposent l'ignorance délibérée du fait que l'alimentation est un droit humain, un droit pour tous.

Le spéculateur en matières premières alimentaires agit

sur tous les fronts et avale tout ce qui est susceptible de lui rapporter quelque chose : il joue notamment avec la terre, les intrants, les semences, les engrais, les crédits et les aliments. Mais la spéculation est une activité hasardeuse. Les spéculateurs peuvent réaliser en quelques instants un profit gigantesque, ou perdre des sommes colossales.

Deux exemples.

Jeune *trader* de la Société générale, Jérôme Kerviel a engagé des prises de position sur des contrats à terme pour près de 50 milliards d'euros, une somme supérieure aux fonds propres de sa banque. Découvert en janvier 2008, on lui a reproché d'avoir occasionné une perte de 4,8 milliards d'euros[1] à la Société générale.

À l'opposé, en 2009, le *Gaïa World Agri Fund*, un des plus féroces spéculateurs sur les biens agroalimentaires, avec siège à Genève, a, de son côté, réalisé un gain net sur investissements de 51,9 %[2].

La définition classique de la spéculation donnée par l'économiste britannique Nicholas Kaldor est la suivante : on appelle spéculation « l'achat (ou la vente) de marchandises en vue d'une revente (ou d'un rachat) à une date ultérieure, en anticipation d'un changement de prix en vigueur, et non en vue d'un avantage résultant de leur emploi, ou d'une transformation ou d'un transfert d'un marché à un autre[3]. »

---

1. En octobre 2010, la 11ᵉ chambre correctionnelle de Paris a condamné Jérôme Kerviel à cinq ans de prison (dont trois ans fermes) et au paiement de dommages et intérêts à hauteur de 4,9 milliards d'euros.

2. Cf. *Gaïa capital advisory, company presentation*, Genève, 2011. *Gaïa*, en grec, veut dire « terre ».

3. Nicholas Kaldor, « Spéculation et stabilité économique », *Revue française d'économie*, vol. 2, n° 3, 1987, p. 115-164.

L'*International Food Policy Research Institute* (IFPRI) donne une définition plus simple encore : « La spéculation est l'acceptation d'un risque de perte en vue de l'incertaine possibilité d'une récompense[1]. »

Ce qui distingue un spéculateur de tout autre opérateur économique, c'est qu'il n'achète rien pour son propre usage. Le spéculateur achète un bien – un lot de riz, de blé, de maïs, d'huile, etc. – pour le revendre plus tard ou immédiatement dans l'intention, si les prix varient, de le racheter plus tard.

Le spéculateur n'est pas à l'origine de la montée des prix, mais, par son intervention, il accélère le mouvement.

Sur les marchés boursiers, il existe trois catégories d'opérateurs : les opérateurs dits en couverture, qui cherchent à se protéger contre les risques liés aux variations des prix d'actifs (cours boursiers, cours de change) ; les arbitragistes, dont l'activité consiste à échanger des titres (ou des devises) dans le but de réaliser des gains sur les différences de taux d'intérêt ou de prix d'actifs ; enfin, les spéculateurs.

Les instruments par excellence du spéculateur en matières premières agricoles sont le produit dérivé et le contrat à terme. Un mot de leur genèse. Je cite Olivier Pastré, l'un des principaux experts en la matière : « [...] les premiers marchés de produits dérivés ont été créés au début du XXe siècle, à Chicago, pour aider les agriculteurs du Middle West à se protéger contre les évolutions erratiques des cours des matières premières. Mais ces produits financiers d'un type nouveau se sont,

---

1. IFPRI, « When Speculation matters », étude de Miguel Robles, Maxime Torero et Joachim von Braun, Washington, février 2009.

depuis le début des années 1990, transformés, de produits d'assurance qu'ils étaient en produit de pure spéculation. En trois ans à peine, de 2005 à 2008, la part des acteurs non commerciaux sur les marchés du maïs est ainsi passée de 17 % à 43 %[1]. »

Sur les marchés mondiaux, les produits agricoles s'échangent donc depuis longtemps, et cela sans problème majeur jusqu'à 2005.

Alors pourquoi tout a-t-il basculé en 2005 ?

Tout d'abord, le marché des produits agricoles est très spécifique. Encore Pastré : « [...] ce marché est un marché de surplus et d'excédents. Seule une partie réduite de la production agricole est échangée sur les marchés internationaux. Le commerce international des céréales représente ainsi à peine plus de 10 % de la production, toutes cultures confondues (7 % pour le riz). Un déplacement minime de la production mondiale dans un sens ou dans l'autre peut ainsi faire basculer le marché. S'ajoute à cela un deuxième facteur, qui particularise le marché des produits agricoles : alors que la demande (la consommation) est très rigide, l'offre (la production) est très éclatée (donc incapable de s'organiser et de peser sur l'évolution des prix) et soumise plus que toute autre aux aléas climatiques. Ces deux facteurs expliquent l'extrême volatilité des prix sur ces marchés, volatilité que la spéculation ne fait qu'amplifier[2]. »

1. Olivier Pastré, « La crise alimentaire mondiale n'est pas une fatalité », in *Les Nouveaux Équilibres agroalimentaires mondiaux*, sous la direction de Pierre Jacquet et Jean-Hervé Lorenzi, coll. « Les Cahiers du Cercle des Économistes », Paris, PUF, 2011, p. 29.
2. *Ibid.*

Jusqu'à peu, l'essentiel des spéculateurs opéraient sur les marchés financiers. En 2007, ces marchés ont implosé : des milliers de milliards de dollars de valeurs patrimoniales ont été détruits. En Occident, mais aussi en Asie du Sud-Est, des dizaines de millions d'hommes et de femmes ont perdu leur emploi. Les gouvernements ont réduit leurs prestations sociales. Des centaines de milliers de petites et moyennes entreprises ont fait faillite.

L'angoisse du lendemain, la précarité sociale se sont installées à Paris, Berlin, Genève, Londres, Rome, etc. Certaines villes ont été dévastées, comme Detroit ou Rüsselsheim.

Dans l'hémisphère Sud, des dizaines de millions de personnes supplémentaires ont sombré dans le martyre de la sous-alimentation, des maladies par carence, de la mort par la faim.

Les prédateurs boursiers, en revanche, ont été largement redotés par les États.

L'argent public finance désormais leurs somptueux « boni », leurs Ferrari, leurs Rolex, leurs hélicoptères privés et leurs demeures luxueuses entre Floride, Zermatt et Bahamas.

Bref, les États occidentaux s'étant montrés incapables d'imposer une quelconque limite juridique aux spéculateurs, le banditisme bancaire est aujourd'hui plus florissant que jamais. Mais suite à l'implosion des marchés financiers, qu'ils ont eux-mêmes causée, les « requins tigres » les plus dangereux, avant tout les *Hedge Funds* américains, ont migré sur les marchés des matières premières, notamment sur les marchés agroalimentaires.

Les champs d'action des spéculateurs sont quasiment

illimités. Tous les biens de la planète peuvent faire l'objet de paris spéculatifs sur l'avenir. Dans le présent chapitre, nous nous concentrons sur l'un d'entre eux : celui qui porte sur le prix des aliments, notamment des aliments de base, et celui qui s'attache au prix de la terre arable.

Rappelons qu'on appelle aliment de base le riz, le maïs et le blé qui, ensemble, couvrent 75 % de la consommation mondiale (le riz à lui seul : 50 %).

Par deux fois durant ces quatre dernières années, les spéculateurs ont provoqué une flambée des prix alimentaires : en 2008 et début 2011.

La flambée des prix des aliments de base de 2008 a provoqué, je l'ai rappelé, les fameuses « émeutes de la faim » qui ont secoué trente-sept pays. Deux gouvernements ont été renversés sous le choc, celui d'Haïti et celui de Madagascar. Les images des femmes du bidonville haïtien de Cité-Soleil préparant des galettes de boue pour leurs enfants tournaient alors en boucle sur les écrans de télévision. Violences urbaines, pillages, manifestations rassemblant des centaines de milliers de personnes dans les rues du Caire, de Dakar, de Bombay, de Port-au-Prince, de Tunis, réclamant du pain pour assurer leur survie, ont fait la une des journaux pendant plusieurs semaines.

Le monde prit soudainement conscience qu'au XXIe siècle des hommes mouraient de faim par dizaines de millions. Puis, le silence recouvrit de nouveau la tragédie. L'intérêt pour ces millions de personnes ne fut qu'un feu de paille et l'indifférence reprit possession des esprits.

Plusieurs facteurs sont à l'origine de l'augmentation

des prix des denrées alimentaires de base en 2008[1] :
l'augmentation de la demande globale en agrocarburants ; la sécheresse, et donc les mauvaises récoltes
dans certaines régions ; le plus faible niveau atteint
pour les stocks mondiaux de céréales depuis trente ans ;
l'augmentation de la demande des pays émergents en
viande et donc en céréales ; le prix élevé du pétrole ;
et, surtout, la spéculation[2].

Examinons de plus près cette crise.

Le marché des produits agricoles reflète l'équilibre
entre l'offre et la demande, et vit donc au rythme de
ce qui les affecte, par exemple ces aléas climatiques
qui modifient toujours l'équilibre. C'est ainsi qu'un
petit incident en un point de la planète, en raison de
ses éventuelles répercussions sur le volume global de
production de denrées alimentaires (offre) alors que
la population mondiale ne cesse de croître (demande),
aura peut-être des répercussions considérables sur les
marchés et pourra provoquer une flambée des prix.

La crise de 2008 aurait été déclenchée par El Niño
à partir de 2006[3]. Quoi qu'il en soit, en considérant
les courbes des prix mondiaux des céréales sur le graphique suivant, nous voyons bien que les prix ont com-

1. Pierre Jacquet et Jean-Hervé Lorenzi, *Les Cahiers du Cercle
des Économistes*, *op. cit.*
2. Philippe Colomb analyse le problème du manque de réserves
mondiales de denrées de base ; *in* « La question démographique et la
sécurité alimentaire », *Revue Politique et Parlementaire*, juin 2009.
3. Cette idée est notamment défendue par Philippe Chalmin,
in *Le Monde a faim*, Paris, Éditions Bourin, 2009. El Niño est un
courant saisonnier chaud sur le Pacifique, au large du Pérou et de
l'Équateur, dont le comportement provoque depuis quelques années
de nombreux bouleversements climatiques.

mencé à augmenter progressivement dès 2006 et qu'ils ont bondi en 2008 pour atteindre des sommets vertigineux. En 2008, l'indice des prix de la FAO s'est retrouvé en moyenne à 24 % au-dessus de celui de 2007, et à 57 % au-dessus de celui de 2006[1].

Prix mondiaux des céréales (Jan 06 = 100)

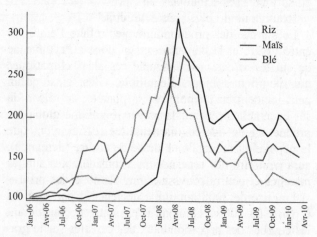

Source : FAO 2010.

Philippe Chalmin explique[2] : « [...] en mars [2008] à Chicago, le blé de qualité standard approcha les 500 dollars la tonne. À Minneapolis, un blé supérieur, le *Dark Northern Spring*, s'afficha même à 800 dollars. En Méditerranée, le blé dur, celui dont on fait les pâtes

1. FAO, *La situation des marchés des produits agricoles. Flambée des prix et crise alimentaire, expérience et enseignement*, Rome, 2009.
2. Philippe Chalmin, *Le Monde a faim, op. cit.*

et le couscous, coûtait plus de 1 000 dollars. [...] Mais la crise n'était pas limitée au blé. L'autre grande céréale vivrière, le riz, connut à peu près la même évolution, avec des prix qui, à Bangkok, passèrent de 250 à plus de 1 000 dollars la tonne[1]. »

Pour ce qui est du maïs, le bioéthanol américain et ses quelque 6 milliards de dollars de subventions annuelles distribués aux producteurs de l'« or vert » « ont considérablement réduit l'offre des États-Unis sur le marché mondial[2]. » Or, le maïs contribuant pour partie à assurer l'alimentation animale, sa rareté sur les marchés, alors que la demande en viande progresse, a également contribué à augmenter les prix dès 2006.

En temps ordinaire, la récolte céréalière mondiale s'élève à environ 2 milliards de tonnes, dont un quart environ est consacré à l'alimentation du bétail. Une progression de la demande de viande provoque donc nécessairement une baisse substantielle de la quantité de céréales disponibles sur le marché.

En 2008, des inondations ont en outre frappé le *Corn Belt* américain, le grenier céréalier des États-Unis dans le Middle West, notamment l'Iowa, contribuant à augmenter encore les prix du maïs.

Philippe Chalmin montre bien la double dimension – économique et morale – de l'action des opérateurs sur les marchés de matières premières agricoles : « Que l'on puisse spéculer sur le prix du blé peut apparaître choquant, voire immoral, et nous renvoie à tout un passé d'accaparement et de manipula-

1. *Ibid.*
2. *Ibid.*

tion des prix au profit de quelques financiers douteux…[1] » Mais pour les spéculateurs, les produits agricoles sont des produits de marché comme les autres. Ils n'éprouvent aucune considération particulière pour les conséquences que leur action peut avoir sur des millions d'êtres humains du fait de l'augmentation des prix.

Ils jouent « à la hausse », c'est tout.

En l'occurrence, les « requins tigres » ont détecté le sang avec retard. Mais dès qu'ils ont eu identifié la proie, ils l'ont attaquée avec vigueur.

Laetitia Clavreul signale le mouvement : « Les fonds spéculatifs se sont engouffrés sur les marchés agricoles, provoquant une amplification de la volatilité. […] Les matières premières agricoles se banalisent en tant qu'objet de marché. Depuis 2004, les fonds spéculatifs ont commencé à s'intéresser à ce secteur, jugé sous-évalué, ce qui explique le développement des marchés à terme. À Paris, le nombre des contrats sur le blé est passé, entre 2005 et 2007, de 210 000 à 970 000 […][2]. »

La spéculation sur les denrées alimentaires a pris alors de telles proportions que même le Sénat américain s'en est inquiété. Il a dénoncé une « spéculation excessive » sur les marchés du blé, critiquant notamment le fait que certains *traders* détinssent jusqu'à 53 000 contrats en même temps ! Il a critiqué égale-

---

1. *Ibid.*, p. 45.
2. Laetitia Clavreul, « Alimentation, la volatilité des cours fragilise les coopératives et déboussole les politiques d'achat des industriels. La spéculation sur les matières premières affole le monde agricole », *Le Monde*, 24 avril 2008.

ment le fait que « six fonds indiciels soient actuellement autorisés à tenir 130 000 contrats sur le blé au
même moment, soit un montant 20 fois supérieur à
la limite autorisée pour les opérateurs financiers standard[1] ».

Devant la folle envolée des prix, de grands pays
exportateurs ont fermé leurs frontières. Craignant la
sous-alimentation et les émeutes de la faim sur leur
propre territoire, ils ont suspendu leurs exportations,
accentuant encore la rareté sur les marchés et ampli-
fiant la hausse des prix. Laetitia Clavreul : « De nombreux pays producteurs […] ont bloqué ou limité leurs
exportations, d'abord de blé (Ukraine, Argentine…)
puis de riz (Vietnam, Inde…)[2]. »

Un jour de mai 2009 au Sénégal…
En compagnie de l'ingénieur agronome et conseiller
en coopération de l'ambassade de Suisse, Adama Faye,
et de son chauffeur, Ibrahima Sar, je suis en route en
direction du Nord, vers Saint-Louis.
J'ai auprès de moi – étalés sur mes genoux – les
derniers tableaux statistiques de la Banque africaine
de développement.
La route est droite, asphaltée, monotone. Les bao-
babs défilent, la terre est jaune, poussiéreuse.
Dans la vieille Peugeot noire l'air est irrespirable.
J'interroge sans discontinuer Adama Faye. C'est un

1. Paul-Florent Montfort, « Le Sénat américain dénonce la spéculation excessive sur les marchés à terme agricoles », Rapport
du sous-comité permanent du Sénat des États-Unis en charge des
enquêtes. http://www.momagri.org/fr
2. Laetitia Clavreul, *op. cit.*

homme placide, plein d'humour, extraordinairement compétent. Mais je sens monter son énervement : à l'évidence, mon questionnement incessant l'agace.

Nous traversons le Ferlo. Il n'y a presque plus de jeunes gens dans cette région pastorale semi-aride. Le Ferlo comptait 500 000 habitants. Des dizaines de milliers d'entre eux ont migré du côté des bidonvilles de Dakar. D'autres ont risqué la traversée nocturne vers les Canaries. Certains ont disparu corps et biens.

L'eau manque... Le chemin de fer Dakar-Saint-Louis est arrêté depuis longtemps. Les rails rouillent paisiblement au soleil. Le sable les recouvre.

L'érosion, l'incurie du gouvernement, la misère qui rend léthargique ont eu raison des forces vives de cette magnifique contrée.

Nous entrons à Louga. Nous sommes encore à 100 kilomètres de Saint-Louis. Tout à coup, Adama fait arrêter la voiture.

« Viens ! Allons voir ma petite sœur... elle n'a pas besoin de tes statistiques pour t'expliquer ce qui se passe. »

Un marché pauvre, quelques étals au bord de la route. Des monticules de niébé, du manioc, quelques poules qui caquettent derrière leur grillage. Des arachides, quelques tomates ridées, des pommes de terre. Des oranges et des clémentines d'Espagne. Pas une mangue, un fruit pourtant si réputé au Sénégal.

Derrière un des étals de bois, vêtue d'un ample boubou jaune vif et d'un foulard de tête assorti, est assise une jeune femme joyeuse qui bavarde avec ses voisines. Adama nous présente Aïcha, en vérité sa cousine. Elle répond à mes questions avec vivacité. Mais à mesure qu'elle parle, je sens sa colère monter.

Les voisines s'en mêlent. Bientôt se fait autour de nous, sur le bord poussiéreux de la route du Nord, un bruyant et joyeux attroupement d'enfants de tous âges, de jeunes, de vieilles femmes. Tous et toutes veulent dire leur mot, expliquer leur indignation.

Le sac de riz importé de 50 kilogrammes est à 14 000 francs CFA. Du coup, la soupe du soir est de plus en plus liquide. Seuls quelques grains sont autorisés à flotter sur l'eau dans la marmite.

Personne, dans le voisinage, n'est plus en mesure d'acquérir un quart de sac de riz, pour ne rien dire d'un sac entier. Chez le marchand, les femmes achètent désormais le riz en gobelet.

La petite bouteille de gaz est passée, d'année en année, de 1 300 à 1 600 francs CFA ; le kilo de carottes de 175 à 245 francs CFA ; la baguette de pain de 140 à 175 francs CFA.

Quant à la barquette de 30 œufs, son prix a augmenté en une année de 1 600 à 2 500 francs CFA.

Même problème pour les poissons.

Les hommes qui, dans leurs camionnettes blanches, apportent les poissons séchés de la Petite-Côte, de M'bour, demandent 300 francs CFA par kilogramme.

Aïcha est en colère. Elle parle fort. Rit parfois. Un rire clair, joyeux comme un torrent au printemps. Elle affecte maintenant de se quereller avec ses voisines. Trop timides, à son avis, dans la description qu'elles font de leur situation.

« Dis au Toubab ce que tu paies pour un kilo de riz… dis-le-lui… n'aie pas peur… Tout augmente presque tous les jours. »

Je demande : « La faute à qui ? »

Aïcha : « Les camionneurs… Ce sont des bandits… »

Toutes les marchandises arrivent par la route, puisque le gouvernement a liquidé le chemin de fer.

Adama intervient alors, défend les camionneurs : « À la pompe, le litre d'essence est vendu à 618 francs CFA, un litre de diesel à 419 francs[1]. »

Aïcha a pointé un fléau souvent négligé par les statisticiens, qui ne retiennent que le prix des aliments à l'importation.

Le riz est la nourriture de base au Sénégal. Le gouvernement importe tous les ans environ 75 % du riz consommé dans le pays. En traitant avec les entreprises multinationales qui dominent le marché. Ce riz est vendu *Free on Board* (FOB) au gouvernement sénégalais. Autrement dit, son prix n'inclut ni les frais d'assurances ni les frais de transport. Or, en 2008, sur le *spot-market* (marché au comptant) de Rotterdam, le prix du pétrole a atteint des pics de 150 dollars par baril.

Aïcha et ses sept enfants ont payé la facture. À Louga, dans le Ferlo sénégalais, les prix des biens de première nécessité ont pratiquement doublé en un an.

Or, le pétrole est lui aussi la proie des « requins tigres »…

C'est ainsi que, lentement, la finance dévore l'économie[2].

Tournons-nous maintenant du côté des premiers mois de 2011. La nouvelle flambée des prix a le goût amer du déjà-vu.

---

1. Taux de change approximatif : 400 francs CFA = 1 dollar.
2. *Le Monde*, « L'inquiétante volatilité des prix des matières premières agricoles », 11 janvier 2011 ; cf. aussi Banque mondiale, Rapport « Food price Watch », Washington, février 2011.

La Banque mondiale écrit : « L'indice des prix alimentaires [de la Banque mondiale], qui a augmenté de 15 % entre octobre 2010 et janvier 2011, est en hausse de 29 % par rapport à son niveau à la même période l'année dernière, et juste 3 % en dessous de son niveau record de 2008. […] La hausse enregistrée au cours du dernier trimestre peut être en grande partie attribuée aux augmentations des prix du sucre (20 %), des matières grasses et huiles (22 %), du blé (20 %) et du maïs (12 %)[1]. »

La Banque mondiale estime à au moins 44 millions d'hommes, d'enfants et de femmes appartenant aux classes vulnérables des pays à revenu faible ou intermédiaire qui ont, depuis début 2011, rejoint l'armée de la nuit des sous-alimentés mutilés par la faim, la désagrégation familiale, la misère extrême et l'angoisse du jour qui vient.

Paru au premier trimestre, le rapport de la Banque mondiale ne prend évidemment pas en compte les 12,4 millions d'êtres humains, vivant dans les cinq pays de la Corne de l'Afrique et qui, dès juin 2011, ont été frappés par une des famines les plus terribles de ces vingt dernières années.

Encore la Banque mondiale : « L'augmentation des prix du blé sur les marchés mondiaux s'est traduite dans de nombreux pays par de fortes hausses des prix intérieurs. La corrélation entre la hausse mondiale et les hausses de prix des produits dérivés du blé au

1. Banque mondiale, Rapport « Food price Watch », *op. cit.* Cf. aussi : Jean-Christophe Kroll, Aurélie Trouvé, « G20 et sécurité alimentaire : la vanité des discours », *Le Monde*, mercredi 2 mars 2011.

niveau intérieur a été forte dans un grand nombre de pays. Entre juin et décembre 2010, le prix du blé a fortement augmenté en République kirghize (54 %), au Tadjikistan (37 %), en Mongolie (33 %), au Sri Lanka (31 %), en Azerbaïdjan (24 %), en Afghanistan (19 %), au Soudan (16 %) et au Pakistan (16 %). »

On lit plus loin :

« En janvier 2011, les prix du maïs avaient augmenté d'environ 73 % par rapport à juin 2010. Cette hausse est attribuable à plusieurs facteurs, dont une série de révisions à la baisse des prévisions de récoltes, la faiblesse des stocks – le ratio stocks-utilisation des États-Unis pour 2010/2011 est estimé à 5 %, soit son plus bas niveau depuis 1995 –, la corrélation positive entre les prix du maïs et ceux du blé, et l'affectation du maïs à la production de biocarburants. Concernant ce dernier point, la demande de maïs pour la production d'éthanol a augmenté sous l'effet de la hausse des prix du pétrole, et ce d'autant plus que les niveaux actuels du prix du sucre rendent l'éthanol de sucre moins concurrentiel. »

Et encore :

« Les prix intérieurs du riz ont connu de fortes hausses dans certains pays, mais sont restés stables dans d'autres. Le Vietnam a ainsi enregistré une hausse significative de 46 % entre juin et décembre 2010, tandis qu'en Indonésie, au Bangladesh et au Pakistan – trois pays grands consommateurs de riz, surtout dans les classes pauvres –, l'augmentation des prix intérieurs a cadré avec celle des prix mondiaux (soit 19 %)[1]. »

Pratiquement tous les experts – sauf, naturellement,

---

1. Banque mondiale, Rapport « Food price Watch », *op. cit.*

les spéculateurs eux-mêmes – reconnaissent cette évidence : dans la flambée des prix alimentaires, la spéculation joue un rôle déterminant… et néfaste.

Deux témoignages de poids méritent d'être cités ici.

D'abord celui d'Olivier De Schutter, mon successeur au poste de rapporteur spécial des Nations unies pour le droit à l'alimentation : « Il n'y aurait pas eu de crise alimentaire sans spéculation. Ce n'était pas la seule cause de la crise, mais elle l'a accélérée et aggravée. Les marchés agricoles sont naturellement instables, mais la spéculation amplifie les brutales augmentations […]. Cela rend difficile la planification de la production et peut brutalement augmenter la facture alimentaire des pays importateurs de denrées[1]. »

Heiner Flassbeck fut le secrétaire d'État d'Oskar Lafontaine au ministère des Finances, lors du premier gouvernement Schroeder, à Berlin. Il est aujourd'hui l'économiste en chef de la CNUCED à Genève, et l'un des économistes les plus influents de la planète. Avec plus de cent collaborateurs et collaboratrices scientifiques, il dirige la plus importante unité de recherche de tout le système des Nations unies.

Voici son constat : « L'impact de la crise des crédits hypothécaires à risque (*subprimes*) s'est propagé bien au-delà des États-Unis, provoquant une contraction généralisée des liquidités et des crédits. Et la hausse des prix des matières premières, alimentée en partie par des fonds spéculatifs qui ont délaissé les instruments financiers pour les produits de base, complique encore la tâche des responsables de l'élaboration des

---

1. Cyberpresse.ca., « La spéculation au cœur de la crise alimentaire », entretien avec Olivier De Schutter, 2010.

politiques qui veulent éviter une récession tout en maîtrisant l'inflation[1]. »

Entre 2003 et 2008 les spéculations sur les matières premières au moyen de fonds indexés ont augmenté de 2300 %. Selon la FAO (rapport 2011), seulement 2 % des contrats *futures* portant sur des matières premières aboutissent effectivement à la livraison d'une marchandise. Les 98 % restants sont revendus par les spéculateurs avant la date d'expiration. Frederick Kaufmann résume la situation : « Plus les prix du marché des aliments augmentent, plus ce marché attire l'argent et plus les prix alimentaires, déjà hauts, grimpent. »[2]

En janvier 2011, à Davos, le Forum économique mondial a classé la hausse des prix des matières premières, notamment alimentaires, comme l'une des cinq grandes menaces auxquelles le bien-être des nations doit faire face, au même titre que la guerre cybernétique ou la détention d'armes de destruction massive par des terroristes.

Pour ce qui est de l'admission au Forum économique mondial, son fondateur, Klaus Schwab, opère une sélection astucieuse… et profitable. Il a créé le « Club des 1000 », où seuls sont admis les maîtres du monde qui dirigent chacun au moins une société dont le bilan dépasse le milliard de dollars.

Les membres du Club des 1000 paient 10 000 dol-

---

1. CNUCED, *Rapport sur le commerce et le développement*, New York et Genève, 2008.
2. Frederick Kaufmann *in* "Die Ware Hunger", Revue *Der Spiegel*, Hambourg, 29 août 2011.

lars l'entrée et sont les seuls à avoir accès à toutes les réunions. Parmi eux, évidemment, les « requins tigres » sont nombreux. L'hypocrisie des maîtres du monde réunis annuellement à Davos, dans le canton suisse des Grisons, n'aurait-elle pas de limite ?

Les discours d'ouverture tenus cette année-là dans le bunker du centre des Congrès auront pourtant clairement désigné le problème. Ils auront même condamné avec la dernière énergie les « spéculateurs irresponsables » qui, par pur appât du gain, ruinent les marchés alimentaires et aggravent la faim dans le monde. Puis se sera ensuivie, pendant six jours, une kyrielle de séminaires, de conférences, de cocktails, de rencontres, de réunions confidentielles dans les grands hôtels de la petite ville enneigée, pour commenter la question…

Mais dans les salles à manger des restaurants, les bars, les bistrots à raclette, les « requins tigres » affinent leurs stratégies, coordonnent leurs actions, préparent la prochaine attaque contre tel ou tel aliment de base (le pétrole ou telle monnaie nationale).

Ce n'est donc pas à Davos que le problème de la faim dans le monde trouvera sa solution.

Philippe Chalmin interroge : « Quelle est cette civilisation qui n'a rien trouvé de mieux que le jeu – l'anticipation spéculative – pour fixer le prix du pain des hommes, de leur bol de riz[1] ? »

Entre la raison marchande et le droit à l'alimentation, l'antinomie est absolue.

Les spéculateurs jouent avec la vie de millions d'êtres humains. Abolir totalement et immédiatement la spé-

1. Philippe Chalmin, *op. cit.*, p. 52.

culation sur les denrées alimentaires constitue une exigence de la raison.

Pour vaincre une fois pour toutes les « requins tigres », pour préserver les marchés des matières premières agricoles de leurs attaques à répétition, Heiner Flassbeck est lui aussi partisan d'une solution radicale : « Il faut arracher aux spéculateurs les matières premières, notamment alimentaires », écrit-il[1]. Dans sa langue maternelle, l'allemand, Flassbeck utilise le terme « *entreissen* » (arracher), qui indique qu'il est parfaitement conscient du rude combat qui attend ceux et celles qui entendent le mener.

De l'ONU, Flassbeck réclame un mandat spécifique. Celui-ci, explique-t-il, devrait confier à la CNUCED le contrôle mondial de la formation des prix boursiers des matières premières agricoles. Sur les marchés à terme, seuls, désormais, les producteurs, les marchands ou les utilisateurs de matière première agricole pourraient intervenir. Quiconque négocierait un lot de blé ou de riz, des hectolitres d'huile, etc., devrait être contraint à livrer le bien négocié. Il conviendrait également d'instaurer – pour les opérateurs – un plancher d'autofinancement élevé.

Quiconque ne ferait pas usage du bien négocié serait, de fait, exclu de la bourse.

Si elle était appliquée, la « méthode Flassbeck » éloignerait les « requins tigres » des moyens de survie des damnés de la Terre et ferait radicalement obstacle à la financiarisation des marchés agroalimentaires.

La proposition d'Heiner Flassbeck et de la CNUCED

---

1. Heiner Flassbeck, « Rohstoffe den Spekulanten entreissen », *Handelsblatt*, Düsseldorf, 11 février 2011.

est vigoureusement soutenue par une coalition d'organisations non gouvernementales et de recherche.

Leur argumentation est résumée dans l'essai remarquable de Joachim von Braun, Miguel Robles et Maximo Torero, directeur et chercheurs à l'*International Food Policy Research Institute* (IFPRI) de Washington, intitulé *When Speculation Matters*[1].

Opposer à ce projet que la fin de la spéculation sur les marchés agroalimentaires porterait atteinte au marché libre constitue évidemment une absurdité. Mais ce qui manque pour l'instant, c'est la volonté des États[2].

---

1. Washington, IFPRI, Publishing, 2009.
2. Il existe aux États-Unis une instance chargée de réguler la spéculation sur les aliments, la *US Commodity Futures Trading Commission*. Elle se révèle particulièrement inefficace.

2

Genève, capitale mondiale
des « requins tigres »

Marc Roche énonce une évidence : « Ce combat [contre la spéculation] est également indissociable de la lutte contre les paradis fiscaux où sont domiciliées les sociétés spéculatives. Or, aujourd'hui encore, les pays du G8-G20 sont d'une belle hypocrisie, dénonçant ce qu'ils protègent en sous-main [...]. L'effort de réglementation se heurte également à l'omnipotence du lobby bancaire[1]. »

27 % de tous les patrimoines *off-shore* du monde sont gérés en Suisse[2]. Les législations fiscales varient d'un canton à l'autre de la Confédération : dans celui de Zoug, les sociétés holdings ne paient que 0,02 % d'impôts. 200 000 holdings sont enregistrées à Zoug.

Dans les cantons de Genève, Vaud et Valais, les riches étrangers oisifs peuvent négocier directement avec le gouvernement cantonal le montant de l'impôt qu'ils sont disposés à payer. On appelle cela les « forfaits fiscaux »[3].

1. Marc Roche, « Haro sur les spéculateurs fous ! », *Le Monde*, 30 janvier 2011.
2. Un patrimoine est dit *off-shore* lorsqu'il est géré en dehors de son pays d'origine.
3. En droit suisse, le forfait fiscal est en principe un impôt pour résident n'exerçant pas d'activité lucrative, déterminé sur la base – pour le moins floue – des dépenses du contribuable et de sa famille.

En dépit de quelques aménagements obtenus par l'Union européenne et l'OCDE, le secret bancaire reste la loi suprême du pays.

Le franc suisse est désormais la deuxième monnaie de réserve du monde, juste derrière l'Euro qu'il est en train de rattraper, mais avant le dollar.

Le lobby bancaire est tout-puissant à Genève.

Cette merveilleuse petite république, à l'extrémité du Léman, sur le Rhône, compte un territoire de 247 kilomètres carrés et une population d'un peu plus de 400 000 âmes. Elle est la sixième place financière de la planète.

Elle est aussi un paradis fiscal abritant les avoirs de centaines de milliers de puissants personnages issus des cinq continents.

Mais depuis 2007 Genève est également devenue la capitale mondiale de la spéculation – notamment sur les matières premières agroalimentaires. Dans ce secteur, elle a maintenant détrôné la City de Londres[1].

Nombre de *Hedge Funds*, ces produits financiers fondés sur l'anticipation des marchés, autrement dit sur la spéculation, ont déménagé à Genève. Un exemple : Jabre Capital Partners, du Libanais Philippe Jabre, qui gère 5,5 milliards de dollars[2].

Attirés par l'extrême mansuétude, en matière fiscale, de son ministre des Finances actuel, l'écologiste David Hiler, les *traders* sur les matières premières agroalimentaires affluent dans la république et canton de Genève.

---

1. En 2009, le Premier ministre Gordon Brown a pris des mesures sévères contre les bonis, stock options, primes et autres revenus exorbitants des managers des *Hedge Funds* : quiconque touche des revenus supérieurs à 200 000 livres par an est taxé à hauteur de 50 % sur l'excédent.

2. Pour le portrait de Philippe Jabre, voir *Le Monde*, 2 avril 2011.

Les banques genevoises financent logiquement les spéculateurs, mettant à leur disposition les lignes de crédit indispensables au transport, d'un bout à l'autre de la planète, de colossales cargaisons de riz, de blé, de maïs, d'oléagineux, etc. La plus puissante société mondiale de surveillance des marchandises, la Société générale de surveillance (SGS), employant à la seule surveillance des principaux ports du monde plus de 10 000 personnes, a d'ailleurs son quartier général à Genève.

Le volume d'affaires portant sur les matières premières – dont une grande partie de matières premières agroalimentaires – traitées à Genève s'élevait en 2000 à 1,5 milliard de dollars, en 2009 à 12 milliards, en 2010 à 17 milliards[1].

En 2010, la Banque nationale évaluait par ailleurs le montant des dépôts dans des fonds de placement négociés en Suisse à 4 500 milliards de francs suisses, soit une somme équivalant à cinq fois le budget de la Confédération. Mais seulement un tiers de cette somme astronomique sommeille dans des fonds de placement suisses. Autrement dit : dans des fonds dont la gestion est soumise au droit suisse[2].

La majeure partie des *Hedge Funds* vendus en Suisse sont enregistrés aux Bahamas, aux îles Caïmans, à Curaçao, à Jersey, à Aruba, à La Barbade, etc., et échappent complètement ainsi à tout contrôle légal en Suisse.

Pratiquement tous les États occidentaux soumettent

1. Cf. Matthew Allen, « Genève, paradis du négoce », *Le Courrier*, Genève, 28 mars 2011.
2. Voir l'enquête d'Elisabeth Eckert, « 1 500 milliards de francs suisses au moins échappent à tout contrôle en Suisse », *Le Matin Dimanche*, 3 avril 2011.

les fonds de placement et d'investissement enregistrés sur leur territoire à une législation contraignante.

Or, les *Hedge Funds* enregistrés *off-shore* ne sont soumis à aucune de ces restrictions puisque ces places, par définition, ne légifèrent pas à leur sujet. C'est précisément ce qui les rend très attractifs. Ils fonctionnent, certes, moyennant un compte bancaire suisse ou, pour utiliser le jargon bancaire, ils sont « domiciliés » dans un institut genevois. Mais ils ne sont pas, je le répète, enregistrés en Suisse.

Les *Hedge Funds* constituent l'instrument spéculatif par excellence. Ils permettent les opérations les plus juteuses, mais aussi les plus risquées. Ils pratiquent, par exemple, le *short selling*, c'est-à-dire la vente de biens qu'on ne possède pas, et sont coutumiers du *leverage*, système consistant à emprunter des capitaux pour son propre compte, ceux-ci étant garantis par les capitaux reçus des investisseurs.

Dans la jungle genevoise, la concurrence est rude. Pour les *Hedge Funds* et autres fonds agroalimentaires, la *Company presentation* constitue un enjeu décisif. Elle comporte des présentations vidéo, des exposés statistiques, des représentations graphiques, etc., à travers lesquels chaque fond spéculatif tente d'attirer et de séduire le client. Le nom et les symboles de la cité de Calvin – le jet d'eau, la vue du mont Blanc, la cathédrale, le mur des Réformateurs – figurent en bonne place dans ces présentations : il s'agit avant tout de rassurer, de suggérer, pourquoi pas, que le *Hedge Fund* en question (enregistré aux îles Caïmans, à Curaçao, etc.) se trouve soumis à la législation helvétique. La stabilité politique de la république et canton de Genève, l'honnêteté de la plupart de ses citoyens, la solidité de ses institutions, le sérieux minéral de ses banquiers sont des arguments choc à l'adresse de l'investisseur d'où qu'il provienne – de France, des États-Unis, du Qatar ou d'Australie.

Mais la réalité est tout autre : l'immense majorité des *Hedge Funds*, je l'ai dit, ne relèvent pas du droit suisse. Ils ne sont pas non plus soumis au contrôle de l'autorité de surveillance des marchés financiers suisse, la FINMA[1]. Sa présidente actuelle, Anne Héritier Lachat, avoue : « Nous ne surveillons pas les fonds *off-shore* parce que la loi ne nous en donne pas la compétence[2]. »

Pour les deux tiers des spéculateurs rôdant dans la jungle genevoise, il n'existe donc aucun contrôle. Et cela désespère les épargnants et les investisseurs honnêtes. Un particulier ayant perdu des sommes importantes dans la jungle genevoise après s'être engagé avec des *Hedge Funds* spéculant sur le riz, le maïs, le blé se plaint en ces termes : « Comment se peut-il [...] qu'on laisse ainsi œuvrer des sociétés financières se prévalant de l'autorité de la FINMA, trompant en cela notre confiance, mais qui, en réalité, échappent à toute surveillance ?[3] »

Le gouvernement de la république et canton de Genève est aux petits soins avec les « requins tigres ». Outre les multiples privilèges fiscaux qu'il leur reconnaît, il subventionne et patronne la conférence annuelle que ceux-ci organisent à Genève.

Sous l'appellation « *JetFin Agro 2010 Conference* », les managers des *Hedge Funds* intervenant dans le secteur agroalimentaire se sont réunis, le 10 juin 2010, à

1. Le sigle FINMA est l'anagramme de *Finanzmarktaufsicht*.
2. Voir l'enquête d'Elisabeth Eckert, *loc. cit.*
3. *Ibid.*

l'*Hôtel Kempinski*, sur le quai du Mont-Blanc, à Genève, puis de nouveau dans le même palace le 7 juin 2011 : « L'agriculture est aujourd'hui la lumière rayonnante de l'univers des investisseurs », lit-on dans la brochure d'annonce de 2011. La promesse ? Des managers de haut vol expliqueront comment « réaliser des profits élevés sur des marchés passionnants »...

L'écusson de la république et canton de Genève de couleur rouge et or orne l'invitation, avec, en dessous, ces mots : « *Geneva Institutional Partner* ».

Une fois encore, le gouvernement bénit – et finance – le bassin luxueux où, du monde entier, convergent les « requins tigres ».

L'attitude des autorités genevoises relève du scandale.

Utiliser ainsi l'argent du contribuable et le prestige de Genève pour choyer quelques centaines de spéculateurs, parmi les plus malfaisants, c'est une honte. Deux ONG puissantes, l'une catholique, Action de Carême, l'autre protestante, Pain pour le Prochain, ont d'ailleurs adressé, le 28 juin 2010, une lettre de protestation vigoureuse au gouvernement.

Nos « Magnifiques Seigneurs » n'ont pas daigné répondre.

3

Vol des terres, résistance des damnés

Aussitôt après la crise alimentaire de 2008, nombre de *hedge funds*, de fonds souverains et de grandes banques ont commencé à acheter, à louer ou à acquérir de toute autre façon, des terres à grande échelle dans les pays du tiers-monde. Ils y produisent des denrées alimentaires afin de les exporter dans des pays à fort pouvoir d'achat, notamment en Europe, en Amérique du Nord et au Japon.

À l'aube d'une nouvelle crise alimentaire en 2011, les annonces d'accaparement de terres ont fleuri de plus belle. Ce phénomène, ajouté à l'accroissement des achats de terres à des fins spéculatives, le confirme : la terre est devenue une valeur sûre, une valeur refuge, plus rentable souvent que l'or.

Et, en effet, son prix étant en moyenne trente fois moins élevé dans les pays en développement que dans les pays du Nord, c'est un investissement qui rapporte. En outre, la communauté internationale n'étant pas décidée à protéger de sitôt les droits des populations locales, l'achat de terre à des fins spéculatives a de beaux jours devant lui.

En Afrique, en 2010, 41 millions d'hectares de terres arables ont été achetés, loués ou acquis sans contre-partie par des *Hedge Funds* américains, des banques européennes, des fonds d'États saoudiens, sud-coréens, singapourien, chinois, et autres.

L'exemple du Sud-Soudan est particulièrement ins-tructif.

Après vingt-six ans de guerre de libération et plus de 1 million de morts et de mutilés, le nouvel État du Sud-Soudan est né le 9 juillet 2011. Mais, avant même sa naissance, l'administration provisoire de Juba a bradé au trust agroalimentaire texan *Nile Trading and Development Inc.* 600 000 hectares de terres arables, soit 1 % du territoire national, à un prix défiant toute concurrence : les Texans ont payé 25 000 dollars, soit 3 centimes l'hectare. *Nile Trading and Development Inc.* jouit d'une option pour 400 000 hectares supplé-mentaires[1].

La spéculation est également « interne ».

Au Nigeria, de riches marchands de Sokoto ou de Kano ont mis la main par divers moyens – le plus souvent par la corruption des autorités publiques – sur des dizaines de milliers d'hectares de terres vivrières.

Les mêmes transactions douteuses se multiplient au Mali. De riches hommes d'affaires de Bamako – ou, plus souvent encore, issus de la diaspora malienne d'Europe, d'Amérique du Nord ou du Golfe – acquièrent des terres.

Ils ne les exploitent pas, mais ils attendent que les prix montent et pour les revendre à tel prince saou-dien ou à tel *Hedge Fund* de New York.

Or, les spéculateurs qui s'abattent sur les terres

---

1. Marc Guéniat, *La Tribune de Genève*, 9 juin 2011.

vivrières pour les revendre plus tard ou pour en tirer aussitôt des récoltes à exporter mettent en œuvre les méthodes les plus diverses pour déposséder les paysans africains de leurs moyens d'existence.

Pour ce qui concerne les « requins tigres » opérant sur les places financières de Genève et de Zurich, Pain pour le Prochain et Action de Carême ont mené l'enquête : « En Suisse, ce sont surtout des banques et des fonds d'investissements qui sont impliqués dans les projets d'accaparement de terres. Ainsi, le Crédit suisse et l'UBS ont participé en 2009 à l'émission d'actions pour le compte de *Golden Agri-Resources*. […] Cette entreprise indonésienne accapare de grandes surfaces de forêt tropicale pour y implanter de gigantesques monocultures de palmiers à huile – avec des conséquences désastreuses pour le climat et la population locale. De plus, on retrouve *Golden Agri-Resources* dans les fonds que les deux grandes banques proposent à leur clientèle. »

Et, plus loin :

« Les fonds de Sarasin et de Pictet investissent dans COSAN, dont l'une des activités est l'achat de terres et de fermes au Brésil dans le but de profiter de l'augmentation du prix des terrains. COSAN est fortement critiqué pour les conditions de travail proches de l'esclavage dans ses plantations […].

« Plusieurs fonds suisses, qu'ils soient classiques ou spéculatifs (*Hedge Funds*), investissent dans l'agriculture : *Global-AgriCap* à Zurich, *Gaïa World Agri Fund* à Genève, *Man Investments* à Pfäffikon. Tous investissent dans des entreprises qui achètent des terrains en Afrique, au Kazakhstan, au Brésil ou en Russie. »

Et Pain pour le Prochain et Action de Carême de conclure : « Tout ceci [le détournement des terres vivrières par les spéculateurs] a des conséquences désastreuses et exacerbe les conflits pour la terre dans ces régions où de plus en plus de ventres sont vides[1]. »

La mainmise des spéculateurs sur le sol produit les mêmes conséquences sociales que l'acquisition de terres par les vautours de l'« or vert ». Que l'on ait affaire à des Libyens au Mali, à des Chinois en Éthiopie, à des Saoudiens et à des Français au Sénégal, ces accaparements s'effectuent bien entendu au détriment des populations locales – et souvent sans même qu'elles n'aient été préalablement consultées.

Des familles entières se voient ainsi privées d'accès aux ressources naturelles et chassées de leurs terres. Quand les multinationales n'installent pas sur les sites leur propre contingent de travailleurs, une petite partie de la population locale pourra trouver du travail, mais pour un salaire de misère et des conditions de travail souvent inhumaines.

La plupart du temps, les familles sont expulsées de leurs terres ancestrales ; leurs potagers et leurs vergers sont bientôt détruits, quand la promesse d'une juste compensation reste lettre morte. Or, avec l'expulsion des petits paysans, c'est la sécurité alimentaire de milliers de personnes qui est mise en danger.

C'est aussi un savoir-faire ancestral, transmis de génération en génération, qui disparaît : la connaissance des sols, la lente sélection des graines en fonc-

---

1. « L'Accaparement des terres. La course aux terres aggrave la faim dans le monde », étude des ONG Pain pour le Prochain, Action de Carême, Lausanne, 2010.

tion des terrains, de l'ensoleillement et des pluies, tout cela est balayé en quelques jours.

À la place, les trusts agroalimentaires implantent des monocultures de plantes hybrides, ou génétiquement modifiées, cultivées sur la base de systèmes agro-industriels. Ils clôturent les parcelles de sorte que les paysans ou les nomades n'aient même plus accès à la rivière, à la forêt, aux pâturages.

Spéculant sur les denrées alimentaires, spéculant sur la terre, les *traders* spéculent en fait sur la mort.

Les grandes sociétés multinationales françaises implantées en Afrique comme Bolloré, Vilgrain, entre autres, se vantent des bienfaits qu'elles procureraient à la population locale en investissant sur leurs terres : construction d'infrastructures (routes, irrigation, etc.), offres d'emplois, accroissement de la production natio-nale, transfert de savoirs et de technologies, etc. Écou-tons Alexandre Vilgrain, président du Conseil français des investisseurs en Afrique (CIAN) : « [...] nous pou-vons considérer que les pays du Sud jugent les pays du Nord, et en particulier la France, bien moins sur leur politique d'aide au développement que sur la politique des entreprises qui investissent localement. [...] Le continent africain, où nos entreprises ont une longue et forte expérience avec, pour la plupart, un langage commun, devient le terrain de jeux d'investisseurs mon-diaux. Notre pays, et donc nos entreprises, y ont toutes leurs chances, à la condition de jouer plus collectif[1]. »

1. Alexandre Vilgrain, « Jouons collectifs ! », *La Lettre du CIAN* (Conseil français des investisseurs en Afrique), Paris, novembre-décembre 2010.

Le « terrain de jeux » du président Vilgrain, ce sont hélas bien souvent les lieux de désolation de l'Afrique.

La destruction s'accompagne d'un formidable bruit médiatique. Car les spéculateurs se plaisent à « communiquer ». Afin de masquer les conséquences de leurs actions, ils inventent à l'occasion des formules qui font mouche. L'une des plus usitées : le fameux « *win-win* » (gagnant-gagnant).

Instaurer une relation « *win-win* », fondée sur la satisfaction des besoins de chacune des parties, permet de résoudre les conflits. L'accord « *win-win* » est celui qui permet de maximaliser l'intérêt de chaque partie, d'accroître les gains de chaque partenaire. Bref, en perdant leurs terres, les paysans s'assureraient d'avantages, au même titre que les trusts agroalimentaires qui les leur volent !

La spéculation créerait pour ainsi dire le bonheur commun.

Le Forum social mondial qui s'est tenu à Dakar en février 2011 l'a confirmé : l'Afrique possède une société civile d'une extraordinaire vitalité. D'un bout à l'autre du continent, la résistance contre les « requins tigres » s'organise. En voici quelques exemples :

La Sosucam, Société sucrière du Cameroun, qui appartient à Alain Vilgrain, détient des milliers d'hectares de terres au Cameroun, qui est, avec la Sierra Leone, l'un des États les plus corrompus du continent[1].

Voici comment les choses se sont passées, si l'on en croit le Comité de développement de la région de

1. Voir la liste annuelle publiée par l'ONG *Transparency International*.

N'do (CODEN), une coalition camerounaise de syndicats paysans, d'églises et autres organisations issues de la société civile.

En 1965, la Sosucam a signé avec le gouvernement de Yaoundé un bail de quatre-vingt-dix-neuf ans pour développer ses activités sur 10 058 hectares. En 2006, un second bail a ajouté 11 980 hectares à la surface exploitée par l'entreprise.

À cette occasion, la Sosucam a bien versé une indemnité annuelle aux communautés affectées, mais d'un montant de 2 062 985 francs CFA (3 145 euros seulement), soit l'équivalent de 5 euros par famille et par an[1].

Sur les terres vivrières acquises par la Sosucam vivaient environ 6 000 personnes. Inutile de signaler qu'elles n'ont pas eu leur mot à dire lors des deux transactions qui ont été conclues entre les dirigeants de Yaoundé et le président Vilgrain.

Écoutons les résistants :

« Seuls 4 % des employés de la Sosucam sont d'anciens paysans ayant perdu leurs terres. En tant que travailleurs dans les plantations, ils ne gagnent pas suffisamment pour subvenir à leurs besoins et à ceux de leurs familles.

« Pollution des terres et des eaux, mauvaises conditions de travail, danger pour la santé à cause de la manipulation de produits toxiques, expropriation des familles, privation des accès aux ressources, absence d'indemnisation...

1. « Cameroun : Somdiaa sucre les droits ». Appels urgents 341, Peuples solidaires. http://www.peuples.solidaires.org/341-cameroun-somdiaa-sucre-les-droits

« [...] voici les conséquences immédiates de la main-mise de Vilgrain sur ces terres camerounaises[1]. »

Sur le site Internet du groupe Somdiaa[2], la société mère de la Sosucam, dirigé par la famille Vilgrain depuis 1947[3], on peut lire ces paroles édifiantes : « Les valeurs humaines constituent le fondement de notre Groupe. »

La mobilisation des cultivateurs, des syndicalistes, des communautés religieuses et des militants urbains réunis dans le CODEN est parvenue à empêcher la signature, entre le président Vilgrain et les ministres de Yaoundé, d'un troisième contrat qui aurait impliqué une nouvelle spoliation de terres et un nouvel exode forcé de familles paysannes.

Autre exemple : le Bénin.

La majorité des 8 millions de Béninois sont des cultivateurs petits et moyens travaillant sur des parcelles de 1 ou 2 hectares. Un tiers des Béninois vivent dans l'extrême pauvreté, avec un revenu journalier de 1,25 dollar ou moins[4].

La sous-alimentation frappe plus de 20 % des familles.

Au Bénin, ce sont dans un premier temps les barons du régime actuel (ou des régimes précédents) qui ont

1. Appels urgents 341, *op. cit.*

2. Somdiaa possède notamment trois minoteries au Cameroun, au Gabon, à la Réunion, quatre usines de production de sucre au Congo, au Tchad et au Cameroun, ainsi que des dizaines de milliers d'hectares dans plusieurs pays.

3. Les Vilgrain ont dirigé les Grands Moulins de Paris, société leader européenne de la filière blé et point de départ de leur aventure agro-industrielle africaine.

4. Ester Wolf, *Spéculation foncière au Bénin au détriment des plus pauvres*, Lausanne, Pain pour le Prochain, coll. « Repères », Lausanne, 2010.

accaparé les terres. Menacés de mourir de faim, les cultivateurs avaient alors vendu leurs terres, souvent à un prix dérisoire, « pour une bouchée de manioc[1] ».

Les barons pratiquent toujours de la même façon. Ils accumulent les hectares mais laissent en friche les terres acquises. Ils attendent que les prix montent, pour les revendre. Bref, comme sur n'importe quel marché immobilier de n'importe quelle ville d'Europe, les spéculateurs achètent, vendent, puis rachètent, puis revendent toujours le même bien en anticipant des profits toujours plus élevés.

La contrée de Zou avait été par le passé le grenier à blé du Bénin. Aujourd'hui, elle compte le taux le plus élevé du pays en enfants de moins de cinq ans gravement sous-alimentés.

Au lieu d'investir dans l'agriculture vivrière – autrement dit de favoriser l'acquisition d'engrais, d'eau, de semences, de moyens de traction, d'outils, d'infrastructures routières – le gouvernement de Cotonou, de son côté, préfère importer du riz d'Asie et du blé du Nigeria, ce qui ruine davantage encore les cultivateurs locaux.

Ancien banquier, proche des « investisseurs » étrangers, notamment français, Boni Yayi a été élu président de la république en 2006. Le 13 mars 2011, il a été réélu. Au soir de la victoire, son porte-parole a chaleureusement remercié, pour son « soutien précieux », l'agence de communication française EURO-RSCG.

EURO-RSCG est une filiale du groupe Bolloré.

En 2009, ce groupe a reçu de Boni Yayi la concession du port de Cotonou. En 2011, dans les 77 communes du pays, l'agence de communication de Bolloré

---

1. *Ibid.*

a organisé à coups de millions d'euros la campagne électorale du banquier-président.

L'année précédente, les « donateurs étrangers » (parmi lesquels Bolloré) avaient financé l'établissement de la Liste électorale permanente informatisée (LEPI). Cette liste avait coûté 28 millions d'euros.

L'opposition avait critiqué avec vigueur la LEPI. Au moins 200 000 électeurs et électrices potentiels, disait-on, en avaient été exclus – notamment dans le sud du pays, où se manifeste l'opposition la plus déterminée au banquier-président.

Le 13 mars 2011, Boni Yayi a remporté l'élection présidentielle béninoise avec une avance de 100 000 voix[1].

Nestor Mahinou résume le désastre : « Tandis que les petits paysans locaux sont contraints de vendre leurs terres car ils n'ont pas les moyens de les cultiver, les grandes surfaces fertiles achetées par des tiers sont en jachère. » Mahinou est le responsable de l'association Synergie paysanne (SYNPA), le mouvement de défense des spoliés le plus puissant au Bénin[2].

Soutenue par le Réseau des organisations paysannes et de producteurs agricoles de l'Afrique de l'Ouest (ROPPA), fondée en 2000 à Cotonou, et son président Mamadou Cissokho, la SYNPA mène contre le système néocolonial en place au Bénin une lutte admirable.

Certains fonds d'États (ou fonds souverains) asiatiques, africains ou autres ne se comportent pas plus

---

1. Philippe Perdrix, « Bénin-Boni Yayi par K.-O. », *Jeune Afrique*, 27 mars 2011.

2. Cité *in* Ester Wolf, *Spéculation foncière au Bénin au détriment des plus pauvres*, *op. cit.*

honnêtement que les spéculateurs privés. L'exemple du fonds d'État *Libyan African Investment Portfolio* (LAP) est édifiant.

En 2008, le fonds s'est vu « offrir » par l'État malien une étendue de 100 000 hectares rizicoles irrigables. Pour l'occasion, il a créé sur place une société de droit malien du nom de Malibya. Celle-ci jouit désormais de ces terres pour une durée de cinquante ans renouvelables, sans aucune contrepartie identifiable[1].

Au Mali, l'eau représente un enjeu majeur pour l'agriculture[2]. Or, par contrat, Malibya bénéficie d'un usage illimité « des eaux du Niger en période de pluie » et de la « quantité d'eau nécessaire » le reste du temps.

Un canal d'irrigation de 14 kilomètres de long déjà construit, arrosant 25 000 hectares désormais « libyens », provoque actuellement des dommages importants pour les cultivateurs et les nomades du Mali central. Il assèche les puits des paysans et les mares utilisées par les familles peules nomades et leur bétail. Entre deux migrations, les nomades peuls cultivaient le sorgho sur ces terres autrefois humides qui, aujourd'hui, sont asséchées…

Mamadou Goïta est l'un des principaux dirigeants du ROPPA[3]. C'est lui et ses alliés, notamment Tiébilé Dramé, qui ont contraint en 2008 le gouvernement de Bamako à publier le contrat conclu avec les Libyens.

Goïta accuse : « Les Libyens se comportent en ter-

---

1. Cf. *Le Monde*, 1er avril 2011.
2. Au Mali, moins de 10 % des terres arables sont irriguées.
3. Réseau des organisations paysannes et de producteurs d'Afrique de l'Ouest.

rain conquis, comme si cette terre était un désert, alors que des milliers de Maliens l'habitent[1]. »

Et Tiébilé Dramé de renchérir : « La ruée sur les terres agricoles du Mali [par les étrangers] exacerbe les conflits alors que le pays a du mal à nourrir sa population […]. Depuis des générations, sur ces terres, des familles cultivent le mil et le riz […]. Que vont devenir ces populations ? […] Ceux qui résistent sont interpellés, et certains incarcérés[2]. »

Aux syndicats qui protestent contre les expulsions sans indemnités, le directeur général de Malibya, Abdallah Youssef, répond avec une exquise politesse – et une incroyable mauvaise foi : « [Je reconnais] la nécessité de réorganiser la population locale, c'est-à-dire les villages qui vont quitter leur site[3]. »

Mamadou Goïta et les siens ne font aucune confiance à la « réorganisation des populations » proposée par Abdallah Youssef. Ils exigent l'annulation pure et simple du contrat conclu avec les Libyens.

Jusqu'ici en vain.

Ces résistances sont exemplaires. En voici une encore.

Par la construction du gigantesque barrage de Diama sur le fleuve Sénégal, à 27 kilomètres en amont de Saint-Louis, le pays a gagné des dizaines de milliers d'hectares de terres arables. Une bonne partie de ces terres sont aujourd'hui accaparées par les Grands domaines du Sénégal (GDS).

Pour les syndicalistes paysans de Ross Béthio qui

---

1. Cf. *Le Monde, loc. cit.*
2. *Ibid.*
3. *Ibid.*

nous reçoivent, les GDS constituent des ennemis nimbés de mystère.

Au Sénégal, n'importe quelle société multinationale, investisseur étranger, etc., peut se faire attribuer 20 000 hectares de terres ou plus, à condition de disposer de relations utiles à Dakar. L'attribution est sans limite dans le temps, l'exemption d'impôts est de quatre-vingt-dix-neuf ans.

Les GDS appartiennent à des groupes financiers espagnols, français, marocains, et autres. Ils produisent, en partie sous serres, du maïs doux, des oignons, des bananes, des melons, des haricots verts, des tomates, des petits pois, des fraises, des raisins.

En moyenne, 98 % de la production est exportée par bateaux à travers le port, tout proche, de Saint-Louis. Directement vers l'Europe.

Les GDS disposent d'une chaîne dite intégrée : ils produisent au Walo, sur les terres inondables et irriguées le long du fleuve. Leurs propres bateaux (ou des bateaux affrétés par leurs soins) assurent le transport. En Mauritanie ou en Europe, ils disposent de centres de mûrissement pour les fruits. Les groupes qui possèdent les GDS sont souvent les principaux actionnaires des chaînes de supermarchés en France.

Le Walo est constellé d'immenses serres voilées de plastique brun et rafraîchies par des jets d'eau. Malgré les relations d'Adama Faye à la préfecture de Saint-Louis, nous échouons à pénétrer dans un GDS pour le visiter.

Gardes armés en uniforme bleu, clôture métallique de quatre mètres de hauteur, caméras de vidéosurveillance... Nous sommes bloqués devant l'entrée d'un des plus gigantesques GDS, appartenant à La Fruitière de Marseille.

Par le biais d'une installation électronique, nous négocions avec un directeur barricadé dans un bâtiment administratif dont les contours se devinent au loin. Il a un fort accent espagnol. « Vous n'avez pas d'autorisation de visite… désolé… Oui, même l'ONU n'y peut rien… Le préfet de Saint-Louis ?… Il n'a aucune compétence ici… Il faudrait que vous vous adressiez à nos bureaux à Paris ou à Marseille… »

Bref, personne n'entrera.

J'utilise une tactique qui m'a réussi en d'autres occasions. Je ne bouge pas. J'attends des heures devant le portail cadenassé sous l'œil mauvais des vigiles.

Finalement, vers le soir, sur la route asphaltée venant de Saint-Louis, une Audi Quattro approche. Un jeune technicien français plutôt sympathique, qui vient prendre son poste au GDS, s'arrête devant le portail.

Je m'avance vers sa voiture.

Il défend ardemment son patron. « Nous payons les frais du bornage… » Et puis : « Souvent, nos terres sont sur les hauteurs, à 12 ou 15 mètres d'altitude. Pour les arroser, il faut des motopompes. Les paysans sénégalais n'en possèdent pas… Nous ne payons pas d'impôts ? C'est faux ! Nous employons des jeunes des villages. L'État sénégalais touche des impôts sur leurs revenus… »

Fin de la conversation.

Située à 50 kilomètres de Saint-Louis, sur la route du Mali, la communauté rurale de Ross Béthio compte plus de 6 000 coopérateurs.

Djibrill Diallo, djellaba brune, yeux brillants, front dégarni, tempérament chaleureux, la cinquantaine, est le secrétaire exécutif du syndicat paysan. Les membres de son comité – quatre hommes et trois femmes – l'entourent.

Les cultivateurs du Walo récoltent le riz deux fois par an. Mais les récoltes sont modestes, les prix payés par les marchands venus de Dakar réduits, 1 hectare de riz donne 6 tonnes de paddy.

Le commerçant charge le paddy dans son camion. Un sac de 80 kilogrammes est payé 7 500 francs CFA[1].

Adjoint du secrétaire exécutif, Diallo Sall est un jeune homme vif, au teint clair, chauve, ironique, impatient. Interrompant le discours de bienvenue un peu compassé de Djibrill, il s'exclame : « Nos femmes, nos jeunes vont aux rizières, sans manger avant. Aux champs, ils se nourrissent de fruits sauvages... Si on dit cela à l'agent de santé, il nous répond : "Tu es contre le pouvoir, tu es un opposant." »

Malgré la modestie des moyens, l'hospitalité sénégalaise est somptueuse. La table est dressée dans le baraquement où siège le comité, près de la mosquée. Les ventilateurs grincent. Une odeur délicieuse s'échappe de la cuisine. Dans de grandes bassines métalliques attendent des carpes grillées pêchées dans le fleuve, des oignons, du poulet, des patates.

Les riziculteurs et rizicultrices de Ross Béthio sont des combattants. Leur intelligence dans la résistance m'impressionne. Leur syndicat est affilié aux Ligues paysannes de l'Afrique de l'Ouest, liées, sur le plan mondial, à *Via Campesina*.

Pour eux, les GDS sont hors d'atteinte. Mais le sous-préfet, le préfet du Walo et plusieurs ministres à Dakar sont des cibles à leur portée...

L'aliénation des terres procède du mécanisme suivant. La terre rurale n'appartient à personne, elle est

---

1. Chiffres de 2010.

donc de fait entre les mains de l'État. Il n'existe pas de cadastre rural. Mais les communautés paysannes possèdent un droit d'usufruit illimité des terres qu'ils occupent. Ce droit procède d'une coutume immémoriale.

Le gouvernement a créé une institution particulière pour agir en ces matières : les conseils ruraux. Ceux-ci dépendent évidemment du parti au pouvoir à Dakar. Leur compétence est importante : ils procèdent au bornage, c'est-à-dire qu'ils tracent les limites. Ils attribuent les terres bornées et clôturées aux propriétaires.

Les accusations formulées par les syndicalistes de Ross Béthio sont graves, mais bien documentées : la dépossession des terres au profit des GDS repose sur d'obscures négociations qui se déroulent à Dakar. Les conseils ruraux qui procèdent au bornage – c'est-à-dire à l'aliénation des terres au profit des GDS – reçoivent leurs ordres du gouvernement.

Le bornage est consigné dans un document officiel qui doit être validé d'abord par le sous-préfet, puis par le préfet, et finalement par le ministre. Or, les syndicalistes affirment que certains fonctionnaires d'État préposés à la validation, et même certains ministres à Dakar, auraient ajouté au volume des terres aliénées quelques milliers d'hectares destinés à leur propre usage.

Telle attestation de bornage rédigée par un conseil rural attribue à tel GDS une quantité d'hectares arables. À mesure que le document remonte à travers la jungle bureaucratique, la quantité de terres dérobées aux paysans augmente…

Les profiteurs de la dépossession ?

Selon les syndicalistes, ce sont d'abord les GDS, bien sûr, mais aussi – et à des degrés variables – certains sous-préfets, certains préfets, certains ministres et plu-sieurs de leurs amis.

Par la mobilisation populaire, en multipliant les interventions sur le plan international, en ouvrant des procédures judiciaires auprès des tribunaux sénégalais, Djibrill, Sall et les syndicalistes – cultivateurs de riz, de légumes et de fruits, éleveurs du Walo – luttent contre la destruction de leurs moyens de production.

Avec un courage et une détermination qui forcent l'admiration.

4

La complicité des États occidentaux

Les idéologues de la Banque mondiale sont infiniment plus dangereux que les tristes conseillers en communication de Bolloré, Vilgrain et compagnie. À coups de centaines de millions de dollars de crédits et de subsides, la Banque mondiale finance en effet le vol de terres arables en Afrique, en Asie, en Amérique latine.

Pour l'Afrique, ses idéologues ont élaboré la théorie de justification suivante : sur 1 hectare de mil, les cultivateurs du Bénin, du Burkina Faso, du Niger, du Tchad, du Mali ne récoltent – en temps normal (et les temps normaux sont rares) – que 600 ou 700 kilogrammes de céréales par an, quand en Europe – nous l'avons vu –, 1 hectare produit 10 tonnes. Mieux vaut donc confier aux trusts agroalimentaires – à leurs capitaux, à leurs techniciens compétents, à leurs circuits de commercialisation – les terres que ces pauvres Africains sont incapables de faire fructifier.

Pour la plupart des ambassadrices et ambassadeurs occidentaux siégeant au Conseil des droits de l'homme des Nations unies, la parole de la Banque mondiale est d'évangile.

Je me souviens de ce vendredi 18 mars 2011, dans la grande salle dite des Droits de l'homme, au premier étage du bâtiment est du palais des Nations à Genève.

Davide Zaru est un jeune juriste italien, à l'intelligence vive, au talent diplomatique confirmé, totalement acquis au droit à l'alimentation. À Bruxelles, il est en charge des droits de l'homme au département Sécurité et Relations extérieures de l'Union européenne, dirigé par la baronne Catherine Asthon[1].

Lors des sessions du Conseil des droits de l'homme, il séjourne à Genève. Au palais des Nations, sa tâche est de coordonner les votes de ceux d'entre les 27 États membres de l'Union européenne qui siègent au Conseil.

Ce matin-là, Davide Zaru a l'air désespéré. Il m'interpelle : « Je n'arrive pas à vous aider... Expliquez ma situation à nos amis de *Via Campesina*... Telle qu'elle est rédigée, la résolution ne passera pas... Les Occidentaux y sont absolument opposés... Ils ne veulent pas d'une Convention sur la protection des droits des paysans. »

Soutenu par plusieurs centrales de syndicats paysans, d'ONG, d'États de l'hémisphère Sud, le comité consultatif du Conseil des droits de l'homme a, durant trois ans, élaboré un rapport sur la protection des droits des paysans. Dans ses recommandations, le comité demandait que les Nations unies adoptent une Convention internationale qui permettrait aux paysans spoliés de défendre leurs droits à la terre, aux semences, à l'eau, etc., contre les vautours de l'« or vert » et autres « requins tigres ».

Le projet de résolution s'inspirait directement du

---

1. Haut représentant de l'Union européenne pour les Affaires étrangères et la politique de sécurité.

projet de la Convention pour la protection des droits des paysans élaboré par *Via Campesina* :

« Considérant que les récents accaparements massifs de terres au profit d'intérêts privés ou d'États tiers ciblant des dizaines de millions d'hectares portent atteinte aux droits humains en privant les communautés locales, indigènes, paysannes, pastorales, forestières et de pêcherie artisanale de leurs moyens de production, qu'ils restreignent leur accès aux ressources naturelles ou les privent de la liberté de produire comme ils le souhaitent, que ces accaparements aggravent également les inégalités d'accès et de contrôle financier au détriment des femmes […]

« Considérant que les investisseurs et les gouvernements complices menacent le droit à l'alimentation des populations rurales, qu'ils les condamnent au chômage endémique et à l'exode rural, qu'ils exacerbent la pauvreté et les conflits et qu'ils contribuent à la perte des connaissances, savoir-faire agricoles et identités culturelles […]

« Nous en appelons aux parlements et aux gouvernements nationaux pour que cessent immédiatement tous les accaparements fonciers massifs en cours ou à venir et que soient restituées les terres spoliées[1]. »

La perspective de voir entrer en vigueur ce nouvel instrument de droit international épouvante les gouvernements occidentaux… notamment américain, français, allemand, anglais, souvent proches des grands prédateurs de l'industrie agroalimentaire. C'est qu'une Convention de droit international négociée, signée et

---

1. Appel de Dakar contre les accaparements de terres. Pétition. http://www.petitiononline.com/accapar/petition.html

ratifiée par des États serait de nature à civiliser un peu la jungle du libre marché !

D'autant que, dans son projet, cette Convention énonçait en détail les droits des paysans et obligeait les États signataires à instituer les tribunaux nécessaires pour rendre ces droits justiciables.

Notons, à ce propos, que le Conseil des droits de l'homme a créé une jurisprudence novatrice. Au Sénégal, au Mali, au Guatemala, au Bangladesh et ailleurs dans l'hémisphère Sud, pour un paysan, porter plainte devant la justice de son pays contre un vautour de l'« or vert » ou un spéculateur parisien, chinois ou genevois, est souvent chose dangereuse, voire tout simplement impossible.

L'indépendance des juges locaux est fragile, l'adversaire trop puissant.

Le Conseil a donc reconnu la « responsabilité extraterritoriale » des États. Mais du coup, si la France signait et ratifiait la Convention pour la protection des droits des paysans, c'est elle qui deviendrait responsable de la conduite des Bolloré, Vilgrain et autres Fruitière de Marseille sur terre béninoise, sénégalaise ou camerounaise...

Les cultivateurs africains spoliés et leurs syndicats pourraient invoquer la justice française.

Devant ces sombres perspectives, on comprend mieux que les gouvernements occidentaux aient mobilisé leurs dernières ressources diplomatiques pour saboter le projet initié par les syndicats des cultivateurs du Sud et repris à son compte par le comité consultatif.

Le comité consultatif est constitué d'experts internationaux élus au *prorata* des continents. Le Conseil, en revanche, est un organe interétatique : 47 États le composent. Pour que le Conseil débatte des recommandations formulées par le comité consultatif, il faut qu'un État membre [du Conseil] présente le projet.

À la XVIe session du Conseil, en mars 2011, la résolution portant sur l'élaboration d'une Convention protégeant les droits des paysans a été présentée par Rodolfo Reyes Rodríguez, vice-président du Conseil et ambassadeur de Cuba auprès de l'ONU.

Diplomate brillant, Reyes Rodríguez n'est pas un tendre. Engagé volontaire en Angola dans la guerre contre le corps expéditionnaire sud-africain, il a perdu une jambe en 1988 dans la bataille décisive de Cuito-Cuanavale.

Mais l'obstruction des ambassadeurs occidentaux l'obligea à modifier la résolution.

Pour l'heure, le destin de la nouvelle Convention sur la protection et la justiciabilité des droits des paysans reste incertain.

L'Espérance

*Les murs les plus puissants
s'écroulent par leurs fissures.*

Che Guevara

La Terre compte 510 millions de kilomètres carrés : 361 millions d'eau et 149 millions de terre ferme. 6,7 milliards d'êtres humains l'habitent.

Ils sont très inégalement répartis, entre vides et trop-pleins, en fonction des conditions naturelles (pôles glaciaires, déserts, terres semi-arides, massifs montagneux, vallées et plaines fertiles, côtes maritimes, etc.) et des réalités économiques (agriculture, élevage, pêche, industrie, ville, campagne, etc.)

La première fonction des espèces vivantes qui composent la nature – plantes, animaux, êtres humains – est de se nourrir pour vivre. Sans nourriture, la créature meurt.

Leur deuxième fonction est de se reproduire. Pour parvenir à maturité, à l'âge adulte, où les espèces peuvent donner naissance à leur descendance, et pour être en état de procréer un nouvel être promis à la vie, il faut absolument se nourrir.

C'est pour se nourrir que les hommes et les femmes ont cueilli, chassé, fabriqué des armes et des outils, entrepris migrations et voyages. C'est pour se nourrir qu'ils ont travaillé la terre, ensemencé, planté, créé d'autres outils, cherché à connaître les plantes, domestiqué les animaux.

C'est toujours pour se nourrir que les hommes ont développé, comme les animaux, l'obsession du territoire, fixé les limites à l'intérieur desquelles ils se sentaient « chez eux », défendu cet espace contre ceux qui pouvaient le convoiter. Et la convoitise des seconds était d'autant plus vive que le territoire était plus riche ou recelait quelque trésor, quelque avantage particulier.

Passé le premier stade agraire, au cours duquel les hommes et les femmes se sont mis à fabriquer davantage d'outils, de récipients, de vêtements et à améliorer leur habitat, la production artisanale s'est développée. Il a fallu alors échanger, commercer, voyager. L'économie et son infini développement sont nés de la nécessité des hommes et des femmes d'assurer leurs besoins, au premier rang desquels leur nourriture et celle de leurs enfants.

Le bébé hurle lorsque d'aventure on l'oublie et qu'il a faim. C'est son seul moyen d'expression, il hurle à n'en plus pouvoir des heures durant. Quand le bébé exposé à la famine perd ses forces, il perd aussi ses facultés, cesse de manifester son besoin par ses cris et s'éteint.

Aujourd'hui, la moitié des enfants qui naissent en Inde sont gravement et en permanence sous-alimentés. Chaque moment qui passe est pour eux un martyre. Des millions d'entre eux mourront avant l'âge de dix ans. Les autres continueront à souffrir en silence, à végéter, à chercher le sommeil pour tenter d'atténuer la souffrance qui dévore leurs entrailles.

Au début de l'histoire humaine, l'appropriation de la nourriture était le fait du mâle le plus fort, quand la femme et l'enfant en avaient absolument besoin. Mais le temps où les besoins incompressibles des hommes étaient confrontés à une quantité insuffisante de biens pour les satisfaire est aujourd'hui révolu. La planète croule sous les richesses. Il n'existe donc plus aucune fatalité. Et si 1 milliard d'individus souffrent de la faim, ce n'est pas à cause d'une production alimentaire déficiente mais d'un accaparement par les puissants des apports de la terre.

Dans le monde fini qui est le nôtre, où il n'y a plus de « découvertes » ni de conquêtes de nouvelles terres possibles, l'accaparement des biens de la Terre prend un nouveau visage. Le scandale est immense.

Le Mahatma Gandhi a dit : « *The world has enough for everyones need but not for everyones greed* » (Le monde a assez pour satisfaire les besoins de tous, mais pas assez pour satisfaire la cupidité de tous).

Le premier, Josué de Castro a montré que le principal facteur responsable des hécatombes de la sous-alimentation et de la faim était l'inégale distribution des richesses sur notre planète. Or, depuis sa disparition, il y a quarante ans, les riches sont devenus plus riches encore et les pauvres infiniment plus misérables.

Non seulement la puissance financière, économique, politique des sociétés transcontinentales de l'agro-alimentaire a formidablement augmenté, mais aussi la richesse individuelle des personnes les plus fortunées a connu une croissance exponentielle.

Eric Toussaint, Damien Millet et Daniel Munevar[1]

1. Publication du CADTM (Comité pour l'abolition de la dette du tiers-monde), Liège, 2011. Éric Toussaint, Damien Millet et Daniel

ont observé la trajectoire des fortunes des milliardaires au cours des dix dernières années. Voici les résultats de leur étude.

En 2001, le nombre de milliardaires en dollars s'élevait à 497 et leur patrimoine cumulé à 1 500 milliards de dollars. Dix ans plus tard, en 2010, le nombre de milliardaires en dollars s'élevait à 1 210 et leur patrimoine cumulé à 4 500 milliards de dollars.

Le patrimoine cumulé de ces 1 210 milliardaires dépasse le produit national brut de l'Allemagne.

L'effondrement des marchés financiers en 2007-08 a détruit l'existence de dizaines de millions de familles en Europe, en Amérique du Nord et au Japon. Selon la Banque mondiale, 69 millions de personnes supplémentaires ont été jetées dans l'abîme de la faim. Dans les pays du Sud, partout, de nouveaux charniers ont été creusés.

Or, en 2010, le patrimoine des très riches a dépassé le niveau atteint avant l'effondrement des marchés financiers moins de trois ans auparavant.

Qui sont les puissances de l'agroalimentaire, qui contrôlent aujourd'hui la nourriture des hommes ?

Quelques sociétés transcontinentales privées – nous l'avons vu – dominent les marchés en question. Elles décident chaque jour qui va mourir et qui va vivre. Elles contrôlent la production et le commerce des intrants que doivent acheter les paysans et les éleveurs (semences, produits phytosanitaires, pesticides, fongicides, fertilisants, engrais minéraux, etc.). Leurs traders sont les prin-

---

Munevar sont aussi coauteurs, avec d'autres, de *La Dette ou la Vie*, Bruxelles-Liège, coédition ADEN-CADTM, 2011 ; cf. aussi Meryll-Lynch et Capgemini (gestionnaires de fortunes), Rapports 2011.

cipaux opérateurs dans les *commodity stock exchanges* (les bourses des matières premières agricoles) du monde. Ce sont elles qui fixent les prix des aliments.

L'eau est désormais en grande partie sous le contrôle de ces sociétés.

Depuis peu, elles ont acquis des dizaines de millions d'hectares de terres arables dans l'hémisphère Sud.

Elles se réclament du libre marché qui serait gouverné par des « lois naturelles ». Or, il n'y a rien de « naturel » dans les forces du marché. Ce sont les idéologues des sociétés transcontinentales (des Hedge-Funds, des grandes banques internationales, etc.) qui, pour légitimer leurs pratiques meurtrières et apaiser la conscience des opérateurs, donnent ces « lois du marché » comme naturelles, s'y réfèrent en permanence comme à des « lois de la nature ».

Une multitude de causes sont impliquées dans la sous-alimentation chronique d'une personne sur sept sur la planète et dans la mort par la faim d'un nombre scandaleux d'entre elles. Mais, nous l'avons constaté tout au long du livre, quelles que soient ces causes, l'humanité dispose des moyens de les éliminer.

Dans sa célèbre Elmhirst-lecture, prononcée à Malaga, en Espagne, le 26 août 1985, Amartya Sen constatait : « En matière de faim et de politique alimentaire, la nécessité de faire vite est évidemment de toute première importance[1]. »

Amartya Sen a raison : il n'y a pas une seconde à perdre. Attendre, se quereller sur les moyens, se perdre dans des débats byzantins et des discussions

---

1. Amartya Sen, *Food, Economics and Entitlements*, Wider Working Paper 1, Helsinki, 1986.

compliquées, ce *choral singing* qui a tant choqué Mary Robinson quand elle était haut-commissaire aux droits de l'homme des Nations unies, c'est se faire complice des accapareurs, des prédateurs.

Les solutions sont connues et couvrent des milliers de pages de projets et d'études de faisabilité.

En septembre 2000, on l'a rapporté, sur les 193 États que comptait alors l'ONU, 146 ont dépêché leurs représentants à New York pour dresser l'inventaire des principales tragédies affligeant l'humanité au seuil du nouveau millénaire : faim, extrême pauvreté, eau polluée, mortalité infantile, discrimination des femmes, sida, épidémies, destruction du climat et fixer des objectifs de lutte contre ces fléaux. Les chefs d'État et de gouvernement ont calculé que, pour conjurer les huit tragédies – au premier rang desquelles la faim –, il faudrait mobiliser pendant quinze ans un montant d'investissement annuel d'environ 80 milliards de dollars.

Et pour y parvenir, il suffirait de prélever un impôt annuel de 2 % sur le patrimoine des 1 210 milliardaires existant en 2010…

Comment endiguer la déraison des affameurs ?

En combattant d'abord la corruption des dirigeants de nombre de pays de l'hémisphère Sud, leur vénalité, leur goût pour la puissance de leur position et de l'argent que cette position est susceptible de leur rapporter[1]. Le détournement de l'argent public dans cer-

---

1. Cf. le classique traité de Georg Cremer, *Corruption and Development aid. Confronting the challenges*, Londres, Lynne Rienner Publishers, 2008.

tains pays du tiers-monde, l'enrichissement des élus sont des calamités. Là où sévit la corruption, les pays sont vendus aux prédateurs du capital financier mondialisé qui peuvent alors s'offrir le monde.

Président du Cameroun depuis bientôt trente ans, Paul Biya passe les trois quarts de son temps à l'*Hôtel Intercontinental* de Genève. Sans sa complicité active, le trust d'Alexandre Vilgrain ne pourrait pas se saisir de dizaines de milliers d'hectares de terres arables au Cameroun central. Sans elle, Vincent Bolloré n'aurait pas obtenu la privatisation de la société d'État Socapalm et n'aurait pas pu se saisir de 58 000 hectares.

Quand, à Las Pavas, dans le département de Bolivar au nord de la Colombie, les tueurs paramilitaires, payés par les sociétés transcontinentales espagnoles d'huile de palme, chassent les cultivateurs de leurs terres, ils y sont « autorisés », voire encouragés, par les dirigeants du pays : l'actuel président Juan Manuel Santos est, on le sait, très lié aux prédateurs espagnols, comme son prédécesseur Álvaro Uribe l'était aux paramilitaires.

Sans la bienveillance d'Abdulaye Wade, pas de Grands Domaines du Sénégal ! Et que ferait en Sierra Leone le remuant Jean-Claude Gandur sans les dirigeants corrompus qui détournent à son profit les terres des communautés rurales ?

Reste l'ennemi principal. Il serait absurde et vain d'attendre un réveil de la conscience morale des marchands de grain, des vautours de l'« or vert » ou des « requins tigres » de la spéculation boursière. La loi de la maximalisation des profits est une loi d'airain.

Mais alors, comment combattre et vaincre cet ennemi ?

De Che Guevara – nous l'avons dit – est cette phrase : « Les murs les plus puissants s'écroulent par leurs fissures. »

Alors provoquons-en, des fissures, autant que possible, dans l'actuel ordre cannibale du monde qui écrase les peuples de sa chape de béton !

Antonio Gramsci écrivait de sa prison : « Le pessimisme de la raison oblige à l'optimisme de la volonté[1]. » Le chrétien Péguy parlait, lui, de « l'espérance, cette fleur de la création […] qui émerveille Dieu lui-même ».

La rupture, la résistance, le soutien des peuples aux contre-pouvoirs sont indispensables, à quelque niveau que ce soit. Globalement et localement. En théorie et en pratique. Ici et ailleurs. Il faut des actes volontaristes, concrets, comme ceux dans lesquels sont engagés les syndicalistes paysans de Ross-Bethio, du Bénin, de la Sierra de Jotocan au Guatemala, ou encore les riziculteurs de Las Pavas en Colombie.

Dans les parlements, les instances internationales, on peut décider de changer : imposer la priorité du droit à l'alimentation, interdire la spéculation boursière sur les aliments de base, prohiber la fabrication de biocarburants à partir de plantes nourricières, briser le cartel planétaire des pieuvres du négoce agroalimentaire, protéger les paysans contre le vol des terres, préserver l'agriculture vivrière au nom du patrimoine, investir dans son amélioration partout dans le monde. Les solutions existent, les armes pour les imposer sont disponibles.

Ce qui manque surtout, c'est la volonté des États.

Or, en Occident au moins, par le vote, par l'expres-

1. Lettre à son frère Carlo, écrite en prison, le 19 décembre 1929, in *Cahiers de prison*, Paris, Gallimard, 1978 et 1999.

sion libre, par la mobilisation générale, la grève pourquoi pas, nous pouvons obtenir un changement radical des alliances et des politiques. Il n'y a pas d'impuissance en démocratie.

Entre les plantations de manioc et les champs de canne à sucre, entre l'agriculture familiale et les entreprises agro-industrielles, la guerre est aujourd'hui sans merci. Partout, en Amérique centrale et au pied des volcans de l'Équateur, en Afrique sahélienne et australe, dans les plaines du Madhya Pradesh et de l'Orissa en Inde, dans le delta du Gange au Bangladesh, les cultivateurs, les éleveurs, les pêcheurs se mobilisent, s'organisent, résistent.

Le règne planétaire des trusts agro-industriels crée la pénurie, la famine de centaines de millions d'êtres humains, la mort. L'agriculture familiale vivrière au contraire, à condition d'être soutenue par les États et d'acquérir les investissements et les intrants nécessaires, est garante de vie. Pour nous tous.

Le préambule de la déclaration présentée par *Via Campesina* devant le Conseil des droits de l'homme de l'ONU, lors de sa XVIe session, en mars 2011, nous avertit solennellement : « Les paysans et les paysannes représentent près de la moitié de la population mondiale. Même dans le monde de la technologie de pointe, les gens mangent des aliments produits par des paysans et des paysannes. L'agriculture n'est pas simplement une activité économique, mais elle est intimement liée à la vie et à la survie sur terre. La sécurité de la population dépend du bien-être des paysans et des paysannes et de l'agriculture durable. Afin de protéger la vie humaine, il est important de respecter et de mettre en exécution les droits des paysans. En réalité, la violation continue des droits des paysans menace la vie humaine et la planète. »

Notre solidarité totale avec les centaines de millions d'êtres humains subissant la destruction par la faim est requise. Les paroles de la magnifique chanson de Mercedes Sosa l'implorent :

« *Sólo le pido a Dios*
Que el dolor no me sea indiferente,
Que la reseca muerte no me encuentre
Vacía y sola, sin haber
Hecho lo suficiente. »

(La seule chose que je demande à Dieu
C'est que la douleur ne me laisse pas indifférente
Et que la mort blême ne me trouve pas
Seule et vide, sans avoir fait
Ce qui est nécessaire sur cette Terre.)

Remerciements

Erica Deuber Ziegler a collaboré étroitement à l'élaboration de ce livre. Avec une infinie patience, un grand savoir-faire et une érudition à toute épreuve, elle a relu, corrigé et réorganisé la dizaine de versions successives du manuscrit. Olivier Bétourné, président des Éditions du Seuil, a eu, le premier, l'idée du livre. Il en a personnellement corrigé la version finale et trouvé le titre. Son amitié vivifiante m'a été d'un secours décisif.

Mes collaboratrices et collaborateurs au comité consultatif du Conseil des droits de l'homme des Nations unies – Christophe Golay, Margot Brogniart, Ioana Cismas – m'ont aidé à la constitution de la documentation. Nourris de nos communes convictions, leur engagement infatigable et leur grande compétence professionnelle m'ont été indispensables.

James T. Morris, Jean-Jacques Graisse, Daly Belgasmi m'ont ouvert les portes du Programme alimentaire mondial. Jacques Diouf, directeur général de la FAO, et nombre de ses collaborateurs et collaboratrices m'ont accordé leur généreux soutien.

Pierre Pauli, statisticien à l'Office de la statistique de la république et canton de Genève, m'a aidé à maîtriser la masse écrasante des chiffres relatifs à la faim et à la malnutrition.

Au haut-commissariat des Nations unies pour les droits de l'homme, j'ai pu compter sur les conseils subtils, discrets et toujours judicieux d'Eric Tistounet, chef de branche des organes de traités et du Conseil des droits de l'homme.

Beat Bürgenmeier, doyen émérite de la Faculté des sciences économiques de l'Université de Genève, et le banquier Bruno Anderegg m'ont initié à l'univers complexe de la spéculation boursière et des *Hedge Funds*.

Francis Gian Preiswerk a été, pendant dix-sept ans, l'un des traders les plus renommés de la société transcontinentale Cargill. Il m'a reçu pour avoir avec moi des discussions approfondies, et a accepté de relire certains de mes chapitres. En désaccord total avec pratiquement toutes mes thèses, il m'a écrit des lettres courroucées. Mais sa riche expérience du négoce, son extrême compétence professionnelle, sa générosité amicale m'ont été d'une aide inestimable.

Avec un soin exemplaire, Arlette Sallin a mis au net les versions successives du livre. Son amicale disponibilité, sa critique éclairée m'ont accompagné tout au long de mon travail. Sabine Ibach et Vanessa Kling m'ont fait bénéficier de leurs conseils. Hugues Jallon, directeur éditorial des sciences humaines aux Éditions du Seuil, Catherine Camelot et Marie Lemelle-Ligot m'ont apporté une assistance précieuse.

Pour l'édition de poche, l'aide de Marie Leroy, d'Isabelle Paccalet, de Marie Trébaol et d'Alexandre Maujean m'a été indispensable.

Benoît Kerjean a examiné le manuscrit final sous l'angle juridique.

À toutes et tous, j'exprime ma profonde gratitude.

Table

La Contre-Révolution en Afrique
Payot, 1963

Sociologie de la nouvelle Afrique
Gallimard, « Idées », 1964

Sociologie et Contestation
Essai sur la société mythique
Gallimard, « Idées », 1969

Le Pouvoir africain
Seuil, « Esprit », 1971
et « Points Essais », n° 101

Les Vivants et la Mort
Essai de sociologie
Seuil, « Esprit », 1975
et « Points Essais », n° 90

Une Suisse au-dessus de tout soupçon
(en collaboration avec Délia Castelnuovo-Frigessi
Heinz Hollenstein, Rudolph H. Strahm)
Seuil, « Combats », 1976
et « Points Actuels », n° A16

Main basse sur l'Afrique
Seuil, « Combats », 1978
et « Points Actuels », n° A36

Retournez les fusils !
Manuel de sociologie d'opposition
Seuil, « L'Histoire immédiate », 1980
et « Points Politique » n° Po110

Contre l'ordre du monde. Les Rebelles
Mouvements armés de libération nationale du Tiers Monde
Seuil, « L'Histoire immédiate », 1983
et « Points Politique », n° Po126

Vive le pouvoir ! ou les Délices de la raison d'État
Seuil, 1985

La Victoire des vaincus
Oppression et résistance culturelle
Seuil, « L'Histoire immédiate », 1988
et « Points Actuels », n° A107

La Suisse lave plus blanc
Seuil, 1990

Le Bonheur d'être suisse
Seuil et Fayard, 1993
et « Points Actuels », n° A152

Il s'agit de ne pas se rendre
(en collaboration avec Régis Debray)
Arléa, 1994

L'Or du Maniema
roman
Seuil, 1996
nouvelle édition
« Points », n° P2704, 2011

La Suisse, l'Or et les Morts
Seuil, 1997
et « Points Histoire », n° 405, 2008

Les Seigneurs du crime
Les nouvelles mafias contre la démocratie
(en collaboration avec Uwe Mühlhoff)
Seuil, « L'Histoire immédiate », 1998
et « Points Essais », n° 559

La faim dans le monde expliquée à mon fils
Seuil, 1999

Les Nouveaux Maîtres du monde
Et ceux qui leur résistent
Fayard, 2002
et « Points », n° P1133

L'Empire de la honte
Fayard, 2005
et « Le Livre de poche », n° 30907

La Haine de l'Occident
Albin Michel, 2008
et « Le Livre de poche », n° 31663

RÉALISATION : NORD COMPO MULTIMÉDIA À VILLENEUVE-D'ASCQ
IMPRESSION : CPI BRODARD ET TAUPIN À LA FLÈCHE
DÉPÔT LÉGAL : SEPTEMBRE 2012. N° 109017 (69302)
IMPRIMÉ EN FRANCE